Lenia von der Weide
Niemals zuvor Liebe

NIEMALS ZUVOR...

Liebe

LENIA VON DER WEIDE

1. Auflage August 2019

Covergestaltung: Isabelle Grünewald BELLE.ART
Lektorat: Merlin
Druck: Amazon Media EU S àr. l., 5 Rue Plaetis, L-2338, Luxembourg

Herausgegeben von:

Lenia von der Weide
c / o AutorenServices.de
Birkenallee 24
36037 Fulda

ISBN: 9781079887105

Kontakt: Lenia.vdWeide@gmx.de

Die Vergangenheit kann nicht in die Gegenwart geholt werden; wir können nicht wissen, was wir nicht sind. Aber ein und derselbe Schleier liegt über Vergangenheit, Gegenwart und Zukunft …

HENRY DAVID THOREA

EINFACH NUR ELLI

Schnell die Fahrertür aufmachen, aus dem Auto steigen, den Kopfsteinpflasterweg entlanglaufen, drei Stufen hochgehen und an der Haustür klopfen.

Klingt einfach, ist es aber nicht.

Es regnet. Es regnet schon seit zehn Minuten unerbittlich auf das Dach meines geliebten Flitzers und ich sitze immer noch hinter dem Lenkrad und überlege mir Ausreden, um nicht aussteigen zu müssen.

Ich werde fallen. Ich werde losgehen und dann ausrutschen, ganz bestimmt. Über diese alten Steine kann man auch unter normalen Umständen kaum laufen. Wie soll ich das bei dem Unwetter schaffen? Das sind ganz gemeine Pflastersteine. Jeder ist unterschiedlich hoch, nur um mich zu Fall zu bringen, und dann trage ich auch noch Pumps. Dabei bin ich ohnehin kein Talent auf hochhackigen Schuhen. Warum habe ich mir das angetan? Zwölf Zentimeter hohe Spitzen, kaum einen halben Zentimeter dick, sollen mich tragen? Die Kombination aus Pumps, Regen, glitschigen Steinen und meiner Tollpatschigkeit wird in einem Desaster enden, so viel ist klar.

Ein leiser Fluch huscht über meine Lippen. Damit ist mir zwar nicht geholfen, trotzdem fühle ich mich etwas besser. Vielleicht sollte ich laut Scheiße schreien? Mir ist klar, dass ich überdramatisiere, aber die Weltuntergangsstimmung außerhalb meines Autos lädt geradezu dazu ein. Daran kann ich nichts ändern und einen Schirm habe ich nicht. Einen anderen Weg zum Haus gibt es nicht und Wechselschuhe? Nach einem Blick durchs Auto stelle ich fest, dass die auch nirgendwo liegen. Kaffeebecher, ja. Handcreme, Kaugummi, Taschentücher, alles vorhanden. Sogar einen frischen Slip, aber keine Schuhe.

Noch vor wenigen Minuten habe ich mich gegen Ballerinas entschieden und mir stattdessen die Mörderdinger aus dem Schrank geholt. Wofür das Ganze? Es gibt nur Kaffee und Kuchen bei meinem Bruder.

Und genau da liegt das eigentliche Problem … Es gibt den Kaffee nicht irgendwo, sondern bei meinem Bruder: Prof. Dr. med. Niklas Schütze, Direktor der Klinik für Kardiologie und Stolz der Familie. Mister Perfekt in Person. Mit seinen perfekt sitzenden Anzügen, der perfekten Familie und dem perfekten Haus. Alles perfekt. Außer den Pflastersteinen, die sind alles andere als perfekt.

Die sind überteuert, hässlich und gefährlich! Zumindest sehe ich das so. Aber wer bin ich schon? Ich bin bloß die trottelige kleine Schwester, die mit 31 noch Single ist, es nur zur Anwaltsgehilfin geschafft hat und offensichtlich nicht einmal auf hohen Absätzen geradeaus laufen kann. Neben meinem Bruder habe ich nichts vorzuweisen. Ich bin einfach nur Elli. Eine ganz normale Frau mit ganz normalen Komplexen und einem Hang zum Übertreiben. Einem Kleinen, fast nicht vorhanden, ganz versteckt, vielleicht, manchmal.

Tief atme ich ein und gleich wieder aus. In Gedanken spreche ich mir Mut zu. Das ist lächerlich, natürlich steige ich aus. So ein bisschen Regen hält mich nicht ab. Außerdem komme ich sonst zu spät und das geht gar nicht.

Ich sehe schon meinen Bruder vor mir, wie er die Nase rümpft, auf seine Uhr guckt und dann scheinheilig fragt: *Hatten wir nicht 16 Uhr gesagt, Schwesterherz?* Bei der Vorstellung muss ich kichern und überrede mich ein letztes Mal zum Aussteigen. Jetzt.

Okay, die Tür ist auf. Schwungvoll stehe ich auf und verriegele per Knopfdruck das Auto. Durch den dünnen Mantel spüre ich, wie der Wind an mir zieht, als wolle er mir zurufen, dass das die falsche Richtung ist. Ein letzter Blick zurück zu meinem Auto, in dem es warm und sicher ist. Mein Ausgang, meine Zuflucht … Meine Rettung? Nichts da, ich gehe weiter!

Weil mein Kleid nicht mehr Platz hergibt, eile ich in winzig kleinen Schrittchen über den Weg. Dabei versuche ich mir, mit der Handtasche über dem Kopf, den Regen aus dem Gesicht zu halten. Bei jedem zweiten Schritt rutsche ich mit der Hacke ab. Immerhin halte ich mich auf den Beinen und komme vorwärts. Den Blick stur geradeaus, habe ich nur mein Ziel im Visier. Die Haustür. Stolpernd komme ich ihr immer näher und brauche doch eine halbe Ewigkeit. Ich kann nur beten, dass mich keiner sieht.

Nur noch ein paar Schritte und die Treppe hoch, dann ist es geschafft. Ich bin nass bis auf die Unterwäsche, aber immerhin pünktlich. Ein kleiner Triumph muss sein!

Geschafft! Den Weg habe ich erfolgreich gemeistert. Eins zu null für Elli Schütze. In dem Moment, als ich klopfe und mich danach an der Klinke festhalte, wird die Haustür von innen geöffnet. Ich kann nicht loslassen und muss selbst dabei zusehen, wie ich das Gleichgewicht verliere und nach vorne falle. Die Situation ist so typisch für mich, dass ich schon im Fallen lauthals fluche. Unsanft komme ich auf meinen Knien auf und muss dann doch lachen. Warum muss immer mir sowas passieren? Ein schwaches Ende nachdem ich so stolz war, den ganzen Weg, ohne zu fallen, geschafft zu haben.

Ich sehe auf und blicke in warme, braune Augen. Andreas' Augen. Der beste Freund meines Bruders grinst mich schief an und hält mir seine Hand hin.

»Soll ich dir aufhelfen, Elli?«

Dankend nicke ich und strecke ihm meine Hand entgegen. Er umschließt sie und für einen kleinen

Moment steht die Zeit still. Ich realisiere nur, wie unglaublich warm seine Hand ist und wie gut sie sich in meiner anfühlt. Alles andere blende ich aus.

Als er mich hochzieht, rutsche ich aus und liege ein wenig unfreiwillig in seinen Armen. So viel zu hochhackigen Schuhen. Vor lauter Lachen pruste ich los und auch Andreas kann nicht länger an sich halten.

»Du bist mir ne Marke«, kommentiert er meinen neuerlichen Fauxpas. Viel zu schnell löst er sich von mir und führt mich rein.

Drinnen warten schon alle. Ich bin also die Letzte, obwohl ich pünktlich bin. Mein Bruder rümpft die Nase. Ich kann es ihm ohnehin nicht recht machen. Seine Begrüßung besteht aus einem: »Hallo Elli, setz dich doch bitte. Wir warten.«

Also ziehe ich mir Mantel und Schuhe aus und setze mich auf den mir zugewiesenen Stuhl. Das Gespräch wurde inzwischen fortgeführt, wodurch ich mich noch unwillkommener fühle. Perfektion liegt offensichtlich im Auge des Betrachters und die Definition von guten Manieren auch.

Mir bleibt nichts anderes übrig, als mich am Kuchen zu bedienen und den Gesprächen am Tisch zu lauschen. Nach kurzer Zeit stelle ich fest, dass ich nicht folgen kann. Es dreht sich, wie so oft, um Finanzen. Diesmal in Form von Fonds, Sparmodellen und anderen Möglichkeiten, Geld anzulegen. Todeslangweilig.

Ich halte mich im Hintergrund und stopfe mir immer wieder etwas in den Mund, um eine Entschuldigung für meine fehlende Gesprächsbeteiligung vorweisen zu können. Mit vollem Mund spricht man nicht, das ist gute Erziehung und die ist sehr wichtig im Hause Schütze.

Heimlich schmunzle ich über meinen genialen Einfall und tauche in meine Gedanken ab. Es redet ja sowieso keiner mit mir. Immerhin schmeckt der Kuchen, weshalb ich mir ein neues Stück auf den Teller lege. Apfelkuchen mit Mandelkruste und darauf kleckse ich mir einen großen Löffel Sahne. Himmlisch! Ob Bianca mir das Rezept verraten würde? Nicht, dass ich den Kuchen eins zu eins nachbacken könnte, aber auch wenn ich ihn nur halb so gut hinbekommen würde, wäre er ein Traum. Die Sahne ist auch irgendwie speziell. Das ist nicht bloß aufgeschlagene Sahne mit Zucker. Ich wette, Bianca hat einen Schuss Karamellsirup untergerührt, oder ist das etwas Alkoholisches? Jedenfalls schmeckt sie köstlich. Ich könnte nur Sahne essen, eine ganze Schüssel.

Den Finger voll Sahne genüsslich ableckend, bemerke ich eine Berührung von rechts. Wobei es keine direkte Berührung ist, eher ein Gefühl und das ist so intensiv, dass ich es spüre. Es liegt auf meiner Haut und kribbelt an den feinen Härchen in meinem Nacken. Ich werde beobachtet.

Als ich mir gerade eine Gabel mit ein wenig Kuchen und umso mehr Sahne zwischen die Lippen schiebe, wage ich einen Blick nach rechts und treffe auf Andreas' tiefbraunen Augen, die mich unverhohlen anstarren.

Erwischt!

»Elli?«, fragt mein Bruder genervt von der

anderen Seite. Ich habe keine Ahnung, wovon gerade gesprochen wurde und verschaffe mir Zeit, indem ich langsam kaue und entschuldigende Bewegungen mit der Hand vor meinem Mund mache. Er wartet tatsächlich, anstatt mich zu übergehen, wie es sonst seine Art ist. Mist.

»Ja?«, frage ich nach gefühlten fünf Minuten.

»Du fährst doch immer noch dieses kleine rote Auto, einen Diesel, nicht wahr?«

Das Thema schon wieder. Es kann sich schließlich nicht jeder ein Elektroauto leisten. Ich werde mich nicht vor meiner ganzen Familie bloßstellen lassen und zugeben, dass ich kein Geld dafür habe. Nicht jeder hier ist Arzt.

Niklas schafft es immer wieder, dass ich mich klein fühle, dumm und bemitleidenswert. Das Gefühl ist mir nur zu vertraut, es wurde mir früher ständig vermittelt und irgendwann habe ich es auch geglaubt. Aber das ist eine andere Geschichte und hat nichts mit Niklas zu tun. Ich schiebe den Gedanken beiseite und straffe meine Schultern. Ich bin kein Niemand, nicht mehr. Die Zeit liegt hinter mir.

»Hauptsächlich fahre ich mit dem Rad. Solltest du auch mal versuchen, das ist gut für die Gesundheit und für die Umwelt«, antworte ich, während ich meine Gabel bereits wieder belade.

Mit der Taktik habe ich gleich mehr Kuchen vertilgt, als mein Magen verkraftet.

Immerhin habe ich es geschafft: Niklas unterhält sich wieder mit unserem Vater. Erleichtert lasse ich meine Gabel sinken. Noch ein Stück und ich platze.

Der Rest des Tages verläuft ohne große Zwischenfälle und ich bin froh, als sich meine Eltern schon um 19 Uhr auf den Nachhauseweg machen. Ich schließe meine Mutter in die Arme und flüstere: »Wir telefonieren, Mama«, in ihr Haar. Sie grinst mich an und nickt.

»Tschüss, Elli. Ich freue mich auf deinen Anruf.«

Mein Vater klopft demonstrativ auf den Tisch und winkt in die Runde. Immerhin eine Verabschiedung, wobei ich es mir nie nehmen lasse, mich von den Menschen, die mir wichtig sind, richtig zu verabschieden. Mit einer Umarmung, einem Kuss, mindestens einer dargebotenen Hand. Aber das sieht jeder anders.

Indem meine Eltern das Haus verlassen, kommen Bianca und Anna herein. Ich habe mich schon die ganze Zeit gefragt, wo Niklas' Frau und seine Tochter sind.

»Tante Elli«, werde ich freudestrahlend begrüßt. Ich hebe meine Nichte auf den Arm und wirble sie einmal im Kreis.

»Wo warst du denn, kleine Zaubermaus? Ich hab dich schon vermisst.«

»Lotte hat Geburtstag. Ich hab Kuchen gegessen und Smantis. Ganz viele Smantis«, erklärt Anna. Wenn es Kuchen und Smarties gab, war ihr Nachmittag ein Highlight. Zuhause bekommt sie selten Süßigkeiten, weswegen ich ihr gerne etwas mitbringe. Um ihre strahlenden Augen zu sehen und meinen Bruder zu ärgern. Was davon überwiegt? Ganz klar Letzteres.

»Sag mal S-m-a-r-t-i-e-s«, erklärt Bianca und

zieht das Wort künstlich in die Länge. Anna beachtet ihre Mutter gar nicht und springt wieder in meine Arme.

»Beim nächsten Mal bringe ich dir auch Smantis mit, was hältst du davon?« Dünnes Eis, ich weiß, aber es macht so viel Spaß!

»O jaaaa«, kreischt Anna und ich lasse sie nochmal durch die Luft fliegen.

»Liest du mir noch eine Gutenachtgeschichte vor?«

»Sehr gerne. Machst du dich bettfertig? Ich komme gleich hoch in dein Zimmer.«

Niklas beäugt unser Gespräch schweigend. Was hat er jetzt schon wieder? Den Gedanken beiseiteschiebend mache ich mich auf den Weg zur Treppe, um Anna in ihr Zimmer zu folgen.

»Ich mach das schon, Elli!«, unterbricht er mich barsch.

»Ich wollte Anna noch etwas vorlesen.«

Niklas steht bereits mit einem Fuß auf der Treppe, als er den Kopf zu mir umdreht.

»Auf Wiedersehen, Elli. Komm gut nach Hause.« Damit kehrt er mir den Rücken zu und geht nach oben.

Der Herr des Hauses hat gesprochen. Also keine Gutenachtgeschichte von Tante Elli. Ich versuche, mir die Enttäuschung nicht anmerken zu lassen, und schlucke den bitteren Geschmack seiner Zurückweisung herunter. Am liebsten würde ich trotzdem hochgehen. Zumindest, um Anna nochmal in den Arm zu nehmen, sie an mich zu drücken und ihr eine gute Nacht zu wünschen.

Aber irgendetwas an dem Blick, den Niklas mir zugeworfen hat, hält mich davon ab.

Ich bin nicht erwünscht.

Damit mir die Situation nicht noch mehr auf den Magen schlägt, drehe ich mich um und ziehe mir die blöden Schuhe an. Bin ich froh, wenn ich wieder zuhause bin!

Andreas verabschiedet sich auch und begleitet mich auf dem Weg zum Auto.

»Na, Elli. Fällt dir auch immer ein Stein von den Schultern, wenn du es geschafft hast, den Familientag zu überstehen?«, fragt er spitzbübisch.

»Nee, ich habe eher das Gefühl, ich müsste mir erst mal den Stock aus dem Arsch ziehen.«

Andreas lacht kehlig.

»Dabei kann ich dir auch gerne behilflich sein.«

Ich gucke ihn verdattert an und werde ein wenig rot, was er selbstgefällig bemerkt und mich wieder so schief anlächelt.

»Was?«, fragt er einfach nur und lächelt weiter. Er macht mich nervös! Das Blut pocht heiß in meinen Wangen und schließlich gucke ich weg. Großartig, da habe ich die Quittung. Erst blöde Sprüche machen und dann komme ich nicht mit einer frechen Antwort klar. Ganz großes Kino …

Vor meinem Auto verabschiede ich mich von Andreas und nehme ihn selbstverständlich in den Arm.

»Keine Angst, kleine Elli. Ohne deine Zustimmung würde ich dir nie an den Arsch gehen«, haucht er an meinem Ohr.

Meine Nackenhaare stellen sich auf und durch

meinen Bauch flattert ein feines Kribbeln. Dann ist der Moment auch schon vorbei und er lässt mich stehen, steigt in seinen schicken SUV und saust an mir vorbei.

Ich warte noch einige Sekunden sprachlos vor meinem Auto und lasse mir die Situation nochmal durch den Kopf gehen. Was war das gerade? Der nimmt mich doch auf den Arm und macht sich einen Scherz daraus, mich zu verunsichern, oder?

Wie früher, als er sich mit meinem Bruder Mutproben ausgedacht hat und die zwei sich kaputtgelacht haben, weil ich nicht mit ihnen mithalten konnte. Er verarscht mich, ganz klar!

Andererseits hat er mich während des Essens geradezu angestarrt. Mit diesen wunderschönen Augen, die stillschweigend auf mir geruht haben. Warum zum Teufel ist mir noch nie aufgefallen, dass er so schöne Augen hat? Dunkelbraun, aber nicht trüb, sondern vielmehr glänzend, wie edles Leder und bespickt mit goldenen Sprenkeln. Wenn er lacht, leuchten sie auf und sie werden ungeheuer finster, wenn er wütend ist. Wütend oder erregt. Woher ich das weiß? Keine Ahnung … Ich glaube, meine Gedanken spielen mir einen Streich. Oder steckt vielleicht mehr dahinter?

O Gott, jetzt bilde ich mir schon etwas ein. Kopfschüttelnd steige ich in mein Auto und fahre nach Hause.

∞∞∞

In meiner Wohnung, am Stadtrand von Münster, mache ich mir zuallererst eine Flasche lieblichen Rotwein auf. Mit dicker Decke und Weinglas in der Hand, mache ich es mir auf dem Balkon gemütlich.

Ich bin die Sorte Frau, die gerne süßen Wein trinkt und ihn zur Not noch mit Limonade mischt. Mit trockenem Wein kann man mich jagen. Auch wenn mein Bruder immer behauptet, dieser oder jener wäre sehr exquisit und er mir, in einer Reihe wahnsinnig witziger Riech- und Schwenkrituale, den Wein als rund und vollmundig und was weiß ich was verkaufen will, schmecke ich immer nur Pelz und Erde. Anschließend muss ich mich überwinden, den teuren Tropfen nicht gleich wieder auszuspucken.

Einen Vorteil hat meine Weinvorliebe auf jeden Fall: Er ist billig und es muss kein Besonderer sein, nur lieblich und rot.

Genüsslich nippe ich an meinem Glas und starre in den Abend hinaus. Nach einem Tag bei meinem Bruder und seiner Familie mache ich mir oft Gedanken über mein eigenes Leben und meinen Beziehungsstatus. Ich bin nicht besonders gerne Single, aber unglücklich bin ich auch nicht.

Mein Leben funktioniert gut, so wie es ist. Ich habe einen Job, eine schöne Wohnung, gehe zum Sport und habe großartige Freunde. Wer braucht schon einen Mann zum Glücklichsein?

Trotzdem fehlt mir etwas. Ich vermisse den Austausch und die Kuschelzeit. Ich möchte auch mal schwach sein dürfen und eine starke Schulter neben mir haben. Ich vermisse die Sicherheit und ich vermisse den Sex. Gott, wie ich den Sex vermisse.

Kurz schließe ich die Augen und versuche, mich an mein letztes Mal zu erinnern. Keine Chance. An irgendeine Sexerfahrung? Puhhh, schwierig. Tatsächlich hatte ich nie besonders Guten. Ich weiß, dass ist todtraurig. Ich bin 31, Single und weiß nicht ansatzweise, was guter Sex ist.

Warum ist dann das Gefühl so stark, die Sehnsucht so präsent? Vielleicht, weil ich endlich guten Sex haben will? Weil ich mich nicht damit zufriedengeben möchte, nicht damit abfinden kann, dass das alles war? Vielleicht, weil ich mir gerne ausmale, wie sich guter Sex anfühlen könnte? Wie zwei Körper sich aneinander reiben, nackt, verschwitzt, hemmungslos. Wie die Lust überkocht und einem zum Stöhnen bringt. Wie man sich einander hingibt und nur noch fühlen kann …

In Gedanken versunken, gebe ich mich der Fantasie hin und werde von dunklen Augen verschlungen, die meinen Körper gierig betrachten. Von starken Händen umschlossen, die sich so gut auf meiner Haut anfühlen. So heiß und irgendwie vertraut – Andreas.

Verdammt, wo kommt das denn auf einmal her? Scheiße, ich muss dringend an meinem nicht vorhandenem Sexleben arbeiten. Grinsend schüttle ich den Kopf. Das ich ausgerechnet Andreas vor Augen habe ist … Was eigentlich? Verstörend? Peinlich? Ach herrje, ich darf gar nicht weiter drüber nachdenken. Warum klappt es bei mir nicht? Das ist die eigentliche Frage. Vor allem, wenn man bedenkt, was andere so treiben.

Meine beste Freundin Laura zum Beispiel erzählt sehr gerne aus dem Nähkästchen und da gibt es einiges zu berichten.

Laura ist alleinerziehend. Aber nicht, weil auf tragische Weise eine Beziehung kaputt gegangen wäre, oder etwas dergleichen. Sie hatte schlicht einen One-Night-Stand, wie so oft, und dieses Mal nicht an Schutz gedacht. Den Vater kannte sie kaum und wusste nach besagter Nacht nur seinen Vornamen. Trotz aller Versuche, ihn ausfindig zu machen, blieb sie erfolglos. Sie wollte das Kind behalten und nahm ihr Schicksal an, Liam allein großzuziehen.

Seit zwei Jahren ist sie jetzt Mutter und macht ihren Job verdammt gut. Auch ihr Privatleben kommt dabei nie zu kurz. Wenn Laura mir erzählt, was sie treibt, wenn Liam übers Wochenende bei den Großeltern ist, bin ich regelmäßig neidisch.

Hallo, ich hätte alle Zeit der Welt und bei mir tut sich nichts. Null, Nada, Niente, gar nichts, seit drei traurigen Jahren. Laura hingegen, ist eine berufstätige Singlemutti, die kaum einen Monat nicht vögelt. Wenn ich mich nicht für sie freuen würde, könnte man glatt denken, ich sei neidisch. Okay, ich bin neidisch.

Bald hat Laura wieder ihre *Singletage,* wie sie liebevoll die zwei Tage im Monat nennt, an denen sie ausgeht und feiert, als wäre sie Anfang 20, während Liam mit seinen Großeltern unterwegs ist. Ich sollte einfach mit ihr feiern gehen und dann einen Mann kennenlernen. So schwer kann das ja nicht sein.

Aber nur Laura und ich, die ganze Clique ertrage ich in letzter Zeit nicht. In unserem Freundeskreis haben alle Kinder oder heiraten gerade und wollen dann Kinder bekommen. Das sind die Gesprächsthemen Nummer eins: Hochzeit und Kinder. Ich passe da einfach nicht mehr rein. Aber wenn mich jemand fragt, sage ich immer, dass alles gut ist und ich glücklich bin.

Ich hasse mitleidige Blicke oder gar Verkupplungsversuche: *Du, der Mirco wäre was für dich, das ist ein ganz toller Mann*. Schrecklich! Noch schlimmer sind ungebetene Weisheiten: *Das wird schon, du wirst sehen, bald findest du den Richtigen*, oder den Klassiker: *Auf jeden Topf passt ein Deckel.*

Was soll der ganze Nonsens? Erstens bin ich nicht traurig und zweitens muss ich nicht aus meinem, ach so schrecklichen, Singledasein gerettet werden! Das ist keine Krankheit und auch kein Zustand.

Ich bin lange genug Single, schon klar. Vielleicht möchte ich auch etwas daran ändern, aber das binde ich bestimmt keinem auf die Nase.

Wenn ich ehrlich zu mir bin, ist es inzwischen verdammt hart geworden, so zu tun, als wäre ich glücklich. Denn nichts anderes mache ich. Aber was soll ich auch sagen? Ich bin verzweifelt, traurig, allein? Bin ich das denn?

Es ist spät und meine Füße werden langsam kalt. Ich ziehe meine Beine hoch und schlage die Decke um mich. Langsam wippe ich hin und her und vermag doch nicht, mir selbst Wärme zu spenden.

Es fehlt ganz einfach was. Nicht nur in diesem Moment, ganz allgemein. Ich bin allein und will es nicht mehr sein. Der Gedanke festigt sich und irgendwie ist es, als wäre mir schon lange klar, dass ich etwas ändern muss. Jetzt.

Voller Tatendrang gehe ich ins Wohnzimmer, schnappe mir meinen Laptop und google *Onlinedating*. Das werde ich den Mädels bestimmt nicht erzählen, auf gar keinen Fall, aber gucken kann ich ja mal. Heimlich versteht sich. Geld ausgeben will ich nicht. Nur weil dann die Singles angeblich gebildeter sind, oder es ernster meinen? So ein Quatsch! Wer weiß außerdem, was letztendlich daraus wird?

Nach einem beherzten Schluck aus meinem Glas suche ich mir ein Dating Portal aus und erstelle mein Profil. Mich selbst zu beschreiben fällt mir schwer, aber an mir ist auch nichts besonders.

Mit meinen 1,69 m bin ich weder groß noch klein. Auch alles andere an mir ist durchschnittlich. Blonde Haare, grüne Augen, flacher Bauch und kleine Brüste. Wenigstens mein Hintern gefällt mir. Der ist schön rund und sieht in so ziemlich jeder Jeans gut aus. Leider habe ich nicht nur viel Hintern, sondern auch dicke Oberschenkel. Wenn ich ein wenig Fett aus meinen Schenkeln in meine Möpse spritzen könnte … Mensch, das wäre genial!

Aber das gehört wohl kaum in meine Profilbeschreibung.

Ich bin Elli Schütze aus Münster und 31 Jahre alt. In meiner Freizeit spiele ich Tennis und lese, bei süßem

Wein, ein gutes Buch. Ich gehe gerne aus und koche viel. Als Partner wünsche ich mir einen selbstbewussten Mann, der unternehmungsfreudig ist und Lust auf eine ernste Beziehung hat.

So, geschafft! Noch ein Profilbild hochladen und schon geht es los. Sofort werden mir verschiedene Männer vorgeschlagen, aber da bin ich altmodisch und will ausgesucht werden. Den Laptop klappe ich wieder zu, für heute war es das. Ich nehme mir vor, erst morgen nach der Arbeit nachzusehen und mir nicht zu viel zu erhoffen.
Es soll ja nur ein Versuch sein, mehr nicht.

DAS ERSTE DATE

»Laura, auf was habe ich mich da eingelassen?«, will ich von meiner Freundin wissen.

»Schatz, ganz ruhig! Ihr trefft euch in der Bar um die Ecke und wenn was ist, bin ich in fünf Minuten bei dir«, beruhigt Laura mich. »Du lässt dein Handy an und Maus, jetzt ganz ehrlich: wenn er scheiße aussieht, verschwindest du einfach! Wehe du triffst auf so einen Idioten, der ein falsches Bild von sich hochgeladen hat und bist dann zu nett, um gleich zu gehen. So ein Mitleidfick ist nichts!«

»Was denkst du denn, was ich hier vorhabe?«, setze ich an, aber Laura winkt nur ab.

»Jetzt komm mir nicht mit festem Freund, heiraten und der großen Liebe. Mensch, Elli … Fang doch erst mal an zu leben!«

Laura schiebt mich in den Flur, kommandiert mich in meine Schuhe und setzt mich vor die Tür. Ich fühle mich wie ein Vogel, der aus dem Nest geschubst wird. Flieg, Elli! Breite deine Flügel aus, genieße die kühle Luft und fang endlich an zu fliegen.

Es geht los. Mein erstes Date seit einer Ewigkeit und alles wegen dieses Onlinedatings, Schrägstrich Quatsch, Schrägstrich Blödsinn, Schrägstrich warum habe ich mich noch gleich da angemeldet?

Tatsächlich hatte ich am nächsten Tag drei Nachrichten. Eine sehr subtile Frage nach Telefonsex, eine nette Nachricht von einem nicht ganz so nett aussehenden Kerl und eine von Tom.

Tom ist 35 Jahre alt, wohnt in Münster und ist Lehrer für Mathematik und Sport am Schillergymnasium. Wir schreiben jetzt seit zwei Wochen miteinander. Er ist interessant, kann gut mit Worten umgehen und hat es irgendwie geschafft, dass ich ihn näher kennenlernen will. Er gefällt mir. Zumindest soweit ich das durch die Nachrichten beurteilen kann. Sieht er tatsächlich so aus, wie auf dem Profilbild, ist er allerdings ne Nummer zu heiß für mich.

Auf einmal bekomme ich Schiss. Was zum Teufel mache ich hier?

Er wird mich auslachen. Ich bin diejenige, die sitzengelassen wird, nicht er. O Gott, ist das peinlich. Ich wette, er erwartet eine hübsche, scharfsinnige, attraktive Frau. Und dann komme ich. Aber ich habe nicht geschummelt oder irgendwelche falschen Angaben gemacht. Er müsste wissen, auf was er sich einlässt, was für ein Date ich bin.

Langsam komme ich der Bar näher. Mit jedem Schritt wird mir mulmiger zumute. Meine Handflächen schwitzen bereits leicht, wie immer, wenn ich nervös bin. Aber jetzt gibt es kein Zurück mehr.

Ich kenne die Bar und bekomme schnell einen Überblick. Hinten rechts, in der Ecke am Fenster, sitzt er. Seine Rückansicht gefällt mir. Breite Schultern und dunkelblonde Locken. Aber nicht wild und zerzaust, wie bei einem Surfer, sondern gestylt. So, als ob jede Locke extra in Form gebracht und dann mit Haarspray an Ort und Stelle fixiert wurde. Er hat sich Mühe gegeben, gut auszusehen. Für mich.

Beim Mantel ausziehen lasse ich mir etwas mehr Zeit als nötig und beobachte ihn aus meiner geschützten Position.

Tom hat sein Handy in der Hand und wirkt konzentriert, dann steckt er es in seine Tasche und sieht sich um. Unsere Blicke treffen sich durch den Raum hindurch. Er lächelt mich an und offenbart eine Reihe strahlend weißer Zähne. Seine Augen gleiten meinen Körper hinab und finden zurück zu meinem Gesicht. Sein Grinsen wird noch breiter. Ihm gefällt, was er sieht.

Ich bin bestimmt nicht eingebildet, eher im Gegenteil, aber ich erkenne ein Kompliment. Vor allem, wenn es mir so entgegenstrahlt. Das sollte mich beruhigen, tut es aber nicht. Ich werde nur noch nervöser. Inzwischen rast mein Herz und mein Mund ist staubtrocken.

Habe ich schon erwähnt, dass Tom unglaublich schön ist? Mir fällt kein anderes Wort ein, er ist einfach nur schön. Markante Züge und Dreitagebart. Eindeutig männlich und irgendwie perfekt. Diese Art von Perfektionismus, dass ich keinen Makel an ihm erkenne. Erschreckend und auf eine Art und Weise interessant, die ich selbst nicht einzuordnen weiß. Ich habe ein Date mit einem Model und ich wette, sämtliche Schülerinnen von ihm beneiden mich darum.

Die Zeit verstreicht, aber davon bekomme ich nichts mit. Ich stehe immer noch im Eingangsbereich und grinse vor mich hin. Tom winkt mir zu. O Gott, ich stehe hier bestimmt schon eine Ewigkeit und starre ihn einfach nur an. Ein Glück, dass ich nicht zu sabbern beginne. Elli, reiß dich zusammen!

Endlich macht es Klick, ich komme aus meiner Traumstarre in die Wirklichkeit zurück und schaffe es, mich in Bewegung zu setzten.

»Hi, du bist Tom?«, frage ich ihn mit einer Piepsstimme, die so gar nicht mir gehört. Verhalten räuspere ich mich. Das fängt ja gut an.

»Wolltest du deinen Mantel nicht vorne aufhängen, Elli?«, säuselt er mir zu.

Wie in Zeitlupe blicke ich an mir herunter. Ich halte wirklich noch meinen Mantel in den Händen. Mit gesenktem Kopf nuschle ich: »Bin gleich wieder da«, und laufe zur Garderobe, die wohlbemerkt am Eingang ist. Da, wo ich herkomme. Peinlich!

Jetzt ist Durchatmen angesagt. Dieser wahnsinnig attraktive Mann hat tatsächlich ein Date mit mir. Ich wische meine feuchten Hände an der Jeans ab und hänge meinen Mantel auf. Lauras Worte von vorhin schleichen sich in meine Gedanken und auf einmal wird mir heiß. Ich fange an zu leben, genau jetzt!

Wieder zurück am Tisch, setze ich mich Tom gegenüber und gucke ihn erwartungsvoll an. Was kommt als Nächstes? Von ihm erst mal gar nichts. Er lehnt sich zurück, studiert mein Gesicht und schmunzelt.

»Alsoooo?«, will er wissen.

Wie also? Was soll ich denn bitte sagen? Mein Puls rast wie wild. Ich bekomme meine Aufregung gar nicht unter Kontrolle. Außerdem bin ich mir nicht sicher, ob ich meine Stimme wiedergefunden habe. Noch so ein Gepiepse wie vorhin und ich kann gleich gehen. Irgendwie komme ich mir vor, wie auf dem Prüfstand. Eine falsche Antwort und ich bin durchgefallen.

Tom verschränkt unterdessen seine Arme vor der Brust und wartet auf meine Antwort. Und wartet. Und wartet.

»Ich habe das noch nie gemacht und bin scheiß nervös!«, platzt es auf einmal aus mir heraus.

»Scheiß nervös?«, fragt Tom und kann sein Lachen kaum unterdrücken. Ich nicke nur und merke, wie mir die Röte in die Wangen schießt.

»Aber du hattest doch sicher schonmal ein Date, oder Elli?«

»Ja natürlich hatte ich das, aber …«

»Na siehst du, dann ist es doch gar nicht schwer«, unterbricht er meinen Erklärungsversuch.

Tom greift über den Tisch hinweg nach meiner Hand und hält sie in seiner gefangen. Mit seinem Daumen fährt er mir über den Handrücken und beobachtet schweigend meine Reaktion.

Ich bin mir nicht sicher, ob mir das gefällt, oder nicht. Jedenfalls fühlt sich seine Hand warm an und das Streicheln ist mehr als angenehm. Während sein Daumen einen Kreis nach dem anderen zieht, komme ich nicht umhin, mir vorzustellen, wie liebevoll er sich um andere Stellen meines Körpers kümmern würde. Wie gut es sich anfühlen würde, wenn er seine Hände um meine Brüste schließen und die süße Qual des leichten Streichelns dort weiterführen würde …

Tom räuspert sich, hält kurz in der Bewegung inne und geht dann dazu über, kleine Achten zu malen. Wie das Unendlichkeitssymbol, hin und her, rauf und runter. Eine Acht nach der anderen kribbelt auf meiner Haut und ich verfolge jede einzelne mit meinem Blick. So sanft und zart die Berührung ist, wirkt sie doch anziehend.

So ist das also, wenn man an nichts anderes, als Sex denken kann. Dabei haben wir kaum ein Wort miteinander gewechselt. Verlegen gucke ich zur Seite und bin froh, als der Kellner unseren Wein bringt. Offenbar hat Tom bereits für uns bestellt.

»Du trinkst doch süßen Rotwein, oder Elli?«

Mich freut seine aufmerksame Art und ich nicke zustimmend. Über seine Stimme denke ich besser nicht nach. Kein einziger Gedanke daran, wie tief sie klingt, dass sie etwas Neckisches an sich hat und ich ihr gerne länger zuhören würde. Viel länger … Ob er auf Dirty Talk steht? Wenn ich mir vorstelle, dass … Schluss! Reiß dich zusammen, Elli!

»Also, was machen wir jetzt mit dem Abend?« Tom nippt an seinem Glas und lässt mich nicht aus den Augen. Ich winde mich unter seinem Blick, will ihm ausweichen, aber auch wieder nicht. Was machen wir mit dem Abend, gute Frage. Wenn er mir weiter solche Fragen stellt, wird das eine einseitige Geschichte. Er fragt, ich kann nichts erwidern. Tolles Date!

Dass ich ihn mittlerweile am liebsten bespringen würde, wäre sicherlich keine passende Antwort und bei dem Gedanken daran, wie er nackt aussieht, wird mir noch heißer. Zum Glück bleiben meine Gedanken vor Tom geheim, was ich von meinen körperlichen Signalen nicht länger behaupten kann. Wenn meine Wangen noch röter werden, brauchen wir keine Beleuchtung mehr in der Bar.

»Woran denkst du, Elli, verrat es mir.«

Er legt seinen Kopf schief und lächelt mich an. Seine Berührungen und dieses unverschämt attraktive Grinsen foltern meinen Verstand!

»Ich denke, ich weiß auch nicht, ich …«, stottere ich hilflos.

»Du …?«

»Ach shit! Du machst mich nervös und du siehst ungeheuer gut aus. Ich weiß gar nicht, was ich sagen soll und außerdem ist es ewig her, dass ich ein Date hatte. Verdammt!«, sprudelt es aus mir raus, bevor ich die Chance habe, einen klaren Gedanken zu fassen.

Das habe ich ordentlich verbockt.

»Na geht doch. Ich dachte, du sagst gar nichts mehr und das Date wird irre langweilig. Ich finde dich übrigens auch scharf«, kommentiert er meinen Ausbruch freimütig.

Ich habe gar nicht gesagt, dass ich ihn scharf finde. Aber, dass er mich scharf findet … Also ehrlich, damit habe ich nicht gerechnet. Schön und gut, dass ich seinen Blick dahingegen interpretiert habe, ihm äußerlich zu gefallen. Das ist aber etwas ganz anderes, als es aus seinem Mund, mit seinen eigenen Worten, zu hören. Er findet mich scharf.

Jetzt nicht wieder einknicken und verstummen, Elli! Der Wein schmeckt gut und ich genehmige mir einen großen Schluck, um mich ein bisschen abzulenken. Vielleicht zeigt der Alkohol ja schnell seine Wirkung und ich werde redseliger. Nur bitte nicht noch freimütiger. Ich habe schon genug von mir preisgegeben.

»Dann erzähl mal, wie lange bist du schon Single?« Tom guckt mich über den Rand seines Weinglases ruhig an.

»Das ist eine lange Geschichte«, will ich mich aus der Affäre ziehen.

»Ach komm schon, Elli!«

»Na gut, die Kurzfassung: Vor drei Jahren hat mein damaliger Freund mich betrogen und seitdem bin ich Single.«

Fertig, mehr muss er nicht wissen. Dass Alex mein erster Freund war, wir elf Jahre zusammen waren und ich nach seinem Betrug ein Häufchen Elend war, behalte ich für mich. Auch, dass seine Worte mich noch immer verfolgen, geht ihn nichts an. In Wahrheit habe ich schreckliche Angst, dass Alex Recht behält und mich kein Mann wirklich wollen kann, dass ich nie genug sein werde.

»Seit drei Jahren?«

Tom blickt mich fassungslos an. Seine Hand lässt meine los, bewegt sich langsam auf mich zu, bis sie kurz vor meinem Gesicht stoppt und mir dann sanft über die Wange streicht. Ich verkrampfe augenblicklich, halte den Atem an und lehne mich dann zaghaft in seine Berührung. Es kostet mich ungemein viel Kraft, mich nicht vollends in seine Hand zu schmiegen.

»Elli, das geht doch nicht!« Kopfschüttelnd fügt er hinzu: »Drei Jahre?«

Mir ist das gar nicht so entsetzlich lang vorgekommen. Aber Toms Reaktion bringt mich zum Nachdenken. Sind drei Jahre Singledasein wirklich so dramatisch?

»Wie sieht es denn bei dir aus?«, lenke ich von mir ab.

Tom ergreift erneut meine Hand, um seine Streicheleinheiten fortzusetzen. Seine Stirn liegt in Falten und er scheint zu grübeln.

»Und in der Zwischenzeit hattest du gar keinen anderen?«, fragt er.

Ihn lässt das Thema anscheinend nicht los. Seine Augen bohren sich in meine. Mir ist, als würde meine Antwort über das Schicksal dieses Abends entscheiden. Als ob dadurch eine Richtung vorgegeben würde. Der eine Weg, führt in das Ende eines schönen Dates und der andere … Seinen lodernden Augen nach zu urteilen, wird ihm gefallen, was ich zu sagen habe. Vor Aufregung beginne ich, auf dem Stuhl hin und her zu rutschen. Am liebsten würde ich ihm meine Hand entziehen und mich zur Not draufsetzen.

»Nein, keinen«, flüstere ich schließlich.

Einen Moment lang starren wir einander wortlos an. Der ganze Raum ist elektrisiert. Ich halte dem Blickkontakt stand, bis Tom scharf die Luft einzieht und dann wegsieht. Es ist offensichtlich, dass er an Sex denkt und Herr im Himmel, ich auch!

Seit ich ihm gegenübersitze, denke ich an nichts anderes und dann berührt Tom mich auch noch permanent. Ich weiß nicht, ob drei Jahre ohne Sex kurz, lang, oder ganz normal sind. Aber eins weiß ich genau: Es ist genug!

Indem sich der Gedanke in meinem Kopf formt, zieht Tom seine Unterlippe in den Mund und lässt sie langsam wieder herausgleiten. Mein Blick klebt an seiner Lippe und dann … Dann wird es mir klar. Er spielt mit mir. Das alles, unser ganzes Date, es dreht sich nur um Sex. Er hat für uns bestellt, Wein, nichts zu essen. Er berührt mich unentwegt und die einzigen Gesprächsthemen, die wir haben, drehen sich irgendwie auch darum. Warum habe ich das nicht sofort bemerkt? Das hier ist ein Sexdate!

Meine Gedanken überschlagen sich. Ich hatte noch nie einen One-Night-Stand. Will ich das? Und wie funktioniert das jetzt, nehme ich ihn mit zu mir nach Hause? Soll ich einfach fragen? In meinem Kopf brüllt eine Stimme laut: »JAAA«, und ich bin mir sicher, dass sie recht hat. Ganz ehrlich? Ich will!

Ich leere das Weinglas in einem Zug und stelle es zurück auf den Tisch. Tom schmunzelt.

»Möchtest du noch ein Glas?«

»Nein.«

»Willst du etwas zu essen bestellen?«

»Nein.«

Er legt den Kopf schief und studiert mein Gesicht. Seine Augen gleiten über meine Stirn, meine Nase, meinen Mund.

»Was willst du dann?«

»Die Rechnung.«

Tom nickt und hebt die Hand. Er lässt mich nicht eine Sekunde aus den Augen. Von irgendwoher kommt ein Kellner, dem Tom einen Schein hinhält.

»Stimmt so.«

Meine Augen tanzen zwischen seinen hin und her, suchen eine Regung, ein Zeichen. Toms Blick ist unverändert. Er wartet. Der Schritt muss offensichtlich von mir kommen, also schiebe ich den Stuhl zurück, stehe auf und gehe zum Ausgang. Meine Fingerspitzen kribbeln vor Nervosität.

Es ist doch klar, was ich vorhabe, oder? Nicht, dass er mich falsch verstanden hat und ich gleich allein nach Hause laufe. Ich greife meinen Mantel und trete hinaus, in die kühle Novembernacht. Erst jetzt traue ich mich, einen Blick über meine Schulter zu werfen. Tom steht genau hinter mir. So dicht, dass ich ihn beinahe spüre. Er ist noch größer, als ich angenommen habe. Ich muss meinen Kopf in den Nacken legen, um in sein Gesicht zu gucken, das von einem breiten Grinsen ausgefüllt ist.

»Wo lang?«, fragt er und legt seine Hand in meine.

Ich drücke zu und nehme in mit in meine Richtung, zu mir nach Hause.

∞∞∞

Es sind nur ein paar Meter, die wir schweigend zurücklegen. Kaum lang genug, um meine Aufregung in den Griff zu bekommen. Vor der Tür bleiben wir stehen. Ich suche den Schlüssel in meiner Handtasche und hoffe, meine zittrigen Finger verbergen zu können. Wo zum Teufel ist der Schlüssel? Da ich ihn nicht auf Anhieb finde, gehe ich jetzt systematisch vor und gucke in jedes einzelne Fach. Tom tippelt von einem Fuß auf den anderen. Kann es sein, dass er auf einmal nervös ist? Das gefällt mir. Ich hatte schon befürchtet, die Einzige zu sein, der das Herz gleich aus der Brust springt.

Als ich die Hoffnung schon fast aufgegeben habe, fällt mir ein, dass ich noch nicht in der Manteltasche nachgesehen habe. Und tatsächlich, da ist er. Lächelnd ziehe ich den Schlüssel hervor und schließe die Tür auf.

Bis zu den Treppen gehe ich vor. Diesmal brauche ich mich nicht umzudrehen, um zu wissen, dass Tom mit folgt. Er ist genau hinter mir. Jeder Schritt von mir geht in dem dumpfen Geräusch seiner Tritte unter. Stufe für Stufe kommen wir meiner Wohnung näher. Einen Moment später sind wir angekommen und die Tür hinter uns ist zu. Es gibt keinen Ausweg, nur noch Tom und mich.

Die Sekunden verstreichen, während wir dastehen und warten, dass der andere die Richtung vorgibt. Ich fühle mich, wie bei meinem ersten Mal. Ich bin keine Jungfrau mehr, schon klar, aber eben auch kein Experte was Sex angeht. Ich könnte auch nicht von mir behaupten, dass ich erfahren wäre. Vor allem, was One-Night-Stands angeht. Im Klartext: Ich bin so was von scheiß aufgeregt! Wenn ich nicht aufpasse, springt mein Herz aus meinem Körper und hämmert ohne mein Zutun durch die Wohnung.

Ich atme. Ganz ruhig. Durch die Nase ein, durch den Mund wieder aus. Tom ist einfach nur ein Mann. Ein verflucht attraktiver, aber das tut gerade nichts zur Sache. Er ist ein Mann und ich bin eine Frau, ganz normal. Wir können ganz normale Sachen machen. Männer und Frauensachen, oder aber gemeinsame Sachen, nicht jeder für sich. Normale Sachen eben. Sex zum Beispiel. Scheiße!

Es ist unheimlich still in meiner Wohnung und Toms Augen ruhen auf mir. Gespannt halte ich die

Luft an, will nicht, dass mein Atem das einzige Geräusch ist, das den Raum erfüllt.

»Das wollte ich schon machen, seit ich dich zum ersten Mal gesehen habe«, sagt Tom und ist in einem Schritt bei mir.

Er legt eine Hand in meinen Nacken und senkt sein Gesicht über meins. Kurz vor meinem Mund bleibt er stehen. Ich zittere, voller Erwartung auf den Moment, auf den Kuss, auf alles.

»Willst du mich auch, kleine Elli?«, flüstert er.

Ich will, ich will so sehr. Merkwürdig, wie lange das kein Thema für mich war, wo es doch so ein berauschendes Gefühl ist.

Lust.

Mein Gehauchtes: »Ja«, reicht ihm als Antwort. Einen Moment später spüre ich Toms Lippen auf meinen. Sie sind hart und fordernd. Er ist nicht zaghaft, sondern küsst mich wie ausgehungert und verwandelt damit mein Innerstes in ein Freudenfeuer.

Seine Zunge drängt sich in meinen Mund, erobert mich. Er schmeckt nach Wein. Nach Wein und Zigarette. Ich habe nicht bemerkt, dass er Raucher ist, aber störe mich nicht daran. Es erinnert mich an etwas Verbotenes und das ist ungeheuer anturnend.

Langsam fährt er mit der Zunge durch meinen Mund und gleichzeitig spüre ich seine Hand in meinem Nacken. Die andere legt er besitzergreifend um meine Hüfte und zieht mich näher zu sich. Nur zu gerne schmiege ich mich an seinen warmen Körper und atme seinen herben Duft ein.

Warum habe ich nur so lange darauf verzichtet? Schnell schiebe ich den Gedanken beiseite und konzentriere mich auf das hier und jetzt. Tom ist heiß, er will mich und ich will ihn. Fertig.

Ein leichtes Prickeln durchzieht meinen Körper, als er seinen Oberschenkel zwischen meine Beine schiebt und sein Becken kreisen lässt. Ich spüre seine Erektion zwischen uns und kann meine Überraschung kaum verbergen. Er ist steinhart! Habe ich das ausgelöst? Tom unterbricht unseren Kuss. Ich weiche von ihm zurück und starre auf die Beule in seiner Hose. Lachend folgt er meinem Blick.

»Hast du gedacht, du lässt mich kalt?« Sein spöttisches Grinsen macht ihn noch attraktiver, männlicher.

»Scheiße Elli, lass mich hier nicht so stehen!«

Auffordernd streckt er seine Hand aus.

Ich ergreife sie und lasse mich zurück an seine Brust ziehen. Langsam fahre ich mit meinen Fingern seinen Rücken hoch, an den Schultern vorbei und vergrabe sie schließlich in seinem Haaransatz. Tom knurrt und schließt die Augen. Ich dirigiere seinen Kopf zu mir und gleite mit der Zunge in seinen Mund.

Jetzt bin ich die Verführerin. Eine Rolle, in der ich nicht allzu sicher bin, die mich aber umso mehr reizt. Gerade will ich den Kuss intensivieren, als auf einmal alles ganz schnell geht. Tom hebt mich hoch und trägt mich zu dem kleinen Sekretär unter meinem Flurspiegel.

Seine Hände sind plötzlich überall. In meinem Nacken, an meinen Brüsten, dann wieder an meinen Oberschenkeln, um sie zu spreizen und sich näher an mich zu drücken. Ich bin überfordert, lasse es einfach geschehen und ihn die Führung übernehmen.

Mein Mantel ist schnell abgestreift, das Top auch und den BH schiebt er einfach hoch. Ich kann gar nicht so schnell gucken, wie die Kleidungsstücke meinen Körper verlassen. Meine Nippel sind entblößt und Tom bearbeitet sie wohlwollend mit seinen warmen Händen.

Endlich schaltet er einen Gang zurück und ich kann seine Berührungen genießen, mich wieder auf ihn einstellen. Es kribbelt überall. Eine Gänsehaut breitet sich auf meinem Körper aus, beginnt im Nacken, kriecht meine Arme runter und zieht weiter, bis jeder Zentimeter meiner Haut erreicht ist.

Ein kleines Schluchzen verlässt meine Kehle. So ist das also, wenn man sich hingibt und genießt. Mein Körper reagiert intuitiv. Ich will mehr. Ich will alles und ich habe das untrügliche Gefühl, dass es gut wird. Er weiß, was er macht und ich möchte es einfach nur genießen.

Gierig küsse ich seinen Hals entlang und zupfe an seiner Jacke. Wie geht das doofe Ding auf? Ich möchte seine Haut fühlen und freue mich, als er mir hilft und die Jacke kurzerhand mitsamt Shirt über seinem Kopf auszieht.

Heilige Scheiße! Das ist ein Mann, wie im Bilderbuch. Meine Augen gehen auf Wanderschaft und treffen auf breite Schultern, definierte Arme und Sixpack. Natürlich hat der Mann ein Sixpack. Seine Brust ist auch nicht zu verachten und wird durch einen Edelstahlring geschmückt. Ich selbst habe weder Tattoos noch Piercings, aber dieser kleine Ring sieht ungeheuer heiß aus.

»Hast du genug gesehen?«, fragt Tom.

»O nein, noch lange nicht«, wage ich mich mutig vor.

Jetzt habe ich Blut geleckt und es gibt kein Zurück mehr. Tom umfasst meine Kniekehlen und schiebt meine Beine auseinander, um sich den Platz dazwischen zurückzuerobern. Endlich spüre ich seine nackte Haut auf meiner und kann mit meinen Händen auf Erkundungstour gehen.

Er fühlt sich gut an. Seine Haut ist samtweich und rasiert, wie ich amüsiert feststelle. Unterdessen wird Toms Kuss drängender und sein Herzschlag spürbar schneller. Meine Hand liegt auf seiner Brust und genießt das starke Klopfen. Mich macht es an, ihn so heftig atmen zu sehen. Ich bin es, die ihn in Rage versetzt, nur durch meine Küsse. Und er gibt mir jedes bisschen Erregung zurück.

An meiner Mitte spüre ich ein deutliches Pochen und reibe mich ihm schamlos entgegen. Ist er das, oder bin ich das? Egal, ich will mehr fühlen, seine Jeans muss aus. Als hätte er meine Gedanken gehört, fummelt er an seiner Hose herum und beginnt sich auszuziehen. Er öffnet den Gürtel, dann den Knopf und schließlich den

Reißverschluss. Die Schuhe tritt er an den Fersen aus, danach fällt seine Jeans zu Boden. Er steigt heraus und schiebt sie mit dem Fuß zur Seite.

Jetzt fehlt nur noch ein Kleidungsstück. Ich bin aufgeregt und nichts in der Welt könnte meine Aufmerksamkeit auf etwas anderes lenken als diesen Mann und den Moment, indem er seine Shorts herunterzieht. Gedankenverloren lecke ich über meine Lippen und starre auf Tom, der mir endlich, endlich den Gefallen tut. Mir entfährt ein leises Keuchen, als er die Boxershorts abstreift und sein Schwanz förmlich herausspringt.

O du bittersüße Vorfreude, ertränke mich in deiner Lust!

Ich habe nicht irgendeinen nackten Mann vor mir stehen, das ist ein Adonis! Schnell hüpfe ich vom Sekretär und entledige mich meiner letzten Anziehsachen. Jetzt wird es ernst. Wir stehen uns nackt gegenüber und betrachten einander, wie zwei Raubkatzen, kurz vor dem Angriff. Keiner wagt den ersten Schritt.

In meiner Wohnung ist es dunkel. Nur durch die Straßenlampe dringt ein wenig Licht in den Flur. Unser beider Schatten bewegt sich zeitgleich aufeinander zu.

»Elli, ich will dich«, raunt Tom. »Komm her zu mir!«

Mehr braucht es nicht, um mein Verlangen ins Unermessliche zu steigern. Er will mich. Ich wage den ersten Schritt und ziehe seinen Kopf zu einem Kuss runter. Sofort finden seine Lippen meinen

Mund und seine Finger meine Haut. Wir erforschen einander und streicheln uns.

Mutig taste ich mich tiefer. Mein Herzschlag knüpft an den Galopp von vorhin an, aber meine Hand ist vollkommen ruhig. Mit den Fingern treffe ich auf heiße Haut. Ohne Umschweife folge ich der Hitze, umschließe seine Länge und drücke sanft zu.

Tom stöhnt und umfasst meine Hand. Ich lasse mich von ihm leiten und massiere mit leichtem Druck. Sein Stöhnen wird lauter und er schließt die Augen. Hand über Hand massiere ich ihn. Tom zeigt mir, was er will. Er geniert sich nicht vor mir. Alles funktioniert ganz automatisch.

»Elli, wenn du nicht willst, dass ich über deinen Fingern komme, musst du aufhören.«

Seine Stimme ist zwei Oktaven tiefer und kaum mehr als ein Flüstern. Meine Hand liegt ruhig um seinen Schaft und ich spüre, wie er leicht pulsiert. Tom grinst.

Das ist er, der Moment, in dem man entweder alle Bedenken über Board wirft und sich kopfüber in die Fluten stürzt, oder kurz innehält und nachdenkt. Ich denke immer nach, mein Kopf lässt sich nicht überlisten.

»Hast du ein Kondom dabei? Sonst flitze ich schnell ins Badezimmer und besorge eins.« Erwartungsvoll blicke ich zu ihm auf. In mir pocht es bereits heftig und ich will nichts mehr, als ihn endlich in mir zu spüren. Er kommt mir wie die Sorte Mann vor, die immer ein Kondom in der Tasche hat. Na los, Tom. Hol es raus und dann kann es losgehen.

»Elli … Ich bin sauber und wenn du sagt, dass du es auch bist, vertraue ich dir. Du nimmst doch die Pille, oder?«

Stopp! Mit einem Mal versteife ich mich und trete einen Schritt zurück. Meint er das jetzt ernst? Mit offenem Mund starre ich ihn an und bin sichtlich empört.

»Komm schon, ich mag keine Kondome, die engen mich ein. Wir brauchen doch keins. Ich will dich spüren, Elli. Bitte.«

Tom seufzt.

Scheiße! Für mich ist das ein No Go und das nicht erst seit Laura. Die fiesen Stimmen von früher arbeiten sich mein Unterbewusstsein hoch, aber ich schaffe es, sie zu unterdrücken. Dafür ist hier kein Platz. Ich will die Stimmung nicht verderben, aber hier gibt es keinen Kompromiss und ich werde mich auf nichts einlassen.

»Ich hole schnell ein Kondom und bin sofort wieder da.«

Als ich mich umdrehe und durch den Flur flitze, schnaubt er hörbar. Ist mir egal. Kein Kondom, kein Sex. So einfach ist das! Die Tür zum Badezimmer lasse ich auf und strecke, beim Wühlen im Waschbeckenunterschrank, meinen nackten Hintern hoch. Wenn er mir hinterhergesehen hat, wird er wenigstens etwas belohnt.

»O Gott, Elli!«

Auf einmal steht Tom im Badezimmer und umfasst von hinten meine Brüste. Meine Beine drückt er mit seinem Knie auseinander und lässt mich seinen Schwanz fühlen.

Ein wohliger Schauer rinnt meinen Rücken hinab. Ganz langsam bewegt er ihn hin und her und benetzt sich mit meiner Lust. Gott, fühlt sich das gut an. Ich halte still und genieße die Reibung an meiner Mitte.

Wenn er wüsste, wie sehr ich mich nach dem Gefühl gesehnt habe. Die Nächte, in denen ich mit einer Hand zwischen meinen Beinen an einen Mann gedachte habe, sind hoffentlich passé. Es jetzt wirklich zu spüren, ist so viel mehr, als ich gehofft hatte.

Schnell reiße ich das Kondom auf und versuche es ihm überzuziehen. Geschafft! Tom drückt meinen Oberkörper mit der flachen Hand noch tiefer. Ich spüre seine Hände meinen Rücken hinabgleiten, bis zu meiner Hüfte. Er hält sich an mir fest und stößt unvermittelt zu.

Die plötzliche Dehnung schmerzt kurz. Ich habe nicht damit gerechnet, dass er sofort loslegt, und muss mich sammeln. Doch dazu lässt er mir keine Gelegenheit. Immer schneller dringt Tom in mich ein. Hilflos klammere ich mich am Waschbecken fest und versuche mich auf seinen Rhythmus einzustellen, das schöne Gefühl wiederzufinden.

»Scheiße, Elli. Bist du soweit?«, stöhnt er.

Bin ich was? Wir haben doch gerade erst angefangen? Ich will mich zu ihm umdrehen, ihn küssen, ihm in die Augen sehen und mich an ihn schmiegen. So habe ich mir das nicht vorgestellt. Ich fühle mich irgendwie ausgeliefert, kann mich nicht richtig bewegen und ganz davon abgesehen, bin ich noch lange nicht *so weit*.

Mist! Es hat alles so gut angefangen und Tom ist furchtbar heiß. Ich will ihm gefallen und irgendwie will ich gut für ihn sein. Bevor ich weiter darüber nachdenke, beginne ich für ihn zu stöhnen. Vielleicht stehe ich mir selbst im Weg und muss einfach nur meinen Kopf abschalten.

Tom stößt unterdessen härter zu und zieht mich bei jedem Eindringen zu sich. Seine Atmung wird lauter und ich merke, dass er kurz davor ist, also spanne ich mich um ihn herum an.

Ich hebe meinen Kopf, um in den Spiegel zu gucken, und finde seinen Blick. Pures Verlangen steht in seinen Augen. Kurz flattert ein heißes Kribbeln durch meinen Bauch. Dann aber schließt er die Augen wieder, pumpt noch zwei Mal kräftig in mich und hält mich fest.

Mein Blick klebt auf seinem Spiegelbild. Tom verkrampft sein Gesicht und presst die Luft durch seine Zähne. Schweiß steht auf seiner Stirn und die blonden Locken liegen zerzaust auf seinem Kopf. Seine Augen öffnen sich und ein Lachen huscht über sein Gesicht. Dann küsst er mich in den Nacken und flüstert: »Danke Elli, ich hoffe es war genauso geil für dich, wie für mich.«

So schnell, wie er in mich eingedrungen ist, ist er auch wieder raus. Er entsorgt den Pariser im Mülleimer und läuft in den Flur zurück.

Stille.

ooooo

Ich stehe noch eine Weile im Badezimmer vor dem Spiegel und beobachte mein Gesicht.

Der erste Sex nach drei Jahren, das war er. Jetzt muss ich doch ein bisschen grinsen: Ich, Elli Schütze, hatte Sex mit einem Mann, den ich gerade erst kennen gelernt habe.

Lachend schüttle ich den Kopf und drehe mich zu Tom um. Er hat sich komplett angezogen und schlüpft gerade in den zweiten Schuh. Wie hat er das denn so schnell geschafft?

»Sorry. Ich wünschte, ich müsste nicht schon gehen, aber es ist spät und ich muss morgen früh raus. Die Nacht war der Wahnsinn, du bist Wahnsinn.«

Er dreht sich im Gehen nochmal um und bleibt für einen Moment stehen.

»Sag, dass du mich wiedersehen willst, Elli.«

Das reicht, um mich schwach werden zu lassen. Ich eile zu ihm und küsse ihn zärtlich auf den Mund.

»Natürlich will ich. Gute Nacht Tom, schlaf gleich schön.«

»Du auch, kleine Elli. Bye.«

Die Tür fällt ins Schloss und dann ist es wieder still. Ich stehe nackt in meinem Flur und starre auf den Fleck, an dem Tom eben noch gestanden hat.

Eine Gänsehaut breitet sich auf meinem Körper aus und zieht sich hoch, bis in meinen Nacken. Es ist keiner von diesen schönen, kribbelnden Gänsehautmomenten. Mir ist kalt. Nicht körperlich, sondern emotional. Irgendetwas stört mich, aber ich kann meinen Finger nicht ganz drauflegen. Ich beschließe, mir eine heiße Dusche zu gönnen und dann Laura zu schreiben.

Das gibt Ärger, ich habe vier Nachrichten und zwei Anrufe in Abwesenheit, alle von Laura.

Gestern, 21:03 Uhr
Na? Wie siehts aus, läuft alles gut? ~L

Gestern, 22:10 Uhr
Ok, es läuft sicherlich gut. Du bist schon seit zwei Stunden weg. Ich freu mich Süße, aber melde dich bitte kurz, damit ich mir keine Sorgen mache und beruhigt schlafen gehen kann. ~L

Gestern, 23:48 Uhr
Elli, musst du gar nicht pinkeln, oder guckst du vllt einfach so mal auf dein Handy?? Mensch Süße, schreib wenigstens kurz: Alles gut ~L

Heute, 00:17 Uhr
Erster Anruf

Heute, 00:53 Uhr
Zweiter Anruf

Heute, 01:26 Uhr
Elli??? Ich habe gerade was im Flur gehört, bist du das? Komm schon, ruf mich an und sag, dass du das warst. ~L

Es ist halb zwei Uhr nachts und ich habe mein Handy nicht einmal in der Hand gehabt. Ein gutes Zeichen für unser Date, aber bei Laura habe ich was gut zu machen. Schnell drücke ich auf Anrufen und nach dem zweiten Klingeln hebt sie ab.

»Gott sei Dank, Elli! Ist jetzt nicht so, als hätte ich ernsthaft damit gerechnet, dass was passiert ist. Aber so langsam hatte ich doch ein ungutes Gefühl. Bist du zu Hause, hast du Lust zu reden, kommst du runter?«

Ich weiß gar nicht, welche Frage ich zuerst beantworten soll.

»Klar Maus, ich gehe eben duschen und bin gleich bei dir, bye.«

Schnell lege ich auf, bevor ich mir schon am Telefon ihr neckisches: *Soso, du musst also duschen* anhören kann.

Laura wohnt in demselben Haus wie ich, nur im Erdgeschoss. Wenn man so gut befreundet ist, wie wir, ist das einfach nur himmlisch.

Frisch geduscht, in meinem Lieblingspyjama mit den niedlichen Bärchen, stehe ich vor Lauras Tür und warte, dass sie mir öffnet. Dicke Socken oder Pantoffeln habe ich vergessen und spätestens seit der dritten Treppenstufe, frieren meine nackten Füße.

»Komm schon, Laura. Mir wird kalt!«, rufe ich durch die geschlossene Tür.

Von innen höre ich leises Trippeln, dann geht die Tür auf. Laura hat ihre braune Mähne zum Zopf gebunden und öffnet mir in Shorts und Spitzentop.

Wie macht die Frau das? Ich friere mir hier den Arsch ab und sie hat Hochsommer.

»Komm rein, Süße und dann ab ins Bett mit dir. Da ist es warm«, begrüßt sie mich. Unter der weichen Bettdecke wird auch mir schnell wärmer. Ich atme gelöst aus, als ob eine Last von mir fallen würde. Verrückt.

»Na, wie wars? Musstest du gleich duschen, weil du dich so vor ihm geekelt hast? Hast du vor lauter Nervosität so geschwitzt, oder kann es etwa sein, dass Elli Schütze gerade rattenscharfen Sex hatte? Naaa?«

Kichernd ziehe ich mir die Decke bis unter die Nasenspitze. Ich glaube ja selbst kaum, was eben passiert ist.

»O man, Laura. Wo fange ich nur an?«

»Beim Sex natürlich, alles andere kannst du später erzählen!«, fordert sie. Ich kann mein Schmunzeln gerade noch unterdrücken. Sie wird alles genau wissen wollen.

Laura und ich haben keine Geheimnisse voreinander, hatten wir nie, also erzähle ihr haarklein, wie der Abend gelaufen ist. Erst jetzt fällt mir auf, dass ich gar nicht viel über Tom zu berichten weiß. Er hat nicht wirklich von sich erzählt. Eigentlich gar nicht. Wir haben hauptsächlich geflirtet und dann war klar, wohin der Abend führt.

»Tom ist echt ne Wucht.« Ich rufe mir sein Bild vor Augen und fange an, ihn zu beschreiben. »Er ist groß. Nicht so irre groß, dass es unnormal wäre. Aber ein ganzes Stück größer als ich. Genau richtig eben. Er ist trainiert und gepflegt, gestylte Haare, Bartkonturen und eine rasierte Brust.« Laura quiekt kurz auf. Oberflächliche Männer gefallen ihr nicht. Wenn ein Mann länger im Bad brauchen würde als sie, wäre er in ihren Augen kein Mann.

»Tom hat ein Brustwarzenpiercing, der Arsch ist erste Sahne und küssen kann er. Laura, der Mann kann wirklich küssen!«

Ich richte mich auf, um Laura anzusehen, und finde Zustimmung in ihrem Blick. War ja klar, dass sie auf das Piercing anspringt.

»Jaja, und dann?« Sie guckt mich mit großen Augen an und erwartet offensichtlich pikantere Details meines Abends. Dass sowas nochmal vorkommt, mein Abend war tatsächlich aufregender als Lauras. Und wie …

»Es hat irre heiß angefangen«, beginne ich. »Wir haben uns wie wild geküsst und ich habe Tom das Kommando überlassen. Er ist einer von den Männern, die einen schneller ausgezogen haben, als man gucken kann.« Laura schnalzt mit der Zunge und ich grinse.

»Ich habe im Bad ein Kondom geholt und er war auf einmal hinter mir. Und dann …«, gerate ich ins Stocken. Wie soll ich das beschreiben?

»Du, ganz ehrlich, ich hatte damit gerechnet, dass wir noch weiter rumfummeln und alles … Aber auf einmal war er drin«, gebe ich zu.

»Wie, auf einmal?«, fragt Laura verständnislos.

»Hup da was hij in – wie in der niederländischen Geschichte, in der 12. Klasse, weißt du noch?«

Laura glotzt blöd aus der Wäsche und fängt dann lauthals an zu lachen.

»Die Einbrechergeschichte? Elli, wie geil bist du denn? Tom ist doch nicht, wie ein Einbrecher, in deine Muschi eingebrochen«, will sie klarstellen. Aber ich finde, der Vergleich passt.

»Doch, irgendwie schon! Es ging ganz schnell und schwupp, da war er drin. Und auch genauso schnell wieder draußen. Das ging ruck zuck und er war fertig.«

So war es für mich, was soll ich daran beschönigen? Wenn ich ehrlich bin, war da noch ein anderes Gefühl, aber das will ich mir nicht eingestehen und schon gar nicht laut aussprechen. Manchmal überdramatisiere ich. Vorher war es immerhin gut. Mehr als gut.

Laura scheint traurig zu sein. Sie hat bestimmt mehr erwartet und ich ja schließlich auch. Auf die Frage, ob ich denn nicht gesagt habe, dass ich noch nicht so weit bin, will ich nicht antworten.

»Mensch Elli, du hast nichts gesagt? Woher soll er denn wissen, dass du noch mehr Zündstoff brauchst?«, entgegnet Laura entrüstet.

Ja, woher denn? Gesunder Menschenverstand, Erfahrung, Beobachtung, Körpersprache? Das muss ein Mann doch mitbekommen, oder nicht? Habe ich was falsch gemacht?

»Irgendwie hat er nur an sich gedacht und ich wollte es ihm schön machen. Dann habe ich einfach so getan. Mensch Laura, ich weiß selbst nicht, warum ich das gemacht habe. So wars einfacher.«

Kleinlaut sitze ich meiner Freundin gegenüber und weiß mir selbst keinen Rat.

»Einfacher, hmm? Elli, so funktioniert das aber nicht! Er denkt doch jetzt, dass er alles richtig gemacht hat und du es toll gefunden hast. Wenn ihr euch wiederseht, wird er es genauso machen, weil du ja so darauf abgefahren bist. Und was dann?«

»Du hast ja recht.«

Ich lasse mich hinten rüber ins Bett fallen und vergrabe meinen Kopf unter dem Kissen. Natürlich hat sie recht, ich bin ja selbst schon zu dem Schluss gekommen. Aber hätte Tom sich nicht ein bisschen mehr um mich bemühen können? Wie schon so oft stelle ich mir die Frage, ob Männer eigentlich einen Unterschied merken, wenn eine Frau etwas vorspielt, oder nicht.

Noch mehr beschäftigt mich allerdings, ob ich jemals einen Orgasmus haben werde. Also einen, der nicht selbstgemacht ist. Einen Richtigen, wo ich mich fallen lasse und von den Gefühlen überrollt werde. So einen, bei dem man alles um sich herum vergisst. Einen richtig echten Orgasmus, verdammt! Soll ich etwa mein Leben lang was vorspielen?

»Der Einbrecher … Elli, das Bild werde ich jetzt nicht mehr los. Vielen Dank dafür!«

Kichernd sinkt Laura neben mir ins Bett und zieht mir ihr Kissen auch noch über den Kopf.

Es ist mitten in der Nacht und langsam sollten wir schlafen, aber eine Sache geht mir nicht aus dem Kopf.

»Weißt du, wie Tom mich eben genannt hat? *Kleine Elli* und das sagt sonst nur Andreas zu mir.«

Als Antwort bekomme ich nur ein leises Gemurmel zu hören. Laura dreht sich zur Seite und kuschelt sich unter die Decke. Schlafenszeit, schon verstanden.

Allein hänge ich noch eine Weile meinen Gedanken nach. Andreas kennt mich als *kleine Elli* und hatte in unserer Kindheit noch viel mehr Spitznamen für mich. *Titti-Fritti* war eine Zeit lang der Renner, weil ich dieses blöde Shirt anhatte, mit einer Pommes Tüte auf Brusthöhe. Oder *Schützinchen* wegen meines Nachnamens. Die Jungs haben mich alle so genannt und sich über mich lustig gemacht. Allen vorweg mein Bruder Niklas.

Kleine Elli hat immer nur Andreas zu mir gesagt und auch nicht, als wir Kinder waren, erst später …

ꝏꝏꝏ

Über die Gedanken an unsere Kindheit schlafe ich ein und träume von einem schönen Sommertag, an dem ich über weite Blumenwiesen tanze. Im Hintergrund höre ich glockenklare Kinderstimmen, die sich lachend jagen und den Ursprung meines Glückes bilden.

MÖPSENACHRICHT

Bereits am nächsten Morgen hat Tom sich gemeldet und gefragt, wie ich geschlafen habe. Es war also nicht nur ein One-Night-Stand. Er hält den Kontakt.

Wir schreiben uns regelmäßig Textnachrichten, wenn ich auch häufig lange auf seine Antwort warten muss. Im Moment ist er auf Klassenfahrt in London und hat wenig Zeit.

Die ganze Situation ist eigenartig für mich. Ich weiß nicht, woran ich bin, was das zwischen uns ist und wie ich mich verhalten soll. Was ich fühlen soll bzw. darf. Einerseits möchte ich ihn wiedersehen, ihn richtig kennenlernen, aber ich möchte auch nicht wie eine Klette wirken. Ich will ihm gefallen, will unkompliziert sein. Eben die Art Frau, die Tom interessieren könnte.

Laura sagt immer, ich soll es locker angehen lassen. Männer wie Tom bräuchten eine lange Leine und mögen nicht erdrückt werden. Klar lasse ich ihm seine Freiheit! Wer bin ich denn, ihn zu irgendetwas zu verpflichten? Wir kennen uns ja kaum. Genau deswegen ist es so unheimlich schwer.

Für meine Begriffe gibt es nur vergeben oder single. Die Zeit dazwischen ist eine Herausforderung für mich. Eine riesige Herausforderung.

Heute, 11:45 Uhr
Hey Süße, ich denke an dich. Wäre schön, mit dir hier zu sein. ~T

Sieh an und ich habe heute gar nicht mit einer Nachricht von ihm gerechnet.

Heute, 11:47 Uhr
Da sagst du was. Ich sitze vor einem Stapel Post an meinem Schreibtisch. Wäre jetzt auch lieber bei dir. ~E

Heute, 11:48 Uhr
Noch zwei Tage, dann bin ich wieder zurück. Sehen wir uns bald? Vielleicht schickst du mir ein Bild von deinen wunderschönen Möpsen, um mir die einsamen Nächte zu versüßen? ~T

Ahhh! Er will mich wiedersehen. Ich könnte schreien vor Glück. Mache ich aber nicht, wäre auch zu peinlich auf der Arbeit. Stattdessen grinse ich wie ein Honigkuchenpferd und starre auf mein Handy. Eine kurze Nachricht und meine Zweifel sind wie weggeblasen. Das ich mir auch immer so viele Gedanken mache, schrecklich! Aber ein Bild von meinen Möpsen? Macht man das einfach so? Irgendwas hindert mich. Wobei ich bestimmt nicht prüde bin. Aber trotzdem, ein Bild von meinen Möpsen?

Tom hatte sicher schon viele Frauen. Vielleicht verliert er sein Interesse an mir, weil ich diejenige bin, die ihm nicht mal Tittenbilder schickt? Bin ich langweilig?

Was mache ich denn jetzt? Grübelnd sitze ich an meinem Schreibtisch und kritzle kleine Herzen auf die Schreibtischunterlage. Als ob mir die Entscheidung dadurch leichter viele …

Mein Chef kommt rein und fragt, ob ich mich um den Kaffee, für die Besprechung um 14 Uhr kümmern kann. Zum Discounter muss ich heute auch noch. Also ziehe ich meine Jacke an und mache mich auf den Weg. Manchmal fühle ich mich hier wie das Mädchen für alles.

Ich arbeite in einer kleinen Anwaltskanzlei mit Schwerpunkt Miet- und Wohnungseigentumsrecht. Herr Bader und sein Sohn leiten die Kanzlei. Außer mir ist nur noch Stella als Servicekraft da, die 15 Stunden die Woche arbeitet. Demnach erledige ich Einiges, was nicht standardmäßig zu den Aufgaben einer Anwaltsgehilfin gehört.

Ich soll Textmarker, Kugelschreiber, Bleistifte und so ein Kram kaufen. Da alles nur diese Woche im Angebot ist, kaufe ich einen ganzen Jahresvorrat. Danach setze ich Kaffee auf und bereite den Besprechungsraum vor. Wenn ich die

Post heute nicht mehr schaffen sollte, liegt sie morgen früh sicherlich auch noch da.

Eigentlich weiß ich nicht, was Stella überhaupt erledigt, wenn sie hier ist. Aber ich mag sie. Irgendwie.

Die ganze Zeit denke ich über die letzte Nachricht von Tom nach. Soll ich vielleicht einfach? Aber was schicke ich dann, ein Bild mit BH, oder ganz nackt? Nur meinen Oberkörper, oder mit Kopf? Ohne Kopf wäre ziemlich schräg … Ich kenne mich einfach nicht aus.

ooooo

Jetzt stehe ich schon seit zwei Minuten mit dem Handy in der Hand in unserer Kanzleitoilette und weiß mir keinen Rat.

Erster Versuch. Ich stecke das Handy in den Ausschnitt meiner Bluse und knipse drauf los. Ein paar Bilder sind tatsächlich nicht schlecht, aber man sieht nur Schatten und Umrisse meiner Bluse. Auf einem Bild sehen meine Brüste richtig schön prall aus, aber ich finde das dann doch unpersönlich so. Also mit Kopf!

Ich knöpfe meine Bluse ein bisschen auf, bis der BH aufblitzt und man die Rundungen meiner Brüste erkennen kann. It`s Selfie time! Wie eine Wahnsinnige drücke ich auf den Auslöser und nehme unterschiedliche Posen ein. Ein Klick hier und dann noch einer von schräg oben.

Die ernüchternde Feststellung allerdings lautet: Die Bilder sehen alle dämlich aus! Ich grinse zu viel, oder versuche sexy zu gucken und sehe dabei aus, als hätte ich entweder gerade einen Hustenbonbon verschluckt oder gleich eine Rektaluntersuchung vor mir. Das mit dem sexy gucken muss ich unbedingt noch lernen. Also doch ohne Kopf!

Ich versuche noch ein paar Bilder aus der gleichen Perspektive, die lediglich etwas tiefer anfangen. Weil ich meine kleinen Möpse ein bisschen pushen will, schiebe ich den linken Arm angewinkelt unter meine Brüste und hebe sie leicht an. Jetzt etwas zusammendrücken und mit Rechts das Foto machen. Gar nicht so leicht.

Aus dem Winkel sehen meine Brüste klasse aus, aber ich stehe breitbeinig vor der Toilette. Also wirklich … Ein paar Schritte vor bis an die Tür, dann sind nur Fliesen auf dem Bild zu sehen und alles noch mal auf Anfang.

Die Beine überschlage ich leicht und stehe nur auf dem Rechten, das wirkt irgendwie schlanker. Jetzt wieder die Brüste in Position bringen, Luft anhalten und >Knips<.

Ein Traum! Das Bild sieht aus, als würde eine versoffene Irre schrecklich doll pinkeln müssen und anstatt ihrer Hose, die Bluse aufgeknöpft hat. Null sexy und man erkennt total, dass ich meine Brüste anhebe. Kichernd betrachte ich das Meisterwerk und positioniere mich für den nächsten Versuch.

»Frau Schütze, sind Sie da drin? Entschuldigen Sie bitte, aber ich bräuchte ein paar Papiertücher. Mir ist ein Malheur passiert. Geht es Ihnen denn gut?«

Scheiße! Was will denn Herr Bader hier, vor der Frauentoilette? In diesem Moment realisiere ich, dass ich das Handy nicht lautlos gestellt habe. Das Knipsen der Frontkamera hallt, wie ein schlechter Scherz, in meinem Kopf. Bitte lieber Gott, lass meinen Chef nicht gehört haben, dass ich auf der Toilette Fotos gemacht habe. Gefühlte 1.000 Fotos! Bitte! Bitte!

»Ähm, natürlich Herr Bader. Ich bringe Ihnen gleich welche mit raus. Einen Moment bitte.«

In der verzweifelten Hoffnung, dass er nichts mitbekommen hat und nur denkt, dass ich unter akuten Magen-Darm-Beschwerden leide, greife ich mir ein paar Papiertücher aus dem Spender und schließe die Toilettentür auf. Lächelnd reiche ich Herrn Bader die Tücher.

»Kann ich Ihnen helfen, haben Sie etwas verschüttet?«, frage ich höflich.

Herr Bader errötet leicht und winkt dankend ab. Na toll, hat er es also doch bemerkt. Am besten, ich sage nichts und verziehe mich wieder hinter meinen Schreibtisch. Wie peinlich ist das denn?

Zurück in meinem Büro setzte ich mich an den Schreibtisch und versuche nicht darüber nachzudenken, was Herr Bader jetzt von mir denkt …

Welcher normale Mensch fotografiert sich auf der Toilette? Welche Klofotos kenne ich? O Gott …

Er denkt bestimmt, ich bin so eine, die ihren Haufen knipst und an Freunde schickt. Bildunterschrift: *Ich hab ein U gekackt und ihr so?* Ich bin sowas von unten durch! Keine Gedanken machen, funktioniert bei mir offensichtlich hervorragend.

Wenig später kommt Stella rein.

»Süße, Herr Bader schickt mich. Gleich kommen neue Klienten und du wärst heute ein wenig offenherzig, ich soll …« Stella stoppt mitten im Satz. Ihre Augen weiten sich, sie schüttelt ihren platinblonden Lockenkopf, dann grinst sie. Ich starre sie an und warte darauf, dass sie weiterredet.

»Sag mal, wartest du auf eine Gehaltserhöhung, oder sind dir die Knöpfe von der Bluse gefallen?«, fragt sie schließlich, nicht ohne gekonnt mit ihren künstlichen Wimpern zu klimpern.

Langsam gucke ich an mir runter und muss mit Entsetzen feststellen, dass meine Bluse immer noch weit offensteht und jedem einen wunderschönen Einblick ermöglicht.

Wenn, dann kommt es immer dicke, oder? Ach, ist das schön. Irgendwie ist die Situation aber auch zu komisch und ich würde inzwischen schrecklich gerne wissen, was mein Chef denkt.

Das Handy lasse ich für heute in meiner Handtasche und bin froh, als endlich Feierabend ist.

ꝏꝏꝏ

Zu Hause gucke ich mir in Ruhe die Bilder an. Erst jetzt kommt mir die Idee, dass ich die Fotos mit Kopf so zuschneiden kann, dass kein Kopf mehr drauf ist. Also bastle ich ein wenig rum und muss nach geschlagenen fünfzig Minuten feststellen, dass kein gutes Bild dabei ist.

Mag aber auch daran liegen, dass ich eigentlich doch kein Tittenbild von mir verschicken will.

Wenn er schon kein Bild von mir bekommt, muss irgendetwas anderes her, was ihm die Nacht versüßt. Komm schon, Elli, das kannst du! Ich schnappe mir mein Handy und tippe los.

> *Meine Möpse sehnen sich nach Streicheleinheiten von dir und warten nur darauf …*

Ja worauf warten sie denn? Angefasst zu werden, geknetet, liebkost? Generell, meine Möpse sehnen sich, das klingt bescheuert. Neuer Versuch!

> *Vermisst du meine Möpse so sehr? Vielleicht hilft es dir, zu wissen, dass ich mich auch nach dir sehne und mir vorstelle, was wir nächstes Mal zusammen erleben?*

Schon besser, aber irgendwie fsk 6. Das bringt`s jetzt auch nicht so wirklich. Vielleicht reimen?

> *Willst du meine Möpse haben, musst du nach einem Date mich fragen. Sind deine Nächte lang und leer, komm schnell wieder her.*

Schrecklich! Das ist nicht fsk 6, das ist eher, wie von einer Sechsjährigen verfasst.

Kichernd mache ich es mir auf dem Sofa gemütlich und wage einen letzten schlichten Versuch.

> *Heute, 19:37 Uhr*
> *Wenn ich meine Augen schließe, stehst du nackt hinter mir und streichst über meine harten Nippel. Lass mich nicht zu lange auf dich warten. ~E*

Gesendet.

ALLES, WAS ICH ERWARTEN KANN

Unser Date liegt inzwischen drei Wochen zurück. Seit seiner Klassenfahrt haben wir wenig geschrieben und auch an den Wochenenden war es eher ruhig. Vielleicht hat er es sich anders überlegt. Wenn das an dem nicht gesendeten Tittenbild liegt, war er es nicht wert!

Na ja, das rede ich mir zumindest ein. In Wahrheit zweifle ich an mir. Hätte ich das blöde Bild einfach schicken sollen? Warum war ich vorher interessant und bin es jetzt nicht mehr? Oder wollte Tom mich nur ins Bett kriegen? Aber danach hat er sich mehrmals gemeldet. Weil er ein Tittenbild von mir wollte! Das könnte wirklich sein …

Selbstbewusstsein wo bist du, wenn ich dich brauche?

Heute, 17:10 Uhr

Elli, bist du zuhause? Ich bin gerade joggen und meine Füße haben mich in deine Gegend getragen. Bitte, sei da. Ich will dich so gerne schmecken! ~T

Holla, na das ist mal ne Nachricht! Ich fasse es nicht. Er kommt vorbei, gleich ist er schon hier. Zum Glück habe ich eben geduscht. Ein kurzer Blick durchs Zimmer sieht passabel aus. Staubwischen könnte ich mal wieder und die Fenster haben es auch nötig, aber das ist alles im Rahmen.

Schnell flitze ich auf die Toilette, lege nochmal Deo nach und gehe kurz pinkeln. Danach tausche ich mein gemütliches Outfit gegen schicke Dessous, Jeans und Pulli.

Ich kann es gar nicht glauben. Er kommt vorbei, einfach so. Immer wieder lese ich seine Nachricht und erfreue mich an jedem einzelnen Wort. Pure Vorfreude durchströmt mich und die Zweifel sind wie weggeblasen. Warum ich so reagiere, kann ich gar nicht richtig sagen. Weil es mir gefällt, dass so ein attraktiver Mann, wie Tom, Interesse an mir hat? Weil ich ihn … mag? Oder, weil ich einfach Lust auf Sex habe? Ganz egal, ich freue mich!

Heute, 17:21 Uhr
Ich warte auf dich. ~E

Aus meinem Nachttisch hole ich ein Kondom und lege es auf die Kommode im Flur. Man weiß ja nie, was passiert und ich will vorbereitet sein.

Den Vorrat in meinem Badezimmerschrank habe ich ausgetauscht, nachdem ich festgestellt habe, dass einige Pariser abgelaufen waren. Mir war gar nicht bewusst, dass diese Dinger ein Mindesthaltbarkeitsdatum haben. Fast so, als würde die Kondomindustrie mir sagen wollen: *Zu spät Schätzchen, du solltest öfters vögeln!*

Das sollte ich wirklich. Bei dem Gedanken daran, dass Tom gleich zur Tür rein kommt, prickelt es bereits in meinem Bauch. Okay, ich gebe es zu, ich freue mich hauptsächlich auf den Sex. Auf wahnsinnig heißen Sex mit einem verflucht heißen Mann. Es kann losgehen, jetzt kann er klingeln. Ich warte.

Vielleicht kann ich ihn bereits vom Fenster aus sehen? Nichts, aber gleich biegt er bestimmt um die Ecke. Ob er noch weiß, wo ich wohne? Immerhin war er erst einmal hier und das war nachts und wir hatten getrunken. Ich könnte ihm nochmal meine Adresse schicken. Andererseits … Wenn er nicht mehr wüsste, wo ich wohne, hätte er gefragt.

So langsam werde ich ungeduldig. Wann hat er die SMS geschrieben? Vor einer halben Stunde. Ich warte. Wenn es noch länger dauert, kann ich gleich wieder pinkeln gehen. Mittlerweile ist es fast eine Stunde her, seitdem er *gerade in meiner Gegend joggt* und endlich klingelt es an der Tür.

Tom nimmt die Treppen bis in den dritten Stock und steht in Jogginghose und Funktionsshirt vor mir. Völlig verschwitzt grinst er mich an.

Dieses Lächeln sollte verboten werden, der Mann ist purer Sex. Ohne ein Wort tritt er ein und küsst mich. Seine Lippen schmecken salzig und seine Haut fühlt sich kühl an. Seine Zunge aber ist heiß und drängt sich fordernd in meinen Mund.

Bevor ich realisiere, was hier passiert, hat mein Körper die Kontrolle übernommen, schmiegt sich an Tom und genießt seine Liebkosung. Meine Hände legen sich um Toms Wangen, ziehen sein Gesicht noch näher. O Gott, wie ich seine Küsse vermisst habe.

Tom ist ein Mann, der sich einfach nimmt, was er will und im Moment will er mich. Daran lässt er mir keinen Zweifel. Und ich? Ich genieße es. Sehr sogar.

Seine Hände fahren über meinen Körper und vergraben sich tief in meinem Hintern. Er knurrt in meinen Mund, schiebt mich rückwärts in die Wohnung und kickt die Tür mit dem Fuß zu.

»Los, zieh dich aus. Ich will deine Möpse sehen!«, kommandiert er und streift sich sein Shirt ab.

Handy mit Kopfhörer legt er ordentlich zusammengerollt auf meine Kommode, schlüpft aus den Schuhen und ist bereits an seiner Hose zugange.

Tom zieht sich aus und was mache ich? Ich starre ihn an. So oft habe ich nicht die Gelegenheit, einen Striptease hautnah zu beobachten. Da ist ein Blick nicht verwerflich. Aber ich gucke nicht, ich glotze! Offensichtlicher geht es gar nicht.

Bevor er ganz nackt ist, versuche ich gleichzuziehen und springe förmlich aus meiner Jeans. Der Slip sinkt kurz danach zu Boden. Ich öffne meinen BH mit einer Hand und ziehe ihn mitsamt Pullover über meinen Kopf.

Irgendetwas klemmt und ich bekomme den Pulli nicht weiter hoch. Ich kann nichts sehen und heftiger ziehen bringt nichts. So ein Mist, der BH Verschluss steckt in meinen Haaren und alles zusammen hängt auf halber Höhe über meinem Kopf. Tom eilt mir zur Hilfe und befreit mich aus dem Klamottengefängnis.

»Schön dich zu sehen, kleine Elli.«

Da ist es wieder: *kleine Elli.* Kurz schleicht sich ein Bild von Andreas vor mein inneres Auge, wie er mich anlächelt, mich an seine Brust zieht und mir über den Rücken streicht. Ich blinzle einmal und sehe wieder Tom vor mir.

Er umfasst mein Gesicht mit beiden Händen und beugt sich zu mir runter. Ich liebe diesen Moment kurz vor dem Kuss. Wenn man die Augen schließt und darauf wartet, dass die Berührung kommt. Meine Hände suchen seinen Körper und ich merke, wie ich meinen Oberkörper leicht nach vorne beuge. Immer weiter ihm entgegen.

Er kommt näher, lässt sich von mir ziehen. Ich spüre seinen Atem auf meiner Haut, kann ihn beinahe schmecken. Ich kann es nicht erwarten, dass er seinen Mund auf meinen legt, kann die letzten Millimeter aber auch nicht überwinden.

Meine Lippen öffnen sich ganz automatisch, bieten sich an. Bitte küss mich. Jetzt.

Er kommt meiner stummen Bitte entgegen und schließt meinen Mund mit seinen Lippen, küsst mich sanft und beißt dann in meine Unterlippe.

»Heute will ich dich schnell und hart«, raunt er mir zu.

Seine geflüsterten Sauereien summen in meinen Ohren und lösen ein Kribbeln in meinem Bauch aus. Zuckersüße Vorfreude erfasst mich. Den Nacken runter bis zu meinem Schlüsselbein verteilt er eine Spur aus kleinen Bissen, die er immer wieder mit seiner Zunge besänftigt. Es kitzelt und kribbelt und ist unsagbar heiß. Ich will mehr davon und lehne meinen Kopf zur Seite, biete ihm meinen Hals an und genieße seine Berührungen.

Toms Finger wandern über meinen Rücken bis zum Po. Er zieht mich ruckartig zu sich ran. Ich keuche und blicke zu ihm auf. Tom grinst, umschließt mich mit seinen Armen und bettet meinen Kopf an seine Brust. Wir stehen so dicht aneinander, dass jeder Zentimeter meiner Haut, die Seine berührt.

Ich fühle mich wohl in seinen Armen und streichle über seinen Rücken. Jeder Muskel ist angespannt und seine Haut ist noch feucht vom Joggen. Von mir aus könnten wir ewig so stehenbleiben und einander erkunden, uns küssen und miteinander vertraut machen.

Aber Tom hat andere Pläne. Er drängt mich zur Kommode und hebt mich hoch, spreizt meine Beine und tritt langsam einen Schritt zurück.

»Wie ungeheuer sexy du bist, Elli!«

Lächelnd betrachtet er mich. Ich folge seinem Blick, wie er immer tiefer wandert und ein bisschen länger an meiner Mitte hängen bleibt. Mein erster Impuls ist, meine Beine wieder zu schließen, aber das Lodern in seinen Augen lässt mein Schamgefühl verfliegen. Er begehrt mich.

Sein Blick wandert zu dem Kondom neben mir. Er greift danach und öffnet es mit den Zähnen. Die Verpackung lässt er fallen und streift sich das Gummi über. Mit der Hand fährt er seinen Schaft auf und ab.

Ich betrachte den Mann vor meinen Augen und frage mich, was er denkt. Er atmet heftig und auf seiner Stirn tritt eine pochende Ader hervor. Immer schneller bewegt er die Hand um seinen Schwanz. Seine Oberschenkel sind angespannt und die Zehen verkrampft. Sein Blick klebt auf meinen geöffneten Schenkeln.

»Berühr dich, zeig mir was dir gefällt«, fordert er. Tom leckt sich über die Lippen und starrt mich unverändert an.

Ich bin unsicher. Was er verlangt, ist ungeheuer intim. Allerdings reizt es mich, zu sehen, wie er reagiert. Er ist so offensichtlich angeturnt, dass ich ihm seine Bitte nicht abschlagen kann.

Mit einer Hand umkreise ich meinen Busen, streiche über die Brustwarze und zwirbele sie zwischen Daumen und Zeigefinger. Ich mag es, meine Brust zu stimulieren und liebe es, wenn sich alles zusammenzieht. Wenn sich die Berührung wie ein Kribbeln in meinem ganzen Körper ausbreitet.

Als das Kribbeln kommt, stöhne ich leise und suche seinen Blick. Doch der hängt eine Etage tiefer fest. Ich weiß nicht, ob ich ihm deswegen böse sein soll, oder belustigt bin. Ich tue ihm den Gefallen und lasse meine Hand tiefer gleiten.

Wie hypnotisiert starrt er auf mich und reibt sich Richtung Ekstase. Sein Mund öffnet sich und entlässt ein raues Keuchen. Wie ungeheuer scharf er dabei aussieht. Angefacht von seiner Erregung taste ich mich vor und lasse Tom dabei keine Sekunde aus den Augen. Ich genieße das Verlangen in seinem Blick und die Laute, die seinen Mund verlassen.

Mit einem Finger fahre ich langsam durch meine Spalte. Einem plötzlichen Impuls folgend, stecke ich mir den Finger danach in den Mund, um ihn abzulecken. Toms Augen verdunkeln sich, er knurrt und setzt sich in Bewegung.

Auf einmal steht er zwischen meinen Beinen und nimmt den Finger aus meinem Mund, schiebt ihn zwischen seine Lippen und saugt daran. Scheiße, ist das geil! Nie hätte ich gedacht, dass ich darauf stehen würde, die Finger abgelutscht zu bekommen.

Seine Zunge kreist um meinen Finger und lässt ihn dann wieder aus seinem Mund gleiten. Kurz will ich protestieren, will zurück in seinen Mund und die neue Erfahrung auskosten. Aber mir bleibt der Protest im Hals stecken, da Tom sich an meiner Hüfte festhält und in mich schiebt.

Ich stöhne auf und suche seinen Blick, will mich an seiner Lust berauschen. Toms Augen aber sind geschlossen, seine Muskeln angespannt, sein Griff hart und unnachgiebig.

Er lässt mir keine Zeit, zieht mein Bein hoch und beginnt seinen schnellen Rhythmus. Mit der Hand über meinem Hintern hält er mich in Position. Tom vergräbt sein Gesicht an meiner Schulter und schnaubt heftig. Dazu mischt sich das animalische Aneinanderklatschen unserer Körper.

Ich höre unsere Laute und fühle die Bewegung in mir, trotzdem kann ich nicht daran teilhaben. Ich habe gerade Sex, fühle mich aber vielmehr, wie ein Zuschauer. Als ob man Fernsehen mit realen Empfindungen erfunden hätte. Ich bin gefangen in der Geschichte, die ich nicht beeinflussen kann. Mir bleibt nichts übrig, als an der Kommode Halt zu suchen.

Das ganze Verlangen ist wie weggeblasen, schon wieder. Ich finde nicht zurück zu mir, zu ihm. Ich versuche, mich zu entspannen, atme tief ein und schließe meine Augen.

Tom ist scharf und er will mich. Er begehrt mich und er kann wahnsinnig gut küssen. Sein Körper und seine Stimme machen mich an, erregen mich. Darauf sollte ich mich konzentrieren, auf seine Berührung eingehen und mich fallen lassen.

Ich will ihn küssen, seine Zunge schmecken und sein Stöhnen in meinem Mund fühlen. Langsam löse ich meine Finger von der Kommode und versuche, seinen Nacken zu erreichen, seinen Kopf zu mir zu drehen.

Aber Tom hält mich mit seinem Körper und seinen Händen gefangen. Ich kann mich kaum bewegen. Mit geschlossenen Augen stelle ich mir vor, wie er mich küsst, wie seine Finger meine

Haut streicheln. Es funktioniert nicht. Ich schaffe es nicht allein mit meiner Vorstellungskraft. Wenn ich ehrlich bin, ist es noch nicht mal angenehm.

Toms Stöße werden immer schneller, gröber. Mittlerweile kann ich mein Bein nicht mehr halten. Ich habe keine Kraft mehr.

Ein tiefes Stöhnen kommt aus seiner Kehle. Er krampft und zittert und dann lässt er mich endlich los. Sein Kopf wiegt schwer auf meiner Schulter. Heftig atmend zieht er sich aus mir raus.

Meine Beine plumpsen zu Boden. Ich kann gar nicht richtig stehen, mein linkes Bein ist irgendwie taub und mein Hintern tut weh. Das war also mit: *Heute will ich dich schnell und hart* gemeint.

Tom blickt aus glänzenden Augen zu mir.

»Ich hätte nicht gedacht, dass du auch so schnell kommst. Elli, du bist der Wahnsinn. Das war so was von geil!«

Wie bitte? Was hat er gesagt?

Meinen Oberschenkel massierend, blicke ich ihn verständnislos an. Ich bin der Wahnsinn? Was habe ich denn gemacht? Mit letzter Kraft habe ich es geschafft, nicht von der Kommode zu kippen, das war es auch schon.

Natürlich bekomme ich gerne Komplimente und irgendwie fühlt es sich gut an, Bestätigung aus seinem Mund zu hören. Aber warum denkt er, dass ich gekommen bin? Sollte ich das klarstellen? Immerhin fand er es wahnsinnig gut und hatte das Gefühl, mir hätte es auch gefallen. Warum auch immer … Vielleicht lasse ich ihn in dem Glauben?

Warum auch nicht? Meine Selbstzweifel bringen mich irgendwann noch um.

»Immer wieder gerne, Tom.«

Was Besseres fällt mir gerade nicht ein. Erst jetzt wird mir bewusst, dass ich bisher noch gar nichts gesagt habe. Noch nicht mal zur Begrüßung. Kein einziges Wort. Schon komisch, oder?

Tom hat auch nicht viel geredet, wir hatten nur Sex. Fast schon anonym und kalt, irgendwie teilnahmslos. Zumindest für mich. Aber Tom hat es ganz offensichtlich gefallen.

Irgendwie hat er es geschafft, sich in Windeseile wieder anzuziehen, und auch die Stöpsel hat er schon ins Ohr gesteckt.

»Tschau, Baby. Beim nächsten Mal habe ich mehr Zeit. Versprochen!«

∞∞∞

Die Tür fällt ins Schloss und Tom ist verschwunden. Jetzt bin ich also sein Baby. Eigentlich mag ich den Kosenamen nicht, aber bei ihm klingt er gut. Entweder ich habe gerade ein Déjà-vu, oder ich stehe tatsächlich wieder völlig nackt in meiner Wohnung und hänge meinen Gedanken nach.

Auf dem Boden liegt die aufgerissene Kondomverpackung und daneben das volle Kondom. Ich hebe beides auf und bringe es zum Mülleimer. Zurück im Flur sammle ich meine

Kleidung zusammen und werfe alles in den Wäschekorb im Badezimmer.

Im Spiegel blickt mir eine zerzauste Elli entgegen. Meine Haare sind durcheinander und meine Wangen rot, meinen Hals entlang verläuft eine Spur roter Flecken.

Was war das gerade? Läuft das jetzt so? Lernt man sich heute so kennen und ist das alles, was ich erwarten kann? Bin ich naiv, wenn ich einen Mann suche, der mit mir nach dem Sex im Bett kuschelt und mich im Arm hält? Wenn ich einen Partner möchte, der sich für mich interessiert und dem ich wichtig bin? Nicht nur sexuell gesehen, sondern auch als Mensch?

Davon abgesehen läuft der Sex auch nicht so, wie ich es mir wünsche. Jetzt habe ich einen Mann gefunden, den ich mehr als anziehend finde und schaffe es trotzdem nicht, zum Höhepunkt zu kommen?

Warum hält das Kribbeln nicht an und endet in einem fabelhaften Orgasmus, wie es in Büchern und Filmen beschrieben wird?

Irgendwie ist mir das alles zu viel und ich spüre, wie die ersten Tränen in mir aufsteigen. So habe ich mir das nicht vorgestellt. Ich fühle mich benutzt und fremd in meinem Körper. Auf einmal habe ich das Bedürfnis zu duschen, alles abzuwaschen und mich aufzuwärmen. Mir ist schrecklich kalt geworden.

Unter dem heißen Strahl fließen die Tränen erst richtig. Was habe ich mir nur gedacht? Beim Onlinedating geht es häufig nur um Sex. Das war mir vorher klar und irgendwie habe ich ja auch danach gesucht. Ich wollte frei sein und ein Abenteuer erleben. Immerhin habe ich Tom gleich beim ersten Date in meine Wohnung gelassen.

Ich bin selbst daran schuld. Er hat mich zu nichts gedrängt und ich habe klar signalisiert, dass ich ihn will. Angeheizt habe ich ihn und ihm was vorgestöhnt.

Warum belüge ich mich selbst so sehr? Als er sehen wollte, wie ich mich anfasse, habe ich lasziv meinen Finger abgelutscht. Als ob ich das jemals selbst machen würde. Ich habe mich nicht berührt, wie ich es gerne habe und es sich gut anfühlt, sondern wie ich dachte, dass ihm es gefällt.

Das ist es, ich will ihm gefallen! Aber um welchen Preis? Das Flüstern der kleinen Stimme in mir wird wieder lauter. So lange habe ich versucht, sie zu verdrängen, aber vergessen werde ich nie.

MÄNNER

Der Winter ist da. Dicke Schneeflocken rieseln vom Himmel und verzaubern die Straßen in weiße Wunderwelten. Ich liebe die kalte Jahreszeit. Alles kommt zur Ruhe und ist mit einer Schicht Festlichkeit überzogen.

Ich nutze die ruhigen Tage für mich und mein Seelenwohl. Gerade sitze ich im Wohnzimmer auf meiner Couch und lese einen Liebesroman. Die Kuscheldecke hüllt mich ein und vermittelt mir ein Gefühl von Geborgenheit. Trügerische, falsche Geborgenheit. Traurig, dass es eine Baumwolldecke ist, die meine Schultern streicht und mir Wärme spendet, und nicht die Umarmung des Mannes, nach dem ich mich sehne … Moment mal, vermisse ich Tom?

Irgendwie schon, oder? Natürlich vermisse ich ihn, beziehungsweise das Gefühl, das er mir gibt. Außerdem gefällt er mir und ich glaube, dass ich ihm auch gefalle. Ein Lächeln umspielt meine

Lippen, als ich an ihn denke. Er gefällt mir wirklich.

Was ich nicht einzuordnen weiß ist, ob ich ihn nur körperlich anziehend finde, oder mehr zwischen uns ist, mehr sein könnte. Will ich denn überhaupt mehr? Aktuell ist es eher eine Schwärmerei für einen unheimlich attraktiven Mann. Über das *mehr* will ich mir keine Gedanken machen. Ein Problem nach dem anderen.

Zunächst einmal will ich beim Sex auch auf meine Kosten kommen. Gott, klingt das egoistisch … Aber so ist es einfach. Ich will berührt werden, möchte mich begehrt fühlen, Erregung spüren und ich will - nennen wir es beim Namen - einen Orgasmus haben. Ist das zu viel verlangt?

Beim nächsten Mal werde ich meinen Mund aufmachen, mir nehmen, was ich will und zur Not selbst ein wenig nachhelfen. So schwer kann das doch nicht sein. Selbst ist die Frau. Und da ich gerade so schön in Parolen denke: Nieder mit den Selbstzweifeln. Beim nächsten Mal wird es keine verunsicherte Elli geben, die ihren Gedanken nachhängt. Ich werde glücklich und zufrieden im Bett legen und vor mich hin grinsen, wie ein Honigkuchenpferd. Befriedigt. So sieht es aus!

Heute ist jedoch nicht das nächste Mal.

Heute muss ich aus meinem kuscheligen Zuhause raus in die kalte Welt, zum Adventsfrühstück bei meinem Bruder Niklas und seiner Frau Bianca. Mein Bruder ist beruflich viel unterwegs, fährt zu Kongressen und Fortbildungsveranstaltungen, Regionaltreffen und

und und. Aktuell arbeitet er tatsächlich vor Ort, das heißt in der Klinik, also verplant er die freien Wochenenden mit Familientreffen.

Einfach nichts machen, die Füße hochlegen und faulenzen, kommt bei ihm nicht vor. Ich weiß gar nicht, wann Niklas das letzte Mal im Urlaub war. Witzigerweise fällt mir auch keine Gelegenheit ein, zu der er kein Hemd anhatte. Niklas gibt es nur im Arbeitsmodus.

Wenigstens weiß ich, was mich erwartet: Ein Bruder, der sonntags Anzug trägt und nach dem Frühstück wichtige Telefonate führt.

Ich stehe vom Sofa auf und stelle mich vor den großen Kleiderschrank im Schlafzimmer. Nach kurzem Überlegen entscheide ich mich dafür, mir heute treu zu bleiben. Jeans und Pullover, fertig!

Wie ich Bianca kenne, trägt sie ein schickes Kleid oder neues Kostüm. In jedem Fall einen Rock und dazu Pumps. Sie hat immer hohe Schuhe an, auch in der Wohnung. Ständig dieses Klackern auf dem Boden. Klack, klack, klack, wohin sie auch geht. Die Frau ist einer Modezeitschrift entsprungen und außerdem kann sie fantastisch kochen, ist eine wundervolle Mutter und die reinste Vorzeige-Ehefrau. Ich müsste sie hassen, wenn sie nicht so scheiße freundlich wäre.

Wahrscheinlich tischt sie ein übertriebenes Festmahl auf, hat eine hübsche Tischdeko arrangiert und das Haus von oben bis unten gewienert.

Das Schlimme ist, dass Bianca alles in Perfektion beherrscht. Sie pflückt die Blumen für die

Tischdekoration frisch aus ihrem Garten, näht zauberhafte Tischdeckchen und backt sogar die Brötchen selbst. Mich würde es nicht wundern, wenn sie auch die Gläser selbst blasen und die Kerzen von Hand ziehen würde. Der Frau traue ich alles zu. Ich liebe sie.

Das Traurige ist, dass Bianca eine Traumfrau ist, die beiden ein wundervolles Kind haben, in einem wunderschönen Zuhause wohnen und mein Bruder der einzige ist, der das nicht sieht. Vielleicht sollte ich lieber sagen, dass er es nicht schätzt. Denn er nimmt es sicherlich zur Kenntnis, aber mehr auch nicht. Schließlich lässt er die zwei fast immer allein zu Hause. Er ist ständig unterwegs und bringt jede Menge Kohle nach Hause.

Als ob Geld einen Vater oder Ehemann ersetzen würde …

ꝏꝏꝏ

Es ist wieder so weit. Ich sitze im Auto vor der Torauffahrt und will nicht aussteigen.

Natürlich hat mein Bruder einen breiten Weg bis zur Haustür freigeräumt, aber es schneit immer noch und der Boden ist eisig. Dieses blöde Kopfsteinpflaster ist einfach nicht mein Ding. Zum Glück trage ich heute dicke Winterstiefel, ein klarer Vorteil. Trotzdem sieht der Weg glitschig aus und er ist viel zu lang.

Bevor ich mich weiter in mein Dilemma hineinsteigern kann, klopft es an der Autotür. Andreas lächelt mich fragend an.

»Steigst du heute noch aus, Elli?«

Wie passend, Andreas bekommt mal wieder einen Einblick in das peinliche Leben der Elli Schütze.

»Ich wollte dich nicht stören. Wenn du noch bis elf Uhr warten willst, gehe ich allein vor.« Auf seiner Wange zeichnet sich dieses kleine Grübchen ab, dass er immer bekommt, wenn er grinst. Er zieht mich auf und er hat Spaß daran.

Leider fällt mir kein guter Spruch ein, also werde ich wohl oder übel aussteigen müssen. Mit einem kräftigen Schwung knalle ich die Fahrertür hinter mir zu und strahle Andreas an.

»Hi, Andreas, schön dich zu sehen. Kann ich mich bei dir unterhaken? Das Kopfsteinpflaster und ich sind keine Freunde«, gebe ich zu. Wo er schonmal da ist, kann er mir auch behilflich sein.

»Ach, na sowas? Ich kann dich auch zur Tür tragen, dann muss ich dich nicht wieder vom Boden auflesen.«

Spielerisch stupst Andreas mich mit der Schulter an. Dann legt er den Arm um mich, küsst mich auf den Scheitel und flüstert: »Ich freue mich auch, dich zu sehen.«

Arm in Arm laufen wir los. Mir gefällt Andreas' lockere Art und ich scherze gerne mit ihm. Das konnte ich schon immer gut. Ich fühle mich wohl bei ihm. Nicht nur in diesem Moment, da er mich im Arm hält und souverän über den eisigen Weg führt, sondern ganz allgemein. Er war schon immer da, gehört quasi zur Familie.

Andreas ist der Patenonkel von Anna, was ihn tatsächlich zu einer Art Familienmitglied macht. Nicht im biologischen Sinne, aber im religiösen beziehungsweise im übertragenen Sinne. Er ist ja ihr Onkel. Ihr wisst schon, wie ich das meine.

Jedenfalls sind wir nicht verwandt. Dass er Annas Onkel ist, macht uns nicht zu Geschwistern. Wobei meine Mutter ihn heimlich als zweiten Sohn bezeichnet. Zu seiner Familie hatte Andreas schon immer ein schlechtes Verhältnis. Seine Mutter hatte ständig neue Liebhaber und nie Zeit für ihren Sohn. Bei uns hingegen, stand die Tür immer offen.

Anfangs waren Niklas und Andreas Schulfreunde und dann war er immer häufiger bei uns. Direkt nach der Schule, bis zum Abendbrot. Später auch über Nacht und an den Wochenenden. Irgendwann war er immer da. Nach dem Abitur ist er mit Niklas in eine WG gezogen. Niklas hat Medizin studiert, Andreas Wirtschaftsinformatik. Niklas ist abgehoben und zu dieser Art Halbgott geworden, die er jetzt ist. Andreas ist immer noch derselbe.

Der Weg ist geschafft und wir stehen vor den Stufen zum Haus. Eigentlich müsste ich meinen Arm von ihm lösen und auf die Klingel drücken, aber irgendetwas hält mich zurück. Auch Andreas rührt sich nicht vom Fleck.

Er guckt mich einfach nur an. Sein Blick fesselt meinen. Ich kann ihn nicht deuten, weiß nur, dass ihn etwas beschäftigt, zum Nachdenken bringt. Ebenso wenig kann ich ihn fragen, was los ist. Nichtmals bewegen kann ich mich. Ich kann nichts weiter, als in seinem Arm zu stehen, in seine Augen blicken und mich fragen, was er will.

Andreas kaut auf seiner Lippe.

Ich mustere ihn. Lasse meinen Blick über sein Gesicht wandern und merke einmal mehr, wie gern ich ihn habe. Meine Mundwinkel bewegen sich wie von Zauberhand nach oben. Gerade will er etwas sagen, als die Haustür aufgeht und eine vor Freude kreischende Anna uns entgegenfliegt.

»Onkel Andreas und Tante Elli sind endlich daaaaa«, verkündet sie lautstark.

Schulternzuckend schaue ich zu Andreas rüber und lasse mich von Anna ins Haus ziehen. Wir können später noch reden.

Das Frühstück ist himmlisch und ich schlage kräftig zu. Die Croissants sind selbst gebacken und der Saft frisch gepresst. Alles wie erwartet, alles vom Feinsten. Ich werde sicherlich nie müde, den Perfektionismus der beiden zu belächeln, aber es ist göttlich, mit der ganzen Familie an einer reich gedeckten Tafel zu sitzen und sich verwöhnen zu lassen.

Nach dem Frühstück gibt es den ein oder anderen Schnaps und die Männer ziehen sich ins Wohnzimmer zurück. Bianca bricht mit Anna zum Schwimmkurs auf und ich bin für einen Moment mit meiner Mutter allein.

Wir setzen uns in die Küche. Hier gibt es diese kleine Sitzecke, die weniger elegant und pompös ist. Man könnte sagen, dass die Küche mein Lieblingsplatz im Haus meines Bruders ist. Einfach nur, weil hier Teller und Tassen herumstehen, Fingerabdrücke von Anna auf dem Backofen sind und dieser kleine Holztisch mit den vier abgenutzten Stühlen in der Ecke steht. Hier sieht es nicht aus, wie in der neuesten Ausgabe von *Schöner Wohnen,* sondern wie in der Küche einer ganz normalen Familie.

Kaum habe ich die Füße ausgestreckt und es mir gemütlich gemacht, spüre ich stechende Blicke von der Seite. Meine Mutter hat eine hellseherische Ader und merkt, wenn etwas in mir vorgeht. Sie sagt nichts und fragt nicht nach. Sie guckt mich nur an. Das reicht vollkommen aus. Lachend versuche ich, ihrem Blick auszuweichen, und gebe mich schließlich geschlagen.

»Mama, ich habe einen Mann kennengelernt«, gebe ich zu und schenke uns beiden einen selbstgemachten Eierlikör ein. Das Zeug ist teuflisch lecker.

»Deswegen hattest du keine Zeit, deine Mutter anzurufen?«

Der Vorwurf wird von einem Lächeln gemildert. Trotzdem hat sie recht. Ich habe gar nicht mehr daran gedacht, sie anzurufen. Mist.

»Na erzähl schon«, nimmt sie die Unterhaltung wieder auf. Sie zwinkert mir über den Tisch hinweg zu. Vergeben und vergessen.

Die Geschichte ist schnell erzählt, weil ich die pikanten Details auslasse und wir uns schließlich erst zweimal gesehen haben. Wenn ich es so erzähle, klingt es in meinen Ohren richtig gut. Ich nehme mir vor, nicht mehr an unseren nichtssagenden Quickie zu denken.

Dass er Lehrer ist, gefällt meiner Mutter und ich komme ins Schwärmen, als sie nach seinem Aussehen fragt.

»O Kindchen, dich hats ziemlich erwischt, oder? Große blonde Männer waren ja schon immer genau dein Ding! Dann erzähl mal, wann seht ihr euch wieder?«

»Wann siehst du wen wieder?«

Andreas steht im Türrahmen und hat unser Gespräch offensichtlich mitgehört.

»Unsere Elli hat einen Mann kennengelernt. Einen Lehrer aus Münster und er sieht großartig aus. Erzähl mal, Schatz.«

Na herzlichen Dank, Mama. Meine Wangen werden heiß und ich weiß nicht so recht, was ich sagen soll.

»Soso, du hast jemanden kennengelernt?« Andreas mustert mich mit vor der Brust verschränkten Armen. Da ich immer noch nichts gesagt habe, setzt er sich zu mir an den Tisch. Meine Mutter murmelt, auf die Toilette zu müssen, und verlässt die Küche.

Unter seinem lauernden Blick wird mir warm. Mir ist das Ganze irgendwie unangenehm. Will er wirklich, dass ich ihm von Tom erzähle? Früher haben wir uns immer alles erzählt. Immer. Alles. Es ist Andreas, verdammt. Was ist nur heute los mir?

»Ach, weißt du … Ich habe mich beim Onlinedating angemeldet und Tom kennengelernt. Wir haben uns in der Bar auf unserer Straße getroffen und nochmal vor ein paar Tagen.«

Schüchtern blicke ich zu Andreas auf. Warum meine Wangen glühen, wie bei einem Schulmädchen, weiß ich selbst nicht. Er jedenfalls grinst. Dreckig.

Mit Andreas ist es so, als würde ich mit einer Freundin reden. Nach kürzester Zeit werfe ich meine Bedenken über Bord und erzähle ihm einfach alles. Unter dem bösen Einfluss einiger Eierlikörpinnchen schütte ich ihm mein Herz aus und führe schließlich eine zutiefst intime Unterhaltung mit ihm.

»Was wollt ihr Männer eigentlich? Zählen für euch nur Titten und geiler Sex oder wonach sucht ihr? Und woran erkenne ich, ob er es ernst mit mir meint? Weißt du, ich will mich ja auch nicht ausnutzen lassen.«

»Ehrlich jetzt?«, will Andreas aufrichtig wissen. »Wenn Tom nur an Titten und Sex interessiert ist, meint er es nicht ernst. So einfach ist das! Elli, was ist das für ein Kerl? Für mich klingt das gar nicht gut.«

Ach, jetzt übertreibt Andreas aber.

Um ihm zu beweisen, dass Tom nicht so einer ist, zeige ich ihm unseren Chatverkauf. Tom fragt regelmäßig, wie es mir geht, bedenkt mich mit liebevollen Spitznamen, schreibt mir, dass er an mich denkt, und wünscht mir eine gute Nacht. Das ist sehr fürsorglich und süß ist es auch. Tom ist nicht so einer, der nur auf ne schnelle Nummer aus ist.

Andreas nimmt mein Handy und scrollt schweigend durch meine Nachrichten. Während er mit zusammengezogenen Augenbrauen unseren Verlauf ließt, gehe ich die SMS im Geiste durch. Doch, doch, das wird ihn überzeugen.

Siegessicher lehne ich mich zurück und warte darauf, dass Andreas mir zustimmt. Ein Schmunzeln umspielt seine Lippen und er blickt von meinem Handy auf. Die erwartete Zustimmung bleibt aus. Vielmehr sieht er mir genau in die Augen. Lauernd, als würde er auf eine Reaktion von mir warten …

Scheiße! Die Möpsenachricht. Und die von Tom, als er nach dem Joggen bei mir war. Die Schamesröte kriecht verräterisch meine Wangen hoch. Trotzdem halte ich seinem Blick stand.

»Sieh an, so unartig schreibst du?«, will er wissen. Wieder dieses dreckige Grinsen.

Augenblicklich freue ich mich, dass ich Tom kein Tittenbild geschickt habe. Das wäre ja noch peinlicher. Aber ganz ehrlich, ich bin 31 und Single. Natürlich schreibe ich so und ich kann noch ganz anders.

Auf einmal bin ich sauer. Sieht Andreas immer noch die kleine Elli in mir, die brav ihre Hausaufgaben macht, wenn die Jungs feiern gehen?

»Was denkst du denn? Etwa, dass ich noch Jungfrau bin? Andreas, wenn du wüsstest«, sprudelt es aus mir heraus. Ich will noch viel mehr sagen. Ihn fragen, was er eigentlich in mir sieht und erklären, dass ich eine leidenschaftliche Frau bin, die gerne Sex hat. Aber ich sage nichts weiter, ich bin enttäuscht. Ich muss mich nicht erklären.

Andreas' Gesicht verhärtet sich. Er sagt eine Zeitlang gar nichts. Dann sieht er zu Boden und flüstert: »Wenn ich wüsste …«

Er steht auf und ist schon halb zur Tür raus, als er nochmal innehält und leise: »Lass dich nicht verarschen, Kleines«, sagt. Dann ist er weg.

Es ist nicht so, als hätte Andreas so schnell die Küche verlassen, dass tatsächlich ein Windzug zu spüren wäre. Trotzdem ist mir, als würde eine kühle Brise durch den Raum ziehen. Jedenfalls bekomme ich eine Gänsehaut.

Der Alkohol steigt mir langsam zu Kopf und ich kann meine Gedanken nicht richtig sortieren. Wenn ich was wüsste?

Dieser verletzte Ausdruck in seinen Augen lässt mich nicht los. Liegt es an mir und Tom? Daran, dass ich jemanden kennengelernt habe und er Single ist? Habe ich etwas Falsches gesagt?

Andreas ist kein Einzelgänger, eher ein Frauenheld und das, so lange ich denken kann. Dennoch ist er durchgehend Single. Er hat immer mal wieder eine Freundin, aber nie wirklich lange. Bestimmt sehnt er sich mittlerweile auch nach einer festen Beziehung und dann komme ich daher, um ihm von Tom zu erzählen und nach Männern und Sex auszufragen. Wenn er wüsste, was denke ich mir denn … Tzz, das ist mal wieder typisch für mich.

Vielleicht sollte ich ein bisschen mehr Interesse an seinem Leben zeigen? Immerhin haben wir eben nur über mich geredet. Ich liebeskranker Egoist.

In dem Vorhaben, Andreas zu suchen und unser Gespräch fortzusetzen, stehe ich auf. Etwas zu schnell, wie ich an dem plötzlich eintretenden Schwindel feststelle. Kichernd halte ich mich am Stuhl fest und blicke auf die leere Eierlikörflasche auf dem Tisch. Oh, oh.

Es ist weit nach Mittag und ich habe mindestens einen Eierlikör zu viel getrunken, eher eine Flasche. Fahren kann ich auf jeden Fall nicht mehr.

So ein Mist! Sich sonntags morgens zu betrinken, schafft auch nicht jeder …

Heimlich schlüpfe ich aus der Küchentür, ziehe mir im Flur den Mantel an und will mucksmäuschenstill verschwinden. Mein Bruder braucht mich so nicht zu sehen. Bei der Vorstellung seines empörten Blickes und dem vorwurfsvollen: *Elli, es ist 16 Uhr am Sonntag*, muss ich schon wieder kichern. Genau so würde er reagieren! Dem muss ich einfach entgehen. Schnell in die Stiefel steigen und dann nichts wie raus hier.

Die Tür fällt scheppernd hinter mir ins Schloss. Mit vorgehaltener Hand unterdrücke ich den Aufschrei. Danach beginne ich beinahe hysterisch zu lachen. Also doch nicht so heimlich, aber jetzt bin ich ja weg.

Der erste Schritt in die kalte Dezemberlandschaft zieht mir den Boden unter den Füßen weg. Diese blöde Treppe. Mein Hintern pocht dumpf, aber ich nehme den Schmerz gar nicht wahr. Sitzen ist gemütlich und so kann ich mich wenigstens an der Haustür anlehnen. Nicht auszudenken, wenn ich umkippen würde.

Glucksend stelle ich mir vor, wie ich den Vorgarten hinabschlittere und ausrutsche, während meine Familie aus dem Fenster guckt. Nein, nein, das lasse ich schön bleiben. Sitzen ist eine prima Idee!

Außerdem kann ich von hier aus mein Taxi rufen. Das Auto werde ich stehen lassen und es morgen abholen. Ein grandioser Plan. Wo ist mein Handy?

Verzweifelt krame ich in meiner Tasche, aber da ist es nicht. Vielleicht habe ich es in der Küche liegen gelassen, oder … Andreas?

Hinter mir öffnet sich die Tür und Andreas kommt heraus. Wenn man vom Teufel spricht, oder eben an ihn denkt …

»Soll ich dich nach Hause fahren, Elli? Ich wollte auch gleich gehen.«

Dankend nicke ich. Da die Tür in meinem Rücken fehlt, schwanke ich ein wenig und halte mich an der Treppenstufe fest. Sitzen ist gar nicht so leicht.

»Sag mal, hast du noch mein Handy? Ich kann es nicht finden«, fällt mir ein. Ich drehe mich zu ihm um und versuche mich an einem strahlenden Lächeln.

Andreas schüttelt den Kopf und grinst mich an. Es ist also wieder alles gut zwischen uns, prima. Er verschwindet nochmal ins Haus und sucht mein Handy. Nach kurzer Zeit kommt er wieder raus, in dickem Wintermantel und mit meinem Handy in der Hand.

Mein Held!

Zusammen stapfen wir durch den dicken Schnee zu Andreas' Auto. Ich halte mich an ihm fest und setze mich ins Auto, während er die Scheiben frei kratzt. Es ist kalt und mir wird allmählich übel. Sooo viel habe ich nun wirklich nicht getrunken, oder?

Vielleicht waren die Eier im Likör schlecht? An meinem inneren Auge ziehen Bilder von zerrupften Hühnern, die, in ihren Exkrementen stehend, Eier legen, vorbei. Der Film geht weiter mit sich plötzlich übergebenden Menschen, die ihre Ausscheidungen in keiner Weise kontrollieren können. Mir wird schlecht.

Die Fahrt über gucke ich aus dem Fenster und atme angestrengt ein und aus. Inzwischen ist mir kotzübel und ich brauche meine ganze Konzentration, um nicht ins Auto zu brechen.

Andreas fährt langsam und umsichtig und hat mein Fenster einen Spalt geöffnet. Wenn wir anhalten müssen, streicht er mir kurz übers Bein und guckt mich besorgt an. Ich schaffe es nicht, etwas zu sagen. Für den Rest der Fahrt lege ich meine Stirn gegen die kalte Scheibe und schließe die Augen.

ꝏꝏꝏ

»Elli, wach auf. Wir sind da.«

Ich spüre ein zartes Streicheln meine Wange hinabgleiten und ein Rütteln an meinen Beinen. Dann werde ich hochgehoben. Instinktiv klammere ich mich an starken Armen fest. Mein Kopf ist an einem weichen Wintermantel gebettet. Ich mag das Gefühl an meiner Haut, aber das ist nicht der Ort, an dem ich sein möchte. Mein Kopf schlängelt sich weiter hoch, bis er an der Halsbeuge angekommen ist und meine Wange auf warme Haut trifft.

Es riecht herb nach Mann und unendlich vertraut. Ich fühle mich wohl und lasse mich tragen, bin im Dämmerzustand zwischen Traum und Wirklichkeit.

Als Nächstes spüre ich kalte Laken unter mir. Meine Schuhe werden abgestreift und ich merke, wie Andreas mich leicht anhebt, um mir den Mantel und den dicken Pullover auszuziehen. Ich friere.

Meine Hände halten sich an seiner heißen Haut fest, vergraben sich in seinen Nacken und ziehen ihn runter. Er ist warm, fühlt sich gut an und riecht so unglaublich lecker.

»Bleib bei mir«, flüstere ich, bevor ich in den Schlaf sinke.

Es ist dunkel, als ich aufwache. Ein kurzer Blick auf den Wecker verrät mir, dass es kurz vor Mitternacht ist. So lange habe ich geschlafen?

Gähnend strecke ich mich aus und stelle belustigt fest, dass ich mit Jeans und Socken im Bett liege. Die Hose streife ich aus und tapse in Shirt und Panty in die Küche, um mir ein Glas Wasser zu holen. Auf dem Sofa liegt Andreas und schläft.

Er ist also hiergeblieben.

Ich beobachte ihn eine Weile. Es sieht witzig aus, wie der große, starke Mann zusammengerollt auf meiner kleinen Couch liegt. Die Beine hat er angewinkelt und die Arme über dem Kopf verschränkt. Seine dunklen Haare sind lang geworden und fallen ihm in die Stirn. Er zuckt im Schlaf und murmelt vor sich hin. Langsam dreht er sich um. Die Decke rutscht, wie in Zeitlupe, von seinen Beinen. Ich hebe sie auf und lege sie behutsam wieder über ihn.

Andreas schläft in Shorts und Shirt und ich kann nicht umhin, seinen Knackarsch zu bewundern. Lecker. Er ist definitiv ein attraktiver Mann, was mir bisher nicht wirklich aufgefallen ist.

Komisch, wie das Gehirn funktioniert. Manches bemerkt man sofort, obwohl es im Verborgenen liegt und anderes sieht man, obgleich seiner Präsenz, ein Leben nicht.

Leise schleiche ich in die Küche und gieße mir ein Glas Wasser ein. Aus dem Kühlschrank nehme ich mir einen Joghurt mit und verschwinde wieder in meinem Schlafzimmer. Die Tür lasse ich einen Spalt offen und lege mich zurück ins Bett.

Zum Glück ist mir nicht mehr schlecht. Ich esse den Joghurt und kuschle mich in meine dicke Decke.

Obwohl ich nicht mehr müde bin, schlafe ich schnell ein und falle in einen tiefen Traum.

APFELBUMS

Am nächsten Morgen ist Andreas verschwunden. Das Sofa ist leer, die Decke liegt gefaltet an ihrem Platz und die Kissen sind aufgeschüttelt.

Einen Moment lang bilde ich mir ein, dass sein Geruch noch in der Luft liegt. Als ich die Augen schließe und tief einatme, komme ich mir dann doch lächerlich vor. Kopfschüttelnd schlurfe ich in die Küche. Am Kühlschrank hängt ein Klebezettel:

> *Hi Kleines, ich hoffe, du hast gut geschlafen. Wollte dich nicht aufwecken. Pass auf dich auf …*

Seitdem habe ich nichts mehr von ihm gehört.

Dafür umso mehr von Tom. Wir schreiben täglich, vor allem abends. Manchmal fühle ich mich, wie frisch verliebt. Dieser Zustand, in dem man grinsend durch die Gegend läuft und jede

Minute auf sein Handy glotzt, weil ER geschrieben haben könnte. Schrecklich! Und auch irgendwie schön … Aber verliebt? Mist, ich weiß es nicht.

Eigentlich wollte ich den Gedanken doch beiseiteschieben. Ich habe bereits angefangen, Tom mein *Sexprojekt* zu nennen. Einfach, weil ich ihn dann gedanklich darauf reduziere. Ich bin viel zu emotional und steigere mich in Sachen hinein. Weil ich das genau weiß und nicht verletzt werden möchte, erlaube ich mir nicht, auf mehr zu hoffen. Trotzdem hoffe ich auf mehr. So viel dazu …

Wenn ich den Gedanken schon zulasse: Ich fühle mich wohl mit ihm. Mag es, wie wir miteinander schreiben und die Vorstellung, mit ihm zusammen zu sein. Aber diese Gefühle spielen sich alle in meinem Kopf ab. Sind mit dem virtuellen Tom verbunden, der nächtelang mit mir textet. Mit dem visuellen Tom, der mich in jeder Hinsicht anzieht. Mit dem Tom, den ich mir in meinen Gedanken ausmale …

Wie es in der Wirklichkeit aussieht, in der realen Welt? Das kann ich nach zwei kurzen Treffen gar nicht abschätzen. Wobei wir uns näherkommen und kennenlernen. Dafür muss man sich nicht zwangsläufig sehen.

Wenn wir miteinander telefonieren, sind es oft kurze Gespräche. Kurz aber intensiv. Allein der Klang seiner Stimme ist verführerisch. Auch wenn er über Belanglosigkeiten spricht, höre ich ihm gerne zu.

Wenn er mich dann fragt, wann wir uns wiedersehen und ob ich mich noch daran erinnern

kann, wie sich seine Lippen anfühlen, wird seine Stimmlage noch tiefer, sinnlicher. Ich könnte ihm stundenlang zuhören und diesen Klang in mich aufnehmen. Es fühlt sich dann fast so an, als würde seine Stimme mich streicheln.
Wenn ich die Augen schließe, ist er bei mir und sagt all die Sachen, die ich hören will. Findet all die Stellen, die berührt werden wollen und stillt all mein Verlangen.

Grinsend richte ich mich im Bett auf. Elli, Elli, die Macht der Gedanken ist nicht zu unterschätzen!

Der Fernseher läuft im Schlafzimmer und ich genehmige mir eine ganze Tafel Schokolade, während ich einen herrlich witzigen Frauenfilm ansehe.

Immer wieder gucke ich auf mein Handy und habe es inzwischen auf ganz laut gestellt, damit ich den Nachrichtenton nicht überhöre. Soll ich heute zuerst schreiben? Ich will ihm nicht hinterherrennen, oder den Eindruck erwecken, dass ich ständig an ihn denke. Wenn er mir nicht mehr zurückschreibt, bin ich traurig und interpretiere wieder zu viel rein.

So ein Mist!

Nein, ich werde nicht schreiben. Ich warte. Der 20:15 Uhr Film ist gleich vorbei und langsam wird es spät. Heute ist Mittwoch und unter der Woche gehe ich normalerweise nicht so spät ins Bett. Dann gibt es eben keine Nachricht, so schlimm ist das auch nicht.

Nachdenklich schlurfe ich ins Bad und mache mich für die Nacht fertig. Auf Zähneputzen lege ich viel wert, immerhin achte ich bei meinem Gegenüber auch auf gepflegte Zähne und bin von schlechter Mundhygiene schnell angeekelt.

Das Gesicht wasche ich mit heißem Wasser und gönne mir ein Peeling inklusive Feuchtigkeitscreme. Wenn ich sauber und eingecremt im Bett liege, habe ich immer das Gefühl, mich vom Tag reingewaschen zu haben und besser schlafen zu können. Vielleicht ist das blödsinnig, aber es ist zum Ritual geworden.

Genau wie meine Nachtwäsche: Im Sommer trage ich eine kurze Schlafanzughose und im Winter eine Lange. Als Oberbekleidung trage ich immer, und ich meine wirklich immer, ein Unterhemd plus T-Shirt. Das Unterhemd gehört in die Hose und das Shirt darüber. So ist der Rücken nicht frei und außerdem sieht es besser aus. Im Sommer schwitze ich manchmal so sehr, dass ich auf die Decke verzichte, aber weniger anziehen? Das geht gar nicht. Wenn ich da an Laura und ihre Nackt- Schlafgewohnheit denke …

Das könnte ich nicht.

Zurück im Bett greife ich sofort nach meinem Handy und siehe da:

Heute, 22:10 Uhr
Hi Elli, wie war dein Tag? Ich bin erledigt und froh, wenn endlich Ferien sind. In der Schule ist viel zu tun und die Krankheitswelle unter den

Kollegen nimmt gar nicht mehr ab. Was machst du eigentlich an den Feiertagen? ~T

Die Nachricht kam vor fünf Minuten. Ich antworte schnell, vielleicht hat er sein Handy noch in der Hand und wir können ein bisschen texten.

Heute, 22:15 Uhr
Dann ab ins Bett mit dir. Nur noch die Woche, dann hast du es geschafft! Ich bin zu Weihnachten bei meiner Familie eingeladen und Silvester feiere ich mit meiner Freundin Laura. Du denn? ~E

Heute, 22:17 Uhr
Ich fahre zu meinen Eltern und bleibe bis zum 02. Januar. Meinst du, wir sehen uns vorher noch? Ich habe eine Kleinigkeit für dich. ~T

Ein Lächeln huscht über mein Gesicht. Er hat eine Kleinigkeit für mich. Ich habe noch gar nicht darüber nachgedacht, ihm etwas zu Weihnachten zu schenken, aber er hat bereits etwas für mich besorgt.

Warum zweifle ich eigentlich immer? Tom denkt ganz offensichtlich an mich.

Ein warmes Gefühl macht sich in mir breit. Grinsend studiere ich meinen Kalender und suche einen freien Termin raus. Das ist gar nicht so einfach kurz vor Weihnachten. In der Kanzlei ist die Hölle los, ich muss noch sämtliche Geschenke einkaufen und meiner Mutter mit den Vorbereitungen für Heiligabend helfen.

Heute, 22:22 Uhr
Wie siehts am 23.12. bei dir aus, gegen Abend? ~E

Heute, 22:25 Uhr
Perfekt! Schlaf gut kleine Elli und träum von mir. ~T

Heute, 22:25 Uhr
Danke, das werde ich. ~E

Nicht zu fassen. In zwei Tagen sehen wir uns! Das muss ich erstmal sacken lassen und meinem Kopf befehlen, nicht zu viel darüber nachzudenken.

Ein anderer Gedanke: Schön zu hören, dass Tom über die Feiertage zu seiner Familie fährt. Wir haben bisher noch nie über unsere Familien gesprochen und ich mag es, wenn Männer familiär sind. Über Heiraten, Kinder und dergleichen haben wir auch noch nicht geredet, aber das ist ja auch verständlich. So gut kennen wir uns nicht und ich bin keine von denen, die sofort klarstellt, dass sie irgendwann heiraten will.

Wenn ich ehrlich zu mir bin, möchte ich genau das heiraten. Irgendwann. Ganz schlicht, mit der Familie und den engsten Freunden. Ich bin nicht besonders religiös und lege keinen Wert auf eine pompöse Feier. Aber mir gefällt die Vorstellung, dass man alle Menschen um sich hat, die einem wichtig sind und sich als Paar vor eben diesen Menschen das Versprechen gibt, einander zu lieben und zu achten.

Darum geht es doch bei einem Eheversprechen, oder? Dass man sich zu seinem Partner bekennt. Ihm in die Augen sieht und offen ausspricht, wie man für ihn empfindet und jeder Gast Zeuge dieser Liebe wird.

Manchmal stelle ich mir vor, wie unendlich schön dieser Moment sein muss und frage mich, ob ich ihn irgendwann erleben darf.

Ob Tom der Richtige wäre?

Über die Vorstellung wie ich im Hochzeitskleid auf Tom zuschreite, der im Anzug auf mich wartet, schlafe ich ein und träume unruhig von lauter Klaviermusik und wirren Stimmen auf einer Hochzeitsfeier, die gar nicht meine ist.

ooooo

Die nächsten Tage vergehen, wie im Flug. Schon ist er da, der Tag vor Weihnachten und viel wichtiger: Der Tag, an dem ich Tom wiedersehe.

Es ist 14 Uhr und ich mache für heute Feierabend, weil ich noch mit Laura über den Weihnachtsmarkt schlendern möchte. Tom und ich treffen uns erst abends, also habe ich den Nachmittag frei. Zuerst wollte ich in Ruhe aufräumen und kochen, dann aber hat Laura mir vorgeworfen, dass wir dieses Jahr noch keinen Glühwein zusammen getrunken haben.

Ich hänge an unseren Traditionen und eine davon ist, zusammen Glühwein zu trinken und über alle Leckereien des Weihnachtsmarktes herzufallen. Außerdem gefällt mir der Gedanke, dass wir uns austauschen können, bevor ich Tom treffe. Ich bin ohnehin schon ganz aufgeregt. Der Glühwein wird sein Übriges tun, um meine Nervosität im Zaum zu halten.

Ganz davon abgesehen, dass ich noch kein Geschenk für Tom habe und auf dem Markt bestimmt eine Kleinigkeit finden werde.

Ich darf nur nicht den Fehler machen, zu viel zu trinken! Heute Abend haben wir ein ganz normales Date und ich will ihn besser kennenlernen. Rausfinden, ob da mehr zwischen uns ist als eine reine Bettgeschichte.

Ich werde mich nicht überrumpeln lassen und ihn zuallererst in meine Wohnung bitten. Bisher hat er nur den Flur und das Badezimmer gesehen, wobei noch nicht mal das Licht an war.

Der Plan ist, dass ich beim Klingeln die Tür öffne und dann in der Küche auf ihn warte. Dann muss er erstmal reinkommen und kann mich nicht schon im Flur überfallen, wie beim letzten Mal.

Wir treffen uns um 20 Uhr, also ist es nicht verwerflich, dass ich etwas zu essen mache. Ab 21 Uhr kann man nicht mehr mit Essen rechnen, aber vorher ganz bestimmt.

In meinem Kühlschrank warten bereits einige Dips, Baguette und Camembert auf ihren Einsatz. Ein gemütlicher Abend mit leckeren Snacks und Rotwein, wenn das nicht perfekt ist. Wir werden also in Ruhe essen und uns unterhalten. Und dann?

Dann werde ich ihn küssen, ihn verführen. Vielleicht lasse ich uns ein heißes Bad ein? In jedem

Fall will ich es genießen und das Tempo drosseln. Es muss doch möglich sein, dass es diesmal um mich geht und um meine Bedürfnisse. Ich will endlich den Rausch fühlen und die matte Zufriedenheit, die danach den Körper durchströmt. Ich will loslassen.

Die Vorfreude bereitet mir ein wohliges Gefühl im Bauch und auf den Mittag mit Laura freue ich mich auch irre. Erleichtert atme ich durch und stelle belustigt fest, wie glücklich ich bin. Endlich wieder Mädelszeit, nur wir zwei!

Das Auto lasse ich vor meiner Haustür stehen und nehme den nächsten Bus Richtung Rathaus. Als ich aussteige, ziehe ich den unverwechselbaren Geruch von Tannennadeln und Glühwein ein und schließe kurz die Augen.

Die Weihnachtszeit hat etwas Magisches an sich. Ich liebe den Glanz der Lichter und Kerzen, die hell erleuchteten Straßen und kleinen Büdchen, den Klang von Glockenspielen und den Geschmack der verschiedenen Leckereien.

Gebrannten Mandeln konnte ich noch nie widerstehen, ebenso wenig kann ich den Crêpes Büdchen entkommen. Dieses Jahr gibt es verboten leckere Kombinationen: Crêpe mit Marzipan, Pflaumenkompott und Eierlikör, oder mit Walnüssen und karamellisierten Birnen. Keine Frage, ich bin im Himmel!

Laura winkt mir von einem kleinen Glühweinstand entgegen, der mit Winzerglühwein und Apfelbums wirbt. Was bitte ist Apfelbums?

Zur Begrüßung schließe ich Laura in die Arme und küsse sie auf die Wange. Vor uns stehen schon zwei Apfelbums in schlichten Glühweingläsern.

»Der heiße Spaß im Glas, Süße. Prost!«, begrüßt sie mich.

Unsere Gläser klirren aneinander und der erste Schluck des Heißgetränkes ist schnell getrunken. Köstlich!

Der Weihnachtsmarkt hat einige neue Kreationen zu bieten und Laura und ich sind schnell gewillt, uns durch das vielversprechende Angebot zu probieren. Apfelbums ist heißer Apfelsaft mit Karamellsirup, Whiskey und Sahne. Der perfekte Einstieg in einen wundervollen Nachmittag!

Arm in Arm schlendern wir durch die Gassen. Ich halte immer wieder Ausschau nach einer Geschenkidee für Tom. Laura schlägt bei den selbstgestrickten Socken zu und kauft für Liam eine Mütze und Schal.

Mich sprechen die Weihnachtssterne an. Bei einem großen, rotbraunen Stern mit filigranem Muster, kann ich nicht widerstehen. Der wird wunderschön in meinem Schlafzimmerfenster aussehen. Zusammen mit Glühbirne kostet er mich 21 €, aber ein bisschen Weihnachtsdeko muss schließlich her und der Stern ist wunderschön.

Die Zeit verfliegt und es fängt langsam an, zu dämmern. Vom Himmel rieseln große Schneeflocken, die sich auf den Dächern der Büdchen sammeln. Ich strecke meine Nase nach oben und spüre, wie die kalten Schneetropfen auf meinem Gesicht schmelzen.

Im Moment könnte mein Leben nicht schöner sein und ich bin so glücklich, wie lange nicht mehr. Laura und ich setzen uns in eine kleine Hütte und bestellen roten Glühwein. Die Klassiker verlieren eben doch nie ihren Reiz.

Bei Glühwein gibt es nur eine richtige Temperatur. Ist er zu heiß, muss man ihn schlurfen und dabei bekomme ich regelmäßig Hustenattacken. Wenn er zu kalt ist, schmeckt er mir nicht mehr. Einmal auf die richtige Temperatur abgekühlt, muss man ihn geradezu verschlingen, was mir nicht nur einen heißen Bauch, sondern auch rote Wangen beschert.

»Sag mal, bist du schon aufgeregt wegen heute Abend?« Laura legt den Kopf schief und grinst mich an.

»Irgendwie schon. Eigentlich müsste ich das gar nicht sein, wir kennen uns ja schon nackt und alles … Aber ich weiß immer noch nicht, was wir jetzt eigentlich sind.«

»Frag ihn doch, ob er mit dir gehen will.«

Laut pruste ich los und verschlucke mich am Glühwein. Na, das wär doch mal was. So als Scherz könnte man das sicherlich fragen. Warum eigentlich nicht? Ich fände das irre witzig. Vielleicht locke ich ihn ja so aus der Reserve?

»Meinst du, es ist zu früh, um sich festzulegen? Ich will ihn nicht drängen und vielleicht ergibt sich das ja von ganz allein. Ich hasse es einfach, so in der Luft zu hängen«, gebe ich zerknirscht zu. Das

Ganze wühlt mich auf und es ärgert mich, dass ich mir schon wieder zu viele Gedanken mache.

»Warte doch den Abend ab. Du wirst schon merken, in welche Richtung das mit euch geht. Wenn du das Gefühl hast, er will nur Sex, dann sag was. Lass dich nicht ausnutzen und frag, ob er noch im Dating Portal angemeldet ist!«

»Das wäre es ja, wenn er noch mit anderen schreibt«, unterbreche ich Laura schmunzelnd. Als ich ihren fragenden Blick bemerke, bin ich mir nicht mehr so sicher.

»Meinst du sowas macht er?«, hake ich vorsichtshalber nach.

O man, darüber habe ich noch gar nicht nachgedacht. Als wir unser erstes Date hatten, habe ich mich gleich abgemeldet, weil ich kein Interesse daran hatte, mit anderen Männern zu schreiben. Warum sollte man weitersuchen, wenn man schon jemanden gefunden hat, mit dem man sich treffen möchte? Frei nach dem Motto: *Ich checke alle aus, so verpasse ich auch nichts*? Ganz sicher nicht!

»Elli, du bist echt zu gutgläubig! Natürlich gibt es solche. Ich schreibe doch auch mit mehreren Männern gleichzeitig.«

»Du Sau!« Lachend stupse ich Laura von der Seite an und schüttle den Kopf.

»Warum machst du das?«, will ich wissen.

»Weil es mir mit keinem ernst ist! Süße, ich will keinen festen Freund. Ich will nur ab und zu mal Spaß haben und mich wie eine Frau fühlen. Nicht immer wie eine Mutter. Ich will Leidenschaft und es muss unkompliziert sein.«

»Ach, Laura«, traurig gucke ich meine Freundin an. Ich kann sie verstehen, gar keine Frage, aber irgendwann wünsche ich mir für sie auch einen Mann und für Liam einen Vater. Nur ist ihre Situation eine andere und wenn sie noch nicht bereit ist, soll sie machen, was sie für richtig hält.

Solange keiner dabei verletzt wird …

Für mich war das heute der letzte Glühwein. Meine Wangen glühen bereits und in meinem Kopf schwirren die Gedanken durcheinander. Ich bin angeschwipst. Wir verabschieden uns aus der warmen Hütte und stapfen hinaus, in den kalten Dezemberschnee. Im Dunkeln sieht der Weihnachtsmarkt aus, wie eine Märchenwelt.

Schon als Kind habe ich die Vorweihnachtszeit geliebt und auch jetzt komme ich nicht umhin, mich von den vielen Lichtern verzaubern zu lassen. Das leise Gemurmel, der süße Duft, die vielen lachenden Gesichter, ich sauge alles in mich auf und lasse mich mit der Menge treiben.

Endlich habe ich das perfekte Geschenk für Tom gefunden: Eine Flasche Apfelbumslikör mit zwei schrecklich kitschigen Schnapsgläschen in dunkelrot, mit kleinen Glasäpfeln am Rand.

Mir gefällt meine Geschenkidee prächtig. Ich lasse alles in Kartonpapier verpacken und verstaue es in der Handtasche.

»Mensch, Elli, ist das nicht Tom?«, will Laura von mir wissen und zupft an meinem Ärmel.

Langsam lasse ich meinen Blick schweifen und folge ihrem ausgestreckten Zeigefinger. Der

Körpergröße und Frisur nach zu urteilen, könnte es tatsächlich Tom sein. Komm dreh dich doch mal um. Tatsächlich, er ist es! Sofort kribbelt es vor Aufregung in meinem Bauch.

Tom hat mich noch nicht erkannt. Er unterhält sich angeregt mit einem anderen Mann. Wie praktisch, dann werde ich gleich erfahren, wie er mich vorstellt. Sowas finde ich immer aufschlussreich.

Ein bisschen nervös drängle ich mich durch die Menge und laufe zielstrebig auf Tom zu. Ein Blick über die Schulter verrät mir, dass Laura mich beobachtet. Sie streckt beide Hände geballt in die Luft und ihre Lippen formen: »Toi, toi, toi.«

Jetzt trennen uns nur noch ein paar Meter und er hat mich immer noch nicht bemerkt. Der Überraschungseffekt ist auf meiner Seite.

Tom beugt sich runter und streckt die Arme weit aus. Kreischend stürzt sich ein kleines Mädchen mit hübschen Locken in seine Arme. Er zieht sie hoch und drückt ihr einen dicken Kuss auf die Wange. Mein Herz geht auf. Dieser wunderschöne Mann kann gut mit Kindern umgehen. Die Szene ist so herzlich und echt, dass ich noch ein wenig stehen bleibe und weiter beobachte, wie Tom sich verhält.

Er lacht lauthals mit dem Mädchen und setzt sie wieder ab, um in seinem Portemonnaie zu kramen. Wahrscheinlich lädt er sie auf eine Waffel ein. Sein Blick huscht zu mir rüber und konzentriert sich dann wieder auf das Mädchen. Hat er mich nicht erkannt?

Die letzten Meter lege ich zügig zurück und bin fast in Reichweite, als eine kleine Frau mich von der Seite anrempelt und sich dann ganz liebevoll entschuldigt. Kann ja mal passieren.

Mein Blick wandert wieder zu Tom und trifft auf zwei, vor Schock geweitete, Augen.

Irgendwas stimmt hier nicht.

Auf einmal wird mir eiskalt. Eine Gänsehaut kriecht meinen Rücken hinunter und hinterlässt bleierne Übelkeit. Tom starrt mich an und schüttelt kaum merklich den Kopf.

Was meint er damit?

Im nächsten Moment wird mir klar, was er meint. Mir wird alles klar.

Die kleine Frau von eben fasst nach Toms Hand und legt seinen Arm um sich. Wenig später hebt sie das niedliche Mädchen auf ihren Arm. Die drei stehen zusammen und ergeben ein Bild.

Tom dreht sich einfach von mir weg und zieht die Frau näher zu sich. An seiner rechten Hand kann ich deutlich einen Ring erkennen, der mir geradezu schmerzhaft ins Blickfeld rückt.

Er ist verheiratet.

Tom ist verheiratet und er hat eine Tochter.

Mir wird schlecht. Ich kann mir das nicht weiter angucken, aber ich kann auch nirgends anders hinsehen. Meine Füße gehorchen mir genau so wenig. Ich stehe stocksteif da und lasse die Gefühle auf mich niederprasseln.

Er hat mich belogen und benutzt. Hat sich mit mir die Zeit vertrieben, während seine Frau zu Hause auf ihn gewartet hat.

Auf einmal fallen mir seine schmutzigen Worte wieder ein: *Komm schon, ich mag keine Kondome, die engen mich ein und wir brauchen doch auch keins.*

Ich will hier weg! Ich muss hier ganz schnell weg, bevor ich mich auf der Stelle übergebe, oder ihm die Flasche Apfelbums über den Kopf ziehe. Bei der Vorstellung ergreift mich eine rasende Wut. Meine Hände ballen sich zu Fäusten und ich zittere. Ich zittere am ganzen Körper.

»Komm Süße, ich bring dich nach Hause.«

Laura rüttelt an meinen Arm und will mich wegziehen, aber ich lasse es nicht zu.

»Komm jetzt, wir gehen!«

Sie zieht energischer und endlich setze ich mich in Bewegung.

∞∞∞

Von der Fahrt nach Hause bekomme ich gar nichts mit. Ich sitze im Bus und beobachte die vorbeiziehenden Autos.

Die Welt dreht sich einfach weiter. Alles um mich herum geht seinen Weg. Nur ich bin stehen geblieben.

RICHTIG UND FALSCH

Zuhause angekommen schließt Laura ihre Wohnungstür auf und schiebt mich hindurch. Noch immer starr vor Schock, stehe ich im Flur und weiß nicht, wohin mit mir. Laura zieht mir die Schuhe aus und knöpft meinen Mantel auf. Mit jedem Zentimeter, den der warme Wintermantel meine kalte Haut verlässt, fühle ich mich schutzloser.

Wieder beginne ich unkontrolliert zu zittern. Ich will meinen Mantel wieder zurück, mich irgendwo damit einkuscheln und nie wieder rauskommen. Aber ich sage kein Wort, ich bin einfach stumm. Nur das Aufeinanderklappern meiner Zähne ist zu hören. Wie seltsam das klingt. Gar nicht rhythmisch und irgendwie abgehackt. Es hört sich falsch an und es fühlt sich auch falsch an.

Alles fühlt sich falsch an.

Mir wird schlecht und ich stürze auf das Gäste WC. Würgend knie ich über der Toilette. Mein

Magen krampft sich immer wieder zusammen und schließlich erbreche ich den gesamten Abend. Obwohl nichts mehr in mir ist, würge ich weiter. Das Gefühl geht einfach nicht weg. Mein Hals schmerzt und ich fühle mich erbärmlich. Ich hasse kotzen!

Endlich hört es auf und ich sinke kraftlos auf dem Boden zusammen. Heiß rennen die Tränen meine Wange runter.

Unter der Toilette liegt ein Flokati, auf dem ich mich schluchzend zusammenrolle. Meine Tränen laufen weiter und schnell ist der kleine Teppich nass von meiner Trauer, Enttäuschung und Demütigung.

Ich habe ihn an mich rangelassen, nicht nur körperlich, auch emotional. Nicht eine Sekunde hätte ich gedacht, dass er mich belügt. Wie geht das? Wie kann man so eine Scheinwelt aufbauen? Ob ich die Einzige war?

Bei der Vorstellung, dass er mehrere Freundinnen parallel zu seiner Frau und mir hatte, krampft sich mein Magen wieder zusammen. Eisern schlucke ich den sauren Geschmack runter und kämpfe gegen den Drang an, mich wieder zu übergeben. Eine neuerliche Flut Tränen sickert in den Teppich unter mir und tränkt seine Fasern.

Ich starre an die Wand und lasse meine Gedanken kreisen. Mit einem Mal sehe ich seine Frau vor mir und das kleine Mädchen, mit den süßen Locken.

Oh. Mein. Gott.

»Elli, Schatz, kann ich reinkommen?«, flüstert Laura vor der Tür. »Komm schon, sag was. Ich weiß, dass es dir scheiße geht. Tom ist ein riesen Arschloch und weißt du was: Er hat es nicht verdient, dass du dir wegen ihm die Augen ausweinst! Er hat gar nichts verdient.«

Leise summe ich vor mich hin und ziehe die Beine näher an meinen Körper, mache mich ganz klein. Ich will nicht hören, was Laura sagt und ich will nicht, dass sie reinkommt und mir über den Kopf streicht. Noch nicht.

Erst mal muss ich mir selbst darüber klar werden, was ich fühle und dazu muss ich allein sein.

»Dir ist schon klar, dass du nicht abgeschlossen hast? Ich könnte einfach reinkommen, Elli, aber das mache ich nicht. Ich koche uns jetzt einen Tee und danach kommst du gefälligst raus und redest mit mir!«

Das geschäftige Klappern aus der Küche, signalisiert mir, dass Laura gegangen ist.

Im Kopf gehe ich den Abend noch einmal durch. Wie Laura ihn entdeckt hat und ich mich aus tiefstem Herzen gefreut habe, ihn zu sehen. Wie ich ihn beobachtet und dabei zugesehen habe, wie er mit dem Mädchen umgegangen ist. Mit seiner Tochter.

Dann der Schock. Seinen Gesichtsausdruck, als er mich gesehen hat, werde ich nie vergessen. Blanker Horror stand in seinen Augen. Auch jetzt, so weit weg von ihm, bekomme ich eine

Gänsehaut, wenn ich daran denke, wie er mich angesehen hat. Als wäre ich sein Untergang.

Wenn seine Frau wüsste, was er hinter ihrem Rücken treibt, würde seine heile Welt zusammenbrechen. Warum riskiert er, alles zu verlieren? Was stimmt da nicht?

Vielleicht ist es gar nicht so rosig, wie es schien? Ich kenne seine familiäre Situation nicht. Und Tom? Ihn kenne ich offensichtlich auch nicht.

Die Toilettentür fliegt auf und Lauras Gemecker reißt mich jäh aus meinen Gedanken.

»Jetzt reichts aber, Elli. Ich habe gesagt, du sollst rauskommen. Du bist ja schlimmer als ein kleines Kind!«

Als sie sieht, wie ich unter der Toilette kauere, kommt sie auf mich zu und schließt mich wortlos in die Arme. Ich robbe mich auf ihren Schoß und lasse den Tränen freien Lauf. Geduldig wiegt sie mich hin und her und flüstert immer wieder: »Es wird alles gut.«

Nach einer Weile rückt sie von mir ab und guckt mich fragend an. Mit dem Handrücken wischt sie mir die Tränen von der Wange.

»So, jetzt ist genug. Der Kerl ist nicht eine Träne wert und das weißt du! Es ist okay, dass du traurig bist, aber damit tust du dir keinen Gefallen. Wir stehen jetzt auf und gehen ins Wohnzimmer und dann sehen wir weiter.«

»Kann ich heute Nacht hier schlafen, Laura?«

»Natürlich kannst du, was eine Frage! Aber erst mal putzt du dir schön die Zähne. Du stinkst nach

Kotze.« Frech grinst Laura mich an und reicht mir die Hand zum Aufstehen.

»Ja, Mami, das mache ich. Ich springe einfach unter die Dusche, vielleicht wärmt mich das auf und mir geht es danach etwas besser.«

»Gute Idee, deine Haare haben auch was abbekommen. Ab mit dir unter die Dusche und danach will ich dich nicht mehr weinen sehen. Sonst kannst du oben schlafen.« Laura stupst mich in die Seite und verschwindet in der Küche.

Nach der Dusche geht es mir tatsächlich etwas besser. Laura und ich sitzen noch lange auf der Couch und kommen schließlich überein, dass Tom ein Arschloch monströsen Ausmaßes ist.

»Weißt du was? Ich wünsche ihm, dass seine Frau mit seiner Tochter verschwindet, er ganz allein ist und alles verliert!«

Bei dem Gedanken fühle ich mich ein wenig schlecht. Obwohl es nicht fair ist, dass ich leide und er sein Leben weiterlebt.

»Also, ich wünsche ihm dicke fette Eiterpickel am Arsch, Erektionsstörungen und, dass seine Zähne abfaulen!«

Lauthals pruste ich los. Laura ist einfach die Beste.

»Fußpilz soll er auch bekommen und wie heißt diese Krankheit, wo man sich ständig einnässt?«

Mein Blick huscht zu Laura, die mich über ihre Teetasse hinweg anlächelt.

»Schön dich wieder lachen zu sehen, Maus!«

∞∞∞

Am nächsten Morgen schleiche ich mich aus Lauras Bett und verschwinde heimlich nach oben, in meine Wohnung. Es ist Heiligabend und da will ich ihr nicht unnötig zur Last fallen. Laura wird gleich putzen, aufräumen und kochen, bevor ihre Eltern mit Liam wiederkommen und auch ich habe heute noch einiges vor.

Nachmittags fahre ich zu meinen Eltern. Meine Mutter erwartet mich schon und schließt mich an der Haustür in ihre Arme.

»Frohe Weihnachten, Elli. Schnell rein mit dir in die gute Stube. Zieh die Schuhe bitte im Flur aus.«

Ja, Mama, das brauchst du nicht jedes Mal erwähnen, will ich sagen, verkneife es mir aber.

»Dir auch frohe Weihnachten. Wo ist denn Papa?«, frage ich stattdessen.

»Ach, der ist vor einer Stunde los, zu deinem Bruder, um Sahne mitzubringen. Ich wette er bleibt extra länger, um der Arbeit zu entkommen.«

O ja, das klingt ganz nach meinem Papa.

Der Vormittag verstreicht mit Vorbereitungen fürs Essen, Abwasch und Bügeln. Meine Eltern besitzen keine Spülmaschine und sehen es auch nicht ein, sich *so eine teure Maschine* zu kaufen. Immerhin habe man früher immer von Hand gewaschen und das habe auch keinem geschadet. Das ist die Lieblingsweisheit meiner Mutter und mittlerweile habe ich mich damit abgefunden.

Auch das alljährliche Tischdecken- und Serviettenbügeln gehört zu Weihnachten dazu. Zu

Papierservietten könnte ich meine Mutter nie überreden. Neumodischer Schnick Schnack.

Trotz der teils umständlichen und, in meinen Augen, altertümlichen Vorbereitungen, genieße ich die Zeit mit meiner Mutter. Wenn wir am Abend alle zusammensitzen, hat es sich außerdem mehr als gelohnt.

Als ich die Teller, das Besteck, Gläser und Servietten verteile, fällt mir auf, dass ich den Tisch für 4 Personen decke. Meinen Bruder, Bianca und Anna sehe ich erst morgen. Die drei verbringen Heiligabend als kleine Familie, gehen zusammen in die Messe und bescheren Anna ein wundervolles Fest. Für wen ist dann der vierte Teller? Ob Andreas auch kommt? Bei dem Gedanken wird mir warm im Bauch. Ich kann nichts dagegen tun, dass sich ein Lächeln auf meine Lippen legt. Komisch …

Wenig später trägt Mama den Braten ins Esszimmer, verteilt Spätzle, Rotkohl und Bohnen auf die Warmhalteplatten und ruft meinen Vater zu Tisch. Wir setzen uns hin und beten. Sprechen jeder aus, wofür wir dankbar sind. Ich liebe diesen Brauch, dieses kleine Ritual, was so besonders ist. Während mein Vater sich für seine wundervolle Frau bedankt und meiner Mutter eine Träne über die Wange läuft, wird alles um mich herum ganz still.

In Momenten wie diesen zieht mein Herz sich zusammen. Dann bin ich wieder klein und schwach und zerbreche daran, nicht geliebt zu werden.

Natürlich lieben meine Eltern mich. Auch von Laura und Liam bekomme ich unendlich viel Liebe, sogar von meinem Bruder … Und doch ist das etwas Anderes. Ich starre geradeaus und merke gar nicht, dass sich meine Augen mit Tränen füllen. Erst als Mama meine Hand nimmt und sie drückt, nehme ich meine Umgebung wieder bewusst wahr. Eine Träne löst sich und ich streiche sie weg, lächle ein aufgesetztes Lächeln und schüttle den Kopf. Bevor mich jemand fragen kann, was los ist, ergreife ich das Wort.

»Ich bin unendlich froh, euch als Eltern zu haben. Es macht mich glücklich, zu sehen, wie verliebt ihr seid. Ihr seid mein Vorbild.« Meine Stimme zittert bereits leicht, dennoch rede ich weiter.

»Ich hoffe so sehr, dass ich auch irgendwann mit meinem Mann und meinen Kindern zu Weihnachten am Esstisch sitze und mir die Freudentränen aus dem Gesicht wischen muss.«

Mama lässt mich kaum ausreden, zieht mich in ihre Arme und drückt mich an sich. Auch mein Vater ist gerührt. Wir wünschen uns frohe Weihnachten und machen uns über das Essen her. Es ist still am Tisch, nicht unangenehm, einfach nur still. Und meine Gedanken wandern wieder zu dem sauberen Teller vor dem leeren Stuhl, auf dem Andreas sitzen müsste …

Der Abend war wunderschön, wir haben viel gelacht und über alte Zeiten geredet, als Niklas und ich noch Kinder waren.

Später räume ich mit Mama den Tisch ab und erledige den Abwasch. Als wir zusammen in der Küche stehen, überlege ich, wie und ob ich ihr sagen soll, was gestern passiert ist.

»So, Kindchen und jetzt ab mit dir nach Hause. Es ist schon spät und ich glaube nicht, dass Andreas heute noch kommt. Wir sehen uns ja morgen schon wieder«, beendet meine Mutter meine Gedanken.

»Ja sicher, Mama. Es war ein sehr schöner Abend.«

Zum Abschied küsse ich sie auf die Wange. Papa ist bereits auf der Couch eingeschlafen. Ich lache in mich hinein und schlüpfe in meine Schuhe. Leise ziehe ich die Tür hinter mir zu.

Vielleicht ist es besser so. Ich bin noch viel zu aufgewühlt und weiß nicht, ob ich ihr alles erzählen möchte. Immerhin müsste ich mich dann auch mit ihrer Meinung auseinandersetzen und eines ist klar: Meine Mutter würde verlangen, dass ich Toms Frau alles erzähle.

Ich denke selbst oft darüber nach, aber ich komme zu keinem Ergebnis. Seine Tochter geht mir nicht aus dem Kopf und was ich ihr antun würde. Ihr ganzes Leben würde sich verändern und das wegen mir. Nein nicht wegen mir, wegen Tom.

Wenn ich nicht da gewesen wäre, gäbe es sicherlich eine andere und jetzt, nach mir, wird es wieder eine geben. Es sei denn, ich gehe doch zu seiner Frau. Das führt zu nichts, ich weiß es einfach nicht. Vielleicht rede ich nochmal mit Laura. Aber nicht mehr heute, jetzt fahre ich nur noch nach

Hause und kuschle mich in mein Bett. Vor meinem Auto halte ich inne. Mir ist, als ob …

»Frohe Weihnachten, Elli«, werde ich von der Seite begrüßt. Ich drehe mich um und finde mich in Andreas' Armen wieder. Für einen Moment schließe ich die Augen und genieße die Wärme seiner Umarmung, die freundschaftliche Geborgenheit.

»Frohe Weihnachten«, nuschle ich an seiner Brust. Ich will meinen Kopf nicht heben, nicht in seine Augen sehen. So sehr ich ihn eben am Tisch vermisst habe, wünsche ich mir jetzt, ihm nicht gegenüberzustehen. Wobei das so nicht stimmt. Es ist schön, ihm gegenüberzustehen, an seiner Brust zu lehnen und seinen Atem auf meiner Wange zu spüren. Aber ich will nicht, nein, ich kann nicht über Tom reden. Nicht jetzt, nicht hier. Also sage ich nichts weiter.

»Gehst du schon?«, flüstert Andreas an meinem Ohr.

Ich nicke und bewege mich ansonsten nicht einen Millimeter.

»Sind deine Eltern noch wach?«

Ich schüttle den Kopf.

»Hmm.«

Keiner sagt etwas. Er nicht und ich auch nicht. Die Zeit für eine Begrüßung ist längst überschritten, trotzdem hält er mich noch in seinen Armen. Er ist mit den Gedanken irgendwo anders und ich nutze das aus. Diese Situation, die Nähe, die Umarmung. Heimlich stehle ich mir seine Zuneigung, weil mein Herz sich so sehr danach sehnt. Vielleicht merkt er auch, dass etwas nicht stimmt, und spendet mir Trost? Ich weiß es nicht und ich werde es auch nicht herausfinden, da ich ihn bestimmt nicht darauf ansprechen werde. Am besten, ich fahre nach Hause.

»Schlaf gut«, flüstere ich und drücke ihn kräftig an mich. Zum Zeichen, dass ich mich verabschiede, dass ich jetzt fahre.

»Du auch. Bye.«

Er haucht einen Kuss auf meine Halsbeuge. Die Stelle prickelt. Am liebsten würde ich mit der Hand über meinen Hals fahren, mit den Fingern die Haut berühren, die eben von seinen Lippen gestreift wurde. Noch lieber würde ich ihn bitten, das nochmal zu machen. Mich nochmal zu küssen. Woher der Gedanke auf einmal kommt, kann ich nicht sagen. Vermutlich hat mich der Abend emotional gemacht. Weihnachten hat eben doch etwas Sentimentales an sich.

Seine Arme lockern sich, umschließen mich aber weiterhin. Auch ich bin noch nicht von ihm zurückgetreten. Er lacht. Ich spüre sein Grinsen und muss mich zurückhalten, nicht ebenfalls loszulachen. Innerlich zähle ich bis 10 und trete dann einen Schritt zurück.

Auf einmal ist mir die Situation unangenehm. Ich habe mich benommen, wie ein kleines Mädchen und eine lieb gemeinte Umarmung zu Weihnachten mit Zuneigung verwechselt. Ich habe mir Zärtlichkeit eingebildet, wo nur Freundschaft ist. Was ist bloß los mit mir?

Damit die Situation nicht noch peinlicher wird, drehe ich mich um und schließe mein Auto auf, ziehe die Tür hinter mir zu und fahre los. Im Rückspiegel sehe ich Andreas. Er steht auf der verlassenen Straße und sieht mir nach …

∞∞∞

In Gedanken versunken, biege ich in die Straße zu meinem Haus ein. Vor der Haustür lehnt eine große Gestalt. Auch ohne ihn genau zu erkennen, weiß ich, dass es Tom ist.

Strammen Schrittes gehe ich auf ihn zu. In mir brodelt es vor aufgestauter Wut. Ich bin hin und her gerissen. Soll ich ihn anbrüllen und ihm eine Ohrfeige verpassen, oder einfach ignorieren und an ihm vorbei gehen? Die zweite Variante erscheint mit klüger und erwachsener, also beachte ich ihn nicht weiter und schließe die Haustür auf.

Er legt seine Hand auf meine und hindert mich daran, ins Haus zu verschwinden.

»Was willst du, Tom?«, zische ich ihn an, ohne ihn eines Blickes zu würdigen.

»Elli bitte, es tut mir alles so leid. Du verstehst das falsch, ich …«

»Was soll ich falsch verstanden haben? Dass du verheiratet bist, dass du ein Kind hast? Wenn das falsch ist, dann sag es mir. Ansonsten verstehe ich alles genau richtig«, unterbreche ich seine Entschuldigung.

Stille.

Er sagt gar nichts. Wusste ich es doch. Dieses verdammte Arschloch! Ich spüre, wie die Tränen in mir hochkommen und will ihm die Genugtuung nicht geben. Er soll nicht mitbekommen, dass er mir was bedeutet. Bedeutet hat.

»Verschwinde einfach!«, herrsche ich ihn an und versuche mich aus seinem Griff zu befreien, um ins Haus zu gehen. Er lässt mich nicht.

»Was willst du? Lass mich los, verdammt«, gifte ich in seine Richtung.

»Elli ... Bitte tu mir einen Gefallen«, flüstert er. Seine Schultern hängen runter, der Griff um meine Hand lockert sich. »Meine Frau, sie weiß es nicht und bitte sag ihr nichts. Bitte, Elli«, fleht er.

In seinen Augen liegt Angst, aber auch Unterwürfigkeit. Er bettelt mich an und ich? Ich schäume vor Wut!

Das gibt's doch nicht. Er kommt nicht her, um sich zu entschuldigen, sondern um mich anzuflehen, dass ich seiner Frau nichts sage. Er ist so schwach und klein.

Wenn ich ihn jetzt ansehe, weiß ich nicht, was ich jemals attraktiv an ihm gefunden habe. Da ist gar nichts, er ist einfach nur falsch.

»Lass mich vorbei, Tom«, zische ich jetzt aggressiver und reiße meine Hand los.

Bevor er reagieren kann, bin ich durch die Tür geschlüpft und habe sie hinter mir zugeworfen. Ohne mich noch einmal nach ihm umzudrehen, verschwinde ich ins Treppenhaus. Jede Stufe bis hoch in den dritten Stock wird mir mehr bewusst, dass alles falsch war. Er hatte nie Interesse an mir, immer nur an meinem Körper und ich bin auf ihn hereingefallen, wie ein liebeskranker Teenie.

Es tut weh, das einsehen zu müssen. Es tut verdammt weh.

Die kleine Stimme aus meiner Vergangenheit flüstert: *Wer könnte dich schon lieben?*

Nach so langer Zeit fange ich an, ihr wieder Gehör zu schenken.

SILVESTER

Die letzten Tage sind wie im Flug vergangen und ich bin dankbar, ein paar besinnliche Stunden im Kreis meiner Familie und Freunde verbracht zu haben.

Den zweiten Weihnachtstag habe ich mit Laura und Liam verbracht. Wir haben Kekse gebacken, sind rodeln gegangen und haben viel gelacht. Dann haben wir alle zusammen im Wohnzimmer geschlafen. Laura ist eine zauberhafte Mutter, die ihrem Sohn eine wundervolle Kindheit schenkt. Dazu gehört auch das Geschenk ihrer Eltern, mit Liam Silvester zu verbringen. Sie haben ein Ferienhaus gemietet und nehmen Liam mit. Zuerst war Laura sich nicht sicher, ob das geht und ob sie das überhaupt will. Mit sanftem Druck hat ihre Mutter sie schließlich überredet.

Andreas habe ich nicht mehr gesehen. Er war bei meinen Eltern, als ich bei Laura und Liam war.

Und Tom? Mit ein wenig Abstand sieht die Geschichte schon ganz anders aus. Ich bin verarscht worden, und zwar deftig, aber ich habe auch schnell zu viel investiert. Meine Oma hat früher schon immer gesagt, dass ich mein Herz zu leichtfertig verschenke und irgendwann verletzt werden würde. Wie Recht sie hatte …

Aber davon lasse ich mich nicht unterkriegen, nicht schon wieder. Ich bin stärker als damals und ich weiß, dass ich es verdient habe, glücklich zu sein und geliebt zu werden.

Es ist der 31.12 kurz vor 20 Uhr. Laura und ich haben Tickets für die Black & White Party im ***Stars*** und stimmen uns mit einer Flasche Sekt und lauter Musik auf den Abend ein.

Laura hat mich überredet, ihr die Wahl meines Outfits zu überlassen und auch mein Make-up in ihre Hände zu legen. Mit dem Glätteisen zaubert sie mir wunderschöne Locken, die bis über meine Brüste fallen. Für meine Augen hat sie braun und gold gewählt und mir einen Lippenstift in dunkelrot aufgetragen. Ich schlüpfe in mein schwarzes Minikleid und horche einen Moment in mich hinein. Es ist das erste Mal, seit Langem, dass ich mich in meinem Körper wohl fühle. Mehr als wohl, ich fühle mich begehrenswert.

Grinsend betrachte ich mein Spiegelbild. Vom ersten Sekt ist mir angenehm warm und meine Wangen wirken rosiger als sonst. Es geht mir blendend.

»Der Abend gehört uns, Süße. Prost!«, Laura tritt neben mich und hält ihr Sektglas hoch.

Das laute Klirren der Gläser verspricht einen legendären Abend. Während ich uns weiter im Spiegel betrachte, trinken wir den letzten Schluck in einem Zug aus.

Der Abend gehört uns!

Kichernd und gackernd, wie Frauen nach zwei Gläschen Sekt nun mal sind, machen wir uns auf den Weg in die Stadt. Zum Glück trage ich einen langen Wintermantel, trotzdem friere ich. Was Frau nicht alles auf sich nimmt, nur um gut auszusehen …

Laura ist mit ihrer schwarzen Lederhose klar im Vorteil. Dazu trägt sie hohe Stilettos und ein unverschämt tief ausgeschnittenes Trägertop. Neben ihr kann man eigentlich nur Komplexe bekommen, aber heute fühle ich mich pudelwohl in meiner Haut.

Viel mehr noch, ich fühle mich frei.

Nach zehn Minuten sind wir endlich angekommen. Halb erfroren, aber trotzdem bester Laune.

Das ***Stars*** ist kaum wiederzuerkennen. Lange weiße Stoffbahnen hängen von der Decke und verlaufen in großen Bögen zu den Seitenwänden. Dazwischen schmücken Kerzenleuchter die Decke und tauchen den Raum in ein edles Licht. Alles wirkt unglaublich festlich, wie auf einer sündhaft teuren Hochzeit.

Wir werden mit Sekt und kleinen Häppchen begrüßt, die wir dankend annehmen.

»Komm Süße, wir stellen uns an den Tisch, in der Ecke. Dann können wir in Ruhe die Leute beobachten und richtig schön lästern«, kichert Laura los.

An der Hand schleift sie mich quer durch den Raum und steuert zielstrebig einen freien Stehtisch neben dem Buffet an. Hier ist es ruhiger und wir haben einen perfekten Blick über das Geschehen.

Langsam füllt sich der Saal, hauptsächlich mit Pärchen, aber vereinzelt sind auch ein paar Männer- und Frauengrüppchen zu sehen.

»O Gott, guck dir DIE an! Wie billig ist das denn? Ein pinker BH unter dem weißen Netzoberteil und das bei dem Schwarzlicht überall?«, zieht Laura ungeniert über eine entfernt stehende Frau her.

»Ihre Freundinnen sehen aber auch nicht besser aus, oder?«

Bei Frauen gibt es einen unglaublich schmalen Grat zwischen sexy und schlampig. Laura ist eine Künstlerin, was das angeht und beherrscht es perfekt, irre sexy auszusehen, ohne auch nur ein bisschen nuttig zu wirken. Anderen ist dieses Glück offensichtlich nicht vergönnt.

Der Abend ist noch jung und wir beschließen uns, vor weiterem Alkoholkonsum, zunächst eine Grundlage zu verschaffen. Am Buffet steuere ich den Hauptgang an. Bei solchen Events möchte ich mich nicht unnötig mit Salat vollstopfen.

Gerade will ich mir eine große Portion Kartoffelgratin auf den Teller laden, als mich ein wohlvertrautes Lachen innehalten lässt. Mitten in der Bewegung bleibe ich stehen und suche den

Ursprung des Geräusches. Meine Augen kämmen den Raum Meter für Meter ab. Je näher ich in seine Richtung komme, desto mehr fange ich an, zu schwitzen.

Mit Anzughose und schwarzem Hemd steht er da. Weiße Hosenträger lassen seinen Oberkörper noch massiver wirken und der obere Hemdknopf steht lässig auf. Er hat seinen Bart abrasiert und seine Haare nach hinten geföhnt, was ihn jünger aussehen lässt und noch glatter.

Ich weiß, dass es mir nichts ausmachen sollte, aber innerlich koche ich über. Äußerlich stehe ich mit dem Löffel voll Gratin in der Hand am Buffet und starre Tom einfach nur an.

»Wusstest du, dass er hier ist?«, holt Laura mich aus meiner Trance.

»Nein. Er hat gesagt, dass er über die Feiertage bei seiner Familie wäre.«

»Was ein Wunder, da hat er wohl gelogen«, giftet Laura.

Fürs Erste habe ich genug und wende meinen Blick ab. Mein Hunger ist auch verschwunden, also stapfe ich mit halbvollem Teller zurück, zu unserem Tisch. Laura folgt mir und redet unablässig auf mich ein, aber ich höre ihr gar nicht zu.

Was macht Tom hier?

Einem vorbeiflitzenden Kellner schnappe ich ein Glas Sekt vom Tablett und stürze es in einem Zug runter. Als ich ein Weiteres nehmen will, hält Laura mich ab.

»Süße, komm schon. Wir lassen uns den Abend doch jetzt nicht versauen!«

Leichter gesagt als getan. Ich gebe mir Mühe, mich mit Laura zu unterhalten, aber meine Augen suchen immer wieder Tom. Er ist kurz aus meinem Blickfeld verschwunden und als ich ihn wiederentdecke, trifft es mich, wie ein Schlag in die Magengrube.

Er steht auf der Tanzfläche und hält seine Frau fest im Arm. Ihre Blicke sind ineinander verwoben und ihre Körper schwingen im Takt der Musik. Sie stehen mitten im Raum, wie auf dem Präsentierteller und küssen sich, wie ein frisch verliebtes Pärchen.

Mich hat er in der letzten Ecke einer abgelegenen Bar getroffen. Ich war nur gut genug für einen schnellen Fick im dunklen Wohnungsflur.

Der Vergleich schmerzt.

Damit, ihn so offensichtlich verliebt zu sehen, komme ich nicht klar. Das ist zu viel für mich und ich merke, wie mein Herz sich zusammenzieht. Es ist nicht so, dass ich eifersüchtig wäre. Es ist viel mehr der Betrug, die Enttäuschung und die Frage, warum ich zu wenig bin? Nicht für Tom, sondern allgemein. Warum werde ich nicht geliebt? Was mache ich falsch?

»Laura, ich kann einfach nicht. Es tut weh und ich kann nichts daran ändern, dass ich so fühle«, verzweifelt gucke ich sie an. Als sie nichts erwidert, ist mir das Antwort genug. Laura ist nicht so sensibel wie ich, aber sie kennt mich lange genug, um zu wissen, dass der Abend für mich gelaufen ist.

»Kommst du allein nach Hause? Ich würde gerne noch bleiben. Sarah und Toni kommen ja auch später.«

»Aber sicher, es ist ja nicht weit. Feiert noch schön, wir sehen uns im neuen Jahr!« Mit einem Kuss verabschiede ich mich von Laura, hole meinen Mantel und stürme Richtung Ausgang. Alles woran ich denke, ist, dass ich Tom nicht begegnen will. Ich eile, so schnell es mein Kleid erlaubt, zur Tür und rase geradewegs in Andreas' Arme.

»Schön dich zu sehen, Kleines. Ich wusste gar nicht, dass du auch hier bist.« Andreas zieht mich zu einer langen Umarmung an sich. Sofort hüllt mich seine Wärme ein und vermag es fast, meine innere Kälte aufzutauen. Ein Teil meiner Wut verpufft und ich schaffe es tatsächlich, meine Mundwinkel ein wenig anzuheben.

»Was ist los, Elli?«, nach einer Antwort suchend, schiebt er mich zurück und schaut sich um. Er kennt mich so gut, dass er mein Lächeln entlarvt und den Kummer dahinter entdeckt hat.

»Nichts, ehrlich. Ich will einfach nur nach Hause. Für mich war es das für heute.«

Sein Blick huscht weiter im Saal umher und findet schließlich wieder zurück zu mir.

»Okay, lass uns gehen.«

Ohne ein weiteres Wort legt er den Arm um mich und tritt mit mir raus, in den kalten Abend. Eigentlich will ich protestieren, aber irgendwas hält mich davon ab und schließlich sollte man als Frau auch nicht allein durch die dunklen Straßen ziehen.

Außerdem fühle ich mich wohl in seinen Armen. Ich genieße das Gefühl, von ihm beschützt, oder zu mindestens begleitet zu werden.

Wir laufen Arm in Arm über den Gehweg und haben schnell einen Gleichschritt gefunden. Nach einigen Metern ist von der Musik der Party nichts mehr zu hören und einzig unsere Schuhe klackern laut auf dem Pflaster.

In meinem Kopf rotiert es. Nicht wegen Tom, es ist vielmehr der Mann neben mir, der meine Gedanken infiltriert. Warum fühle ich mich so unbeschwert bei ihm, so normal, so glücklich?

Eine winzige Idee kommt in meinem Innersten zum Vorschein. So klein und undurchdacht, aber dennoch da: Andreas? …

ꝏꝏꝏ

An der Haustür angekommen schließe ich auf und warte ab, was passiert. Ein wohliges Schauern breitet sich in meinem Magen aus. Ich bin aufgeregt.

Andreas schlüpft durch die Tür und geht auf das Treppenhaus zu. Ob er mich nur bis zu meiner Wohnung begleiten will? Wir haben noch immer kein Wort gewechselt und langsam werde ich nervös.

Andreas lehnt wartend vor meiner Tür. Die drei Stockwerke ist er wesentlich schneller hochgelaufen, als ich es mit meinem Kleid je könnte.

»Kommst du noch mit rein?«, frage ich schüchtern und kann meine heißen Wagen nicht verbergen. Wie peinlich!

»Natürlich! Denkst du, ich lasse dich allein ins neue Jahr feiern?«

Darüber habe ich gar nicht nachgedacht. Es ist Silvester! Kein belangloser Tag, den man mit einem Kumpel verbringen will, wo doch eine Party greifbar wäre, oder? Mein Herz klopft mir bis zum Hals, als ich die Wohnungstür aufschließe.

Andreas fühlt sich scheinbar wie zu Hause, zieht die Schuhe aus und hängt seine Jacke auf. Dann lässt er sich schnaufend auf das Sofa fallen und legt seine Füße hoch.

»Na dann erzähl mal, was passiert ist. Deine Mama hat ja schon angedeutet, dass du Weihnachten gar nichts mehr von Tom berichtet hast.«

»Du weißt doch genau was passiert ist, oder?«

Beschämt hänge ich meinen Mantel auf und geselle mich zu ihm, in mein Wohnzimmer.

»Wenn ich das gerade richtig verstanden habe, hast du Tom heute mit einer anderen auf der Party gesehen?«, will Andreas wissen.

»Nicht ganz. Einen Tag vor Weihnachten habe ich ihn zufällig mit einer anderen gesehen und die andere ist seine Frau. Er ist verheiratet und hat eine Tochter. Heute Abend habe ich ihn dann wiedergesehen und das war mir zu viel.«

Andreas pfeift durch seine Zähne und schüttelt den Kopf.

»Wie kommst du klar, Kleines?«

Ich bin im so dankbar, dass er mir keine Vorwürfe macht. Er will einfach wissen, wie es mir geht und ist nicht daran interessiert, mir vorzuhalten, dass er es besser wusste.

»Es geht schon, ehrlich. Als ich ihn vor Weihnachten gesehen habe, war es hart. Aber inzwischen habe ich es abgehakt. So lange kannten wir uns nicht und jetzt hatte ich einfach keine Lust darauf, mit ihm in einem Raum zu sein. Das ist alles.«

»Hmm«, nickt Andreas meine Aussage ab. Dass er daran zweifelt, steht ihm ins Gesicht geschrieben, aber er lässt es auf sich beruhen.

»Und was ist das hier?«, will er wissen und hält die verpackte Flasche Likör in die Luft.

»Mein Weihnachtsgeschenk für Tom«, gebe ich kleinlaut zu.

»Darf ich?«, ohne auf eine Antwort zu warten, reißt er das Papier ab und liest laut: »Apfelbums« vor. »Du hast ihm eine Flasche Apfelbums gekauft? Was zum Teufel ist das?«

»Der heiße Spaß im Glas«, setze ich an und muss dann fürchterlich lachen. Als Andreas mich ahnungslos ansieht, versuche ich, es ihm zu erklären.

»Das ist ein Likör mit Apfel und Karamell und so, lecker!«

»Der heiße Spaß also?«

Irgendwie klingt seine Frage anzüglich und ich erröte leicht.

Warum reagiere ich in letzter Zeit so auf ihn? Andreas flirtet normalerweise viel offensichtlicher und schamloser und ich kann damit hervorragend umgehen. Wir necken uns gerne und gehen dabei auch mal ein bisschen zu weit, aber das hat mich nie berührt. Es war immer ein Scherz zwischen Freunden …

»Jetzt mach schon auf, wir trinken einen«, will ich die Situation entschärfen.

»Na dann her mit dem Zeug. Mal sehen, wie mir heißer Spaß schmeckt«, flüstert Andreas mit seiner rauen Stimme. Er spielt mit mir und mein verräterischer Körper springt darauf an.

Ich verschwinde kurz in die Küche, um meine Gedanken zu sortieren, und komme mit den zwei verpackten Gläsern wieder. Als ich sie auspacke, prustet Andreas los.

»Die hättest du ihm auch noch geschenkt?«

Empört stemme ich meine Hände in die Hüften.

»Eine sehr männliche Geschenkauswahl hast du da getroffen, gar nicht kitschig.«

»Hör auf zu meckern, sonst gibt's nichts zu trinken!«

Andreas hebt ergeben die Hände und nimmt das volle Glas entgegen. Für sein neuerliches Schmunzeln erntet er einen Hieb in die Seite, den er kommentarlos hinnimmt. Dann dreht er sich zu mir.

»Auf uns«, flüstert er.

Seine braunen Augen bohren sich in meine, nehmen mich gefangen. Ich kann meinen Blick nicht von ihm lösen und entdecke immer mehr.

Die goldenen Linien tanzen in den dunklen Tiefen seiner Augen, durchziehen sie und bündeln sich in der Mitte zu einem schimmernden Kranz. Dann spüre ich eine heiße Welle über mich rollen. Ich habe etwas in seinem Blick erkannt, kann es aber nicht greifen. Ich lehne meinen Kopf zur Seite und intensiviere meinen Blick. Was war das gerade?

Andreas' Mund verzieht sich zu einem Lächeln. Er hebt eine Augenbraue. Langsam löse ich meinen Blick und komme mir unendlich dämlich vor. Aber da war einfach etwas, ganz bestimmt! Ich habe es genau gesehen und gespürt habe ich es auch.

Jetzt werde ich schon verrückt. Als ob man Blicke spüren könnte …

»Prost«, sage ich und stoße mit ihm an.

Indem ich das Glas zu meinen Lippen führe, realisiere ich, was er eben zu mir gesagt hat: *Auf uns.* UNS??? Bevor sich meine Gedanken überschlagen, setze ich das Glas an und trinke es in einem Zug aus.

Himmlisch lecker, wobei der Likör mir warm noch besser schmecken würde.

Aber genug von dem Likör, AUF UNS? UUUUNS? In mir formen sich die Worte, bis ich sein Bild und seine Stimme darüberlegen kann und den Satz abspule, wie er ihn eben gesagt hat.

Er hat geflüstert. Es hat sich zärtlich angehört und so, als wäre es normal. Sein Mund hat gegrinst, seine Augen waren halb geöffnet, suchten meinen Blick. Es hat etwas bedeutet.

Je länger ich darüber nachdenke, desto sicherer werde ich mir. Andreas flirtet mit mir. Nicht bloß im Spaß. Nicht, wie unter Kumpels. Er flirtet und das fühlt sich wahnsinnig gut an.

Berauscht von meiner neuen Erkenntnis warte ich auf ein Zeichen seinerseits. Währenddessen bin ich aufgeregt, kichere übertrieben, wenn er einen Scherz macht, und grinse ununterbrochen vor mich hin.

Die Zeit vergeht wie im Flug und irgendwann beruhigen sich meine Nerven. Der Apfelbums tut sein Übriges und schließlich habe ich mich wieder vollends unter Kontrolle. Mit Andreas ist es so normal, so vertraut, dass ich einfach glücklich bin und meinen Kopf abschalte.

Es bringt nichts, mir Gedanken darüber zu machen, was UNS bedeuten soll, oder warum er mich mit seinen Blicken fesselt. Fragen werde ich bestimmt nicht.

Wir sitzen auf der Couch und unterhalten uns über Alles und Nichts. Diskutieren hitzig über ein bestimmtes Thema, nur um danach wieder rumzublödeln.

Irgendwann schalten wir den Fernseher an, um »Dinner for one« nicht zu verpassen. Obwohl ich den Film jedes Jahr gucke, biege ich mich vor lauter Lachen.

Fünf Minuten später läuft der 90. Geburtstag von Miss Sophie auf dem nächsten Fernsehsender und ich schalte um. Zeitgleich mit James Begrüßung an Miss Sophie im TV, flüstert Andreas mir ins Ohr: »You are looking very well this evening, Miss Elli.«

Ein warmer Schauer läuft mir den Rücken runter und ich wage es kaum, mich zu bewegen. Sanft streift sein heißer Atem meinen Hals. Es kitzelt nicht, oder ist in irgendeiner Weise unangenehm. Vielmehr fühlt es sich an, wie ein unendlich prickelndes Streicheln. Es fühlt sich gut an. Zu gut.

Mein Puls beschleunigt sich und ich merke, wie ich heftiger zu atmen beginne. Was passiert hier zwischen uns? Im Blickwinkel nehme ich das deutliche Heben und Senken von Andreas' Brustkorb war. Auch ihn lässt die Situation nicht kalt.

Langsam drehe ich meinen Kopf zur Seite, bis sich unsere Nasenspitzen fast berühren. Andreas lehnt seine Stirn an meine und schließt die Augen. Eine Zeitlang verharren wir so. Aneinander gelehnt, in der Stille meiner Wohnung. Obwohl nichts weiter passiert, steigert sich meine Nervosität ins Unermessliche. Wir befinden uns an einer Gabelung und müssen uns für einen Weg entscheiden.

Bitte Andreas, flehe ich stumm in meinem Kopf, *wähle die richtige Richtung*.

»Elli, ich habe mir geschworen, mich zu beherrschen und dir Zeit zu geben, aber du machst es mir nicht leicht.«

Seine Worte streifen meine Haut, schüren meine Lust. Langsam löst er unsere Verbindung, öffnet die Augen und sucht meinen Blick. In ihm liegt so viel Verlangen, dass ich schlucken muss. Unterbewusst öffne ich die Lippen. Sein Blick schleicht runter und bleibt an meinem Mund hängen. Die Sekunden ziehen sich ins Unendliche, bis er seine Augen wieder schließt und sich leicht nach vorne beugt.

Ich spüre nur eine kleine Berührung seiner Lippen. Ein leichtes Streicheln, ganz zart und vorsichtig und es raubt mir vollkommen den Atem.

Seine Hand in meinem Nacken zieht mich Stück für Stück näher und endlich presst er seine Lippen ganz auf meine. Mir entfährt ein Stöhnen und ich öffne bereitwillig meinen Mund für ihn. Langsam gleitet seine Zunge hinein und spielt mit meiner.

Nie hätte ich gedacht, dass seine Lippen so weich sind und seine Zunge so rau. Er schmeckt süß nach Likör, vertraut nach Andreas und nach so viel mehr.

Heftig atmend küsse ich ihn und wende mich ihm weiter zu. Andreas versteht meinen Wunsch nach mehr Körperkontakt sofort und zieht mich auf seinen Schoß.

Ich verliere mich in seinem Kuss, werde immer weiter angetrieben und folge der Lust, die durch meinen Körper peitscht. Ich nehme mir gar nicht erst die Zeit, zärtlich zu sein und seinen Körper zu erkunden. Die Gier treibt mich weiter und bringt mich dazu, mich an ihm zu reiben. Woher das auf einmal kommt? Keine Ahnung, aber es fühlt sich so unglaublich gut an, dass ich nicht einen Gedanken daran verschwenden will. Meine Brustwarzen ziehen sich zusammen und das Verlangen pocht glühend heiß in meinem Schoß. Ich will ihn!

Schwer atmend unterbricht Andreas unseren Kuss und schiebt mich leicht zurück. Ich lasse mich nicht davon irritieren und will ihn weiterküssen. Er weicht aus. Als Andreas sieht, wie ich schmolle, lächelt er verschmitzt.

»Wir haben alle Zeit der Welt, meine Schöne«, flüstert er und lehnt sich weiter nach hinten.

Frustration breitet sich in mir aus. Ich fühle mich zurückgewiesen und das steht mir auch ins Gesicht geschrieben. Er kann mich nicht so küssen und dann wieder wegschieben! Was wird das?

Er will mich nicht, ich habe das alles falsch verstanden … Scheiße!

Mein Herz hämmert wie wild und ich merke, wie es mir die Kehle zuschnürt. Andreas fasst unter mein Kinn, zwingt mich, ihn anzusehen.

»Versteh mich nicht falsch, Elli! Ich würde am liebsten jede Stelle deines Körpers küssen. Nichts interessiert mich mehr, als ob du auch diese süßen Geräusche machst, wenn ich deine Brustwarze in meinen Mund sauge, oder meine Zunge in dich tauche. Aber das heben wir uns für einen anderen Abend auf. Heute wird nur geknutscht.«

Herr im Himmel … Was war das denn? Verdattert starre ich ihn an und realisiere erst nach und nach, dass er mich auch will.

Sein verbotenes Grinsen verrät mir, dass er genau weiß, was er mit seinen Worten bei mir anstellt. Jetzt kann ich an nichts anderes denken als daran, wie sich seine Finger auf meiner Haut anfühlen und seine Zunge an meiner Scham.

Der Gedanke macht mich wahnsinnig und ich presse unwillkürlich die Schenkel aneinander, um ein wenig Druck abzubauen. Auch das bleibt ihm nicht verborgen und lässt sein Grinsen noch breiter werden. Na warte Freundchen, das kann ich auch!

Langsam stehe ich auf und streife mir die Träger vom Kleid, um es zu Boden fallen zu lassen.

»Huch, wie konnte das passieren?«, flirte ich lasziv und lege noch einen drauf, indem ich meinen BH öffne und ebenso fallen lasse. Gerade will ich mich meines Höschens entledigen, als Andreas meine Hände festhält.

»Du spielst ein gefährliches Spiel, Elli«, wispert er und zieht mich wieder zu sich. Das weiß ich ganz genau, aber es ist zu gut, um aufzuhören.

Mit kleinen Küssen bedeckt Andreas meinem Bauch und legt die Hände um meine Hüften. Dann drückt er mich zurück auf seinen Schoß und küsst mich voller Leidenschaft. Seine Arme umschließen mich und seine Hände fahren meinen Rücken hinab bis zu meinem Po und dann wieder hoch, um sich in meinen Nacken zu krallen. Er verschlingt mich mit Haut und Haaren. Noch nie habe ich mich so begehrt gefühlt.

Unter meinen Schenkeln spüre ich deutlich, wie seine Lust wächst, und rücke das kleine Stückchen näher zu ihm ran, um ihn an meiner Mitte zu spüren. Uns trennen nur mein Spitzenhöschen, seine Anzughose und Shorts. Ich kann alles fühlen und doch ist es nicht genug.

Ich lasse meine Hüften kreisen und reibe mich an ihm, fahre mit dem Becken auf und ab. Das Gefühl ist unbeschreiblich. Seine Küsse rauben mir den Atem, seine Hände elektrisieren meine Haut und sein heißer Schoß bringt meine Lust zum Kochen. Ich will ihn, ich will ihn so sehr.

Andreas' Hände finden meine Brüste. Ganz seicht fährt er mit den Fingerspitzen über meine Knospen und zwirbelt sie zwischen Daumen und Zeigefinger. Ich stöhne in seinen Mund und spüre ein Kribbeln durch meinen ganzen Körper jagen. In mir pulsiert es. Das ist es, was ich gesucht habe, was ich fühlen wollte. Genau das. Ich japse nach Luft und lasse mich weitertreiben, genieße jedes einzelne Gefühl, jede Berührung, jeden Kuss.

Ich kann nicht mehr und doch kann ich nicht aufhören, mich weiter an ihm zu reiben, ihn zu küssen und mich ihm hinzugeben. Keuchend werfe ich meinen Kopf in den Nacken, als ich spüre, wie Andreas' Hand meinen Bauch hinabgleitet. *Bitte erlöse mich,* ist alles, was ich denken kann und schließe genießerisch meine Augen.

Als seine Finger auf meine nasse Scham treffen, wimmere ich und presse mich ihm entgegen. Er umkreist meine Perle und fügt sich meiner Reibung. In mir tobt ein Sturm an Gefühlen, die mich berauschen und mitziehen.

»Sieh mich an, wenn du kommst«, flüstert er rau an meinem Mund. Ich öffne die Augen und spüre, wie die Wellen über mir einstürzen. Heftig pulsierend löst sich der Sturm und ich stöhne meine Lust laut hinaus. Zitternd sacke ich auf

Andreas zusammen und blicke weiter in die Augen, die mir so vertraut sind.

Alles um mich herum verschwimmt, nur Andreas und ich sind wichtig.

Mein Atem kommt stoßweise und erst langsam realisiere ich, was gerade passiert ist.

Ich sitze fast nackt auf Andreas, der noch komplett angezogen ist und habe mich vollkommen fallen gelassen. Das war mein erster Orgasmus in Anwesenheit eines Mannes und verdammt noch mal der Beste, den ich je hatte. Ein Grinsen breitet sich auf meinem Gesicht aus. Phänomenal!

»Hi«, raunt Andreas.

Er nimmt mein Gesicht in beide Hände und küsst mich zärtlich. Erst jetzt merke ich, dass er immer noch steinhart ist, und schäme mich, weil ich so egoistisch war.

Lachend fängt Andreas meinen Blick auf und bemerkt locker: »Beim nächsten Mal nimmst du mich einfach mit! Ich hatte ja selbst gesagt, dass es heute nur Küsse für mich gibt. Und jetzt, meine Schöne, werde ich kurz auf die Toilette verschwinden!«

Nur unfreiwillig gebe ich ihn aus meinen Armen frei und stehe langsam von seinem Schoß auf. Ein Blick auf seine Hose verrät, wie sehr mir der Moment gefallen hat und treibt mir die Schamesröte ins Gesicht.

»Die nasse Hose kannst du gleich auslassen«, flüstere ich.

»Du dein Höschen auch! Aber zieh dir was drüber, sonst kann ich für nichts mehr garantieren«, säuselt Andreas mir zu. Ihm scheint die Situation gar nicht peinlich zu sein. Lässig streift er seine Hose ab, legt sie auf die Couchlehne und verschwindet auf die Toilette.

Zu gerne würde ich wissen, ob er sich jetzt selbst berührt, seinen Schwanz aus der Hose befreit und ihn reibt, während er an mich denkt. Verstohlen grinse ich vor mich hin. Was zum Teufel passiert hier gerade?

Ich nutze die Zeit, um ins Schlafzimmer zu huschen, wo ich mir ein großes Schlafshirt aus dem Schrank hole und einen neuen Slip gegen meinen durchnässten tausche.

Zurück im Wohnzimmer setze ich mich auf die Couch und breite die Kuscheldecke über mir aus. In meiner Wohnung ist es nie kalt, da ich im Winter wie bekloppt heize. Trotzdem liebe ich es, mich in eine viel zu große Decke einzuhüllen.

Andreas kommt aus dem Badezimmer und kommentiert meinen Eskimolook mit einer hochgezogenen Augenbraue.

»Wenn du aufhörst so zweifelnd zu gucken, biete ich dir vielleicht einen Platz unter meiner Decke an!«

»Den nehme ich gerne, wobei es hier gefühlte 30 Grad sind.«

Ich öffne meine Decke und signalisiere ihm, sich neben mich zu setzen. Andreas rückt dicht zu mir und legt einen Arm um mich. Meine Beine schlingt er über seinen Schoß und lehnt sich dann entspannt zurück. Mit ihm ist alles so selbstverständlich, dass ich den Moment einfach genieße und meinen Kopf an seiner starken Schulter bette.

Trotzdem poltert mein Herz kräftig gegen meine Rippen. Ob er merkt, wie aufgeregt ich bin? Wie sehr ich den Moment gerade genossen habe und wie … besonders er für mich war?

Ein Lächeln zieht an meinen Lippen. Wo kam das auf einmal her? Dieses Gefühl, die Lust, alles war plötzlich so unglaublich erregend. So habe ich mich noch nie gefühlt. Liegt es an Andreas? Daran, dass er offenbar genau wusste, wie ich berührt werden will? Oder an mir und der Tatsache, dass ich es zugelassen habe, mich auf ihn eingelassen habe?

∞∞∞

Ich muss eingedöst sein, denn auf einmal spüre ich eine Bewegung und dann glatten Stoff unter meiner Haut. Verschlafen öffne ich die Augen und finde mich in meinem Schlafzimmer wieder.

»Schhhht, schlaf ruhig weiter, kleine Elli«, flüstert Andreas mir ins Ohr. Das Bett ist kalt und eben auf der Couch war es noch so schön warm. Ich klammere mich an Andreas Arme und ziehe ihn zu mir.

»Keine Angst, ich hatte nicht vor, dich allein zu lassen«, schmunzelt er.

Von weitem ertönt ein lauter Knall und dann noch einer.

»Wie spät ist es?«, will ich wissen.

»Kurz vor Mitternacht.«

Auf einmal bin ich hellwach und springe aus dem Bett. Ich ziehe Andreas an der Hand hinter mir her, vor das große Fenster neben meinem Bett.

Die ersten Raketen künden die Vorfreude einiger weniger an, die nie bis Mitternacht warten können. Dann ist es so weit: Zischende Fontänen, Böller und Raketen tönen aus allen Richtungen und verwandeln die Nacht in ein Meer aus Lichtern und Farben.

Andreas umschlingt von hinten meinen Körper und genießt den Anblick mit mir. Ich schmiege meinen Kopf gegen seine Brust und verschränke unsere Hände ineinander. Er küsst mich auf den Scheitel und malt kleine Kreise mit dem Daumen auf meinen Bauch.

»Frohes neues Jahr«, flüstere ich.

»Frohes neues Jahr, meine Schöne«, raunt er und dreht mich zu einem Kuss um, der meine Knie weich werden lässt.

Es ist vollkommen dunkel in meinem Schlafzimmer. Nur das Feuerwerk von der Straße schimmert durch das Fenster. In der anmutigen Stille der Nacht klopfen unsere Herzen in lauten, rhythmischen Schlägen.

Andreas gibt mich aus seinen Armen frei und betrachtet mich. Er streckt die Hand nach mir aus und fährt sacht über meine Wange, mein Schlüsselbein hinunter, seitlich an der Brust vorbei, bis zu meinem Oberschenkel und langsam wieder hoch. Dann lässt er ganz von mir ab, als hätte er sich verbrannt, und sieht mich nur noch an.

Stille.

Das Feuerwerk hat sein Ende gefunden. Es ist stockdunkel und mucks Mäuschen still. Meine Nackenhaare stellen sich auf und ein kurzes Prickeln durchzieht meinen Körper.

Ich weiß nicht, was hier gerade passiert, aber es fühlt sich wahnsinnig aufregend an. Obwohl wir uns nicht berühren, kribbelt meine Haut, verlangt nach Kontakt.

Langsam gewöhnen sich meine Augen an die Finsternis und ich kann Andreas wieder klar erkennen. Alles an ihm erregt mich, zieht mich an. Seine zerwühlten Haare, der feurige Blick, sein stählerner Körper und seine Lippen. Gott, wie gerne würde ich erneut das Gefühl von seinen Lippen auf meiner Haut spüren …

Andreas blickt mir entgegen und zieht die Luft ein. Durch die Stille dringen seine Atemgeräusche in immer kürzeren Abständen zu mir. Er fühlt es auch.

Ich gehe einen Schritt auf ihn zu, will ihm die Entscheidung leichter machen, aber er weicht einen zurück. Einen ganzen Schritt. Verwirrung schwirrt durch meinen Kopf. Habe ich mich getäuscht?

Sein Blick lässt keine Interpretation zu, ist starr geradeaus gerichtet. Tränen steigen in mir auf, weil ich ihn brauche und er mich ablehnt.

Er weicht zurück. Schon wieder.

Das kann er mir nicht antun.

»Bitte Andreas, nur heute Nacht. Ich brauche das Gefühl, begehrt zu werden. Verstehst du das nicht?«, flehe ich und offenbare ihm damit meine innersten Gefühle. »Betrachte mich nicht als Kumpel, nicht heute Nacht.«

Noch eine Ablehnung vertrage ich nicht. Ich sehne mich so sehr nach Bestätigung und nach Zuneigung, will mich nur einmal fallen lassen und genießen. Nur einmal die Erlösung mit ihm finden …

»Du bist so viel mehr als ein Kumpel, Elli«, flüstert Andreas.

Weiter kommt er nicht, da ich seine Zustimmung verstanden habe und die Gedanken sich in meinem Kopf überschlagen. Das war ein JA! Ich springe förmlich in seine Arme. Aus Angst, dass er doch zurückweicht und aus unbändigem, fast schmerzhaftem Verlangen auf seine Küsse, seinen Körper, auf ihn.

In der Dunkelheit sind meine übrigen Sinne geschärft, also schließe ich meine Augen, um mich voll und ganz dem Gefühl hinzugeben.

Seine Küsse sind hart und gierig. Mit den Zähnen knabbert er an meiner Unterlippe und seine Zunge fährt feucht durch meinen Mund.

Ich ziehe mir das Shirt über den Kopf und schiebe danach auch seins nach oben. Andreas hilft mir, es auszuziehen, und zieht mich an seine heiße Brust. Endlich spüre ich ihn Haut an Haut. Wahnsinn, wie gut sich das anfühlt. Ich presse meinen gesamten Körper an ihn, will mehr spüren und alles vom ihm entdecken.

Meine Hände gehen auf Wanderschaft und erfreuen sich an seinen definierten Oberarmen. Tänzelnd fahre ich mit den Fingerspitzen seine Brust hinab bis runter zum Bauchnabel und halte, vor lauter Vorfreude, den Atem an, als ich den Bund seiner Boxershorts erreiche.

Auf einmal kreische ich los, da ich von Andreas aufs Bett geworfen werde. Grinsend beugt er sich über mich, küsst meinen Bauch, meinen Hals, meinen Mund. Er erstickt meinen Protest mit seiner Zunge, drückt mich in die Kissen und zwingt mich runter, bis ich mich füge.

Meine Knie sind weich, wie Wackelpudding. Meine Lippen brennen von unseren stürmischen Küssen. Mir ist leicht schwindelig und mein ganzer Körper vibriert vor lauter Lust. Ich fühle mich wie im Rausch, wie auf Droge.

Andreas unterbricht unseren Kuss, richtet sich auf und schiebt meine Knie auseinander, um sich zwischen meine Schenkel zu hocken. Ruckartig zieht er meine Beine hoch und stellt sie auf seiner Brust ab, um mir dann, wie in Zeitlupe, den Slip abzustreifen.

Mit einer Spur aus federleichten Küssen bedeckt er meine Waden, bis er meine Beine wieder rechts und links neben sich abstellt. Ich liege vollkommen nackt vor ihm. Mit gespreizten Beinen. Und ich könnte mich nicht wohler, nicht begehrter, nicht vollkommener fühlen.

»Komm her zu mir«, bitte ich ihn, denn ich will nicht länger warten. Ich will ihn auf mir und in mir spüren.

Bei dem Gedanken daran, wie er in mich eindringt, schließe ich genießerisch die Augen. Es raschelt neben mir. Dem nächsten Geräusch entnehme ich, dass er seine Jeans ausgezogen und sie in die Ecke geworfen hat. Ich spreize meine Beine noch ein bisschen weiter und warte auf das Gefühl. Auf die Schwere seines Körpers, die Hitze seiner Haut.

»O nein, meine Schöne. So leicht werde ich es dir nicht machen!«, haucht er in die Dunkelheit.

Empört reiße ich die Augen auf und blicke einem schmunzelndem Andreas entgegen.

»Du willst dich also begehrt fühlen, hmm?« Er kniet sich zwischen meine Schenkel und beobachtet mich, saugt jede Regung in sich auf. Langsam fährt er mit den Fingerspitzen meine Schenkel hoch, bis zu der Falte, wo mein Oberschenkel in meine Scham übergeht.

»Ja«, wimmere ich und kralle mich mit den Händen im Bettlaken fest. Ich kann keinen klaren Gedanken mehr fassen, will einfach nur fühlen.

Seine Finger wandern meine Taille hoch, umkreisen meine Brustwarzen. Quälend langsam erforscht er meinen Körper, drückt mal fester und streicht dann wieder ganz sachte. Dabei lässt er mich nicht aus den Augen und genießt sichtlich, wie ich mich unter seinen Fingern winde.

Er küsst, knabbert und leckt über meinen Unterbauch und dicht an meinen Schamlippen vorbei, ohne mich dabei an der richtigen Stelle zu berühren, ohne mir Erlösung zu verschaffen. Es ist zum Verrücktwerden und doch ist es das Beste, was ich je erlebt habe.

»Gebe ich dir denn nicht das Gefühl, dich zu begehren?«, flüstert er und pustet auf die nassen Linien, die seine Zunge hinterlassen hat. Mein ganzer Körper erschaudert unter seinen Liebkosungen. Ich strecke mich ihm entgegen und presse mein Becken empor, um mehr Berührungen einzufangen.

»Was willst du, Elli?«, raunt er ganz dicht vor meiner Perle. »Was soll ich mit dir machen? Sag es mir.«

»Andreas«, flehe ich, ohne zu wissen, worum ich ihn bitte.

Ich ziehe ihn an den Schultern hoch, um ihn ansehen zu können, um ihn zu küssen. Er kommt mir entgegen und stützt sich mit den Armen neben mir ab. Schweigend betrachtet er mein Gesicht und lächelt verschmitzt.

Er berührt mich nicht mit seinem Körper, beugt sich lediglich über mich. Nur seine Lippen liegen auf meinen und küssen mich gierig. Meine Nerven sind zum Zerreißen gespannt. Immer weiter drücke ich mein Rückgrat durch und meinen Körper damit ihm entgegen. Ich will nichts sehnlicher, als ihm nah zu sein, ihn zu fühlen und das heftige Pochen in meiner Mitte zu stillen.

Kurz spüre ich seine harte Spitze zwischen meinen Schenkeln. Ich keuche auf, hebe mein Becken weiter an, schlinge mein Bein um ihn und schiebe ihn mit der Ferse zu mir und in mich. Das plötzliche Gefühl schockt uns beide gleichermaßen.

Es übermannt mich vollkommen. Durch den Raum zieht ein Stöhnen, dann ein tiefes Grollen. Ob ich das bin, oder Andreas? Keine Ahnung!

Andreas braucht einen Moment, um sich zu fangen. Sein ganzer Körper ist erstarrt und ich spüre, wie er den Kiefer kräftig aufeinanderpresst. Ich habe meine Fassung schneller zurück und spanne mich um ihm herum an.

»Du bist der Teufel«, neckt er mich und beißt mir spielerisch in die Schulter. »Mach das nochmal!«, fordert er dann.

Dem komme ich nur zu gerne nach und ziehe meinen Beckenboden fest zusammen. Das Stöhnen aus seinem Mund kommt einem Knurren gleich. Ich will mich nochmal anspannen und schlinge meine Beine dazu fester um seinen Rücken. Seine Hand an meinem Oberschenkel hält mich ab.

»Bitte nicht«, flüstert er rau. »Sonst ist das hier schneller vorbei, als mir lieb ist.«

Andreas schiebt mein Bein hoch und fängt an, sich träge in mir zu bewegen. Langsam und kräftig stößt er in mich und fesselt mich mit seinem Blick. Das Gefühl ist unglaublich. Ich vertraue ihm vollkommen und schaffe es, mich einfach treiben zu lassen. Zu genießen.

Plötzlich umschließt er meine Hüften und dreht uns um, so dass ich auf ihm sitze und er unter mir liegt.

»Nimm dir, was du brauchst, Elli«, flüstert er und legt seine Hände auf meine Oberschenkel.

Ich stütze mich neben seinem Kopf ab und beginne ihn langsam zu reiten.

Das Kribbeln in meinem Bauch wird stärker und flattert bis in die Fingerspitzen. Ein Schweißfilm bedeckt unsere Körper. Immer schneller bewege ich mich auf ihm, aber komme dem Ziel nicht näher.

Mit einer Hand will ich zwischen uns greifen und mich zusätzlich stimulieren, aber Andreas schiebt sie mürrisch beiseite. Dafür küsst er mich endlich wieder und streicht über meine Brüste. Er hält mich nicht fest und zwingt mir keinen Rhythmus auf. Er überlässt mir voll und ganz die Führung und küsst mich dabei mit einer Hingabe, die mich ganz schwindelig macht.

Langsam habe ich keine Kraft mehr, alles in mir schreit nach Erlösung. Ich will mich fallenlassen, will, dass es endlich passiert …

»Andreas«, stöhne ich an seinem Mund und merke, wie mein kraftloser Körper zu zittern beginnt.

»Ja, meine Schöne?«, fragt er und zieht mich in seine Arme.

Ohne eine Antwort abzuwarten, dreht er uns wieder um und legt sich meine Beine um die Hüften. Er beugt sich ganz über mich. Jeder Zentimeter meiner Haut, berührt seine. Mir tief in die Augen blickend stößt er in mich. Wieder und wieder, bis sich alles um mich herum auflöst und ich nur noch stöhnen und wimmern kann.

»Bleib bei mir, Elli«, haucht er und zieht meinen Blick wieder in seinen Bann.

Ich schaffe es kaum, meine Augen offen zu halten, und doch intensiviert sein Blick meine

Gefühle so sehr, dass ich ihm nicht entkommen kann.

Alles in mir bebt und rollt in fließenden Wellen über mich als ich endlich, endlich meinen Höhepunkt finde. Ich krampfe stark um ihn und zittere unkontrolliert. Ein Schrei verlässt meine Lippen und geht in dem tiefen Stöhnen von Andreas auf. Ich spüre, wie er heiß in mir pulsiert und spanne mich ein letztes Mal an.

Sein Blick trübt sich und aus seiner Kehle dröhnt ein langgezogenes Knurren. Nie haben meine Ohren einen leidenschaftlicheren Laut vernommen. Grollend sackt er auf mir zusammen und küsst mich sanft auf den Mund, die Nase und die Stirn.

Vorsichtig streicht Andreas mir eine Strähne aus dem Gesicht und betrachtet mich prüfend.

»Ist alles gut bei dir, Kleines«, will er wissen.

»Es könnte mir gar nicht besser gehen!«, versichere ich ihm strahlend und küsse ihm die Zweifel weg.

Wenn er wüsste, was gerade in mir vorgeht … Ich hatte noch nie so vertrauten, intimen Sex. Niemals zuvor wurde ich so berührt und ein Orgasmus? Scheiße, vor dem heutigen Tag wusste ich anscheinend auch nicht, was das ist. Was da gerade passiert ist, war … Mir fällt gar kein Wort ein, um zu beschreiben, wie unglaublich es war. Vielleicht phänomenal? Jedenfalls fühle ich mich rundum fantastisch. Mir ist wohlig warm und ich bin ein bisschen müde.

»Ich gehe schnell das Kondom entsorgen, soll ich dir was mitbringen? Wasser?«, fragt Andreas.

Das Kondom? O Gott, ich habe gar nicht daran gedacht. Nicht eine Sekunde. Die Erkenntnis schockt mich zutiefst. Die Lust hat meinen Verstand überlistet. Andreas hat ihn überlistet.

Gut, dass er nicht so gedankenverloren war. So kenne ich mich gar nicht. Kopfschüttelnd lehne ich seine Frage ab und gucke ihm beim Verlassen des Zimmers hinterher.

Meine Güte, hat der Mann einen Knackarsch! Bis über beide Wangen grinsend, lasse ich mich ins Kissen fallen und ziehe mir die Decke bis ans Kinn.

Wenig später kriecht Andreas hinter mir ins Bett und zieht mich in seine Arme. Dann küsst er mich auf die Schulter und flüstert: »Gute Nacht meine Schöne, schlaf gut.«

»Mhmm«, murmle ich schläfrig zurück.

Ich schließe die Augen und träume von einer Reise in ein fernes Land mit einem Mann an meiner Seite, der mein Herz mehr wärmt als die Sonne meine Haut.

WAS WILL ICH?

»Guten Morgen Kleines, Zeit zum Aufstehen«, weckt Andreas mich sanft.

Ich will nicht. Aufstehen heißt, dass ein neuer Tag angebrochen und der Gestrige vorbei ist. Ich habe überhaupt keine Ahnung, wie ich mich verhalten soll. Alles hat sich verändert und doch irgendwie nichts. So lange ich meine Augen nicht öffne, muss ich der Realität nicht entgegentreten, also kneife ich sie fest zusammen.

»Okay, Schlafmütze. Folgendes Angebot: Du sagst mir, wo der Haustürschlüssel ist und ich hole uns Brötchen. Wenn ich wiederkomme, stehst du auf.«

»Mhmm«, grummle ich und drehe mich zu ihm um. Vorsichtig blinzle ich und bin gespannt, was mich erwartet.

»Hi«, haucht Andreas und küsst mich auf die Nasenspitze. »Ich würde gerne mit dir liegen bleiben, aber ich habe Hunger. Das Buffet habe ich gestern Abend verpasst und jetzt knurrt mein Magen.« Sein Mund verzieht sich zu diesem wunderschönen Lächeln. Während seine Finger über meine Wange gleiten, wartet er auf eine Antwort.

Kein Wunder, dass er Hunger hat. Immerhin ist er gestern Abend nicht mal dazu gekommen, sich ein Häppchen zu nehmen. Schon im Eingangsbereich ist er mir über den Weg gelaufen und von da an ging sein Abend in eine vollkommen andere Richtung. Genau wie meiner …

»Der Schlüssel hängt am Brettchen neben der Haustür. Komm schnell wieder.«

Ein kurzer Blickkontakt, ein Kuss, ein verschmitztes Lächeln. Dann steht er auf, sucht seine Sachen zusammen und verschwindet in den Flur. Es dauert einen Moment, bis ich realisiere, dass ich allein bin.

Meine Hand schnellt zu der Stelle neben mich, wo er eben noch gelegen hat. Sie ist warm. Ich kuschle mich in die Laken und ziehe seinen Duft ein, spüre seine Wärme auf meiner Haut und tauche in die Welt meiner Träume ab. Schon ein kurzer Gedanke an gestern Nacht lässt mein Herz schneller schlagen.

Ich höre, wie die Haustür ins Schloss fällt und verliere mich in meine Erinnerungen. Mit geschlossenen Augen fahre ich über meine Brüste und stelle mir vor, es wären Andreas' Hände, die mich berühren. Andreas' Finger, die mich reizen und so genau wissen, was ich will.

Mir ist immer noch unbegreiflich, wie unsagbar gut sich gestern alles angefühlt hat und wie extrem mein Körper auf ihn reagiert hat. So habe ich mich noch nie bei einem Mann gefühlt. So habe ich mich überhaupt noch nicht gefühlt.

Das liegt nicht etwa daran, dass ich Sex nicht mögen würde, oder prüde wäre. Das bin ich nicht. Ich bin ein leidenschaftlicher Mensch und ich experimentiere gerne. Hauptsächlich, weil ich der Überzeugung bin, dass da noch mehr ist. Mehr als das Bisschen, was ich immer fühle.

Bisher habe ich es beim Sex nur geschafft, ganz kurz davor zu sein. Auch dann war das Gefühl nie so stark. Es war mehr ein kleines Aufbäumen, was ganz schnell wieder abgeflacht ist.

Bei dem Gedanken, wie ich gestern zitternd auf Andreas gesessen habe und vor lauter Lust fast zusammengebrochen wäre, muss ich grinsen. Das war alles andere als flach. Das war der blanke Wahnsinn und eins steht fest: Ich will mich wieder so fühlen.

Langsam fahre ich mit den Fingern meinen Bauch hinunter, streife über meine Scham und lege die Hand darüber. Umschließe mich, ohne mich weiter zu reizen. Vor meinem inneren Auge tauchen die Bilder der letzten Nacht auf. Mein Atem beschleunigt sich von selbst und meine Lippen werden von einem Lächeln umspielt. Die Hitze meiner Hand reicht bei Weitem nicht aus, aber ich will es auskosten, mir Zeit lassen und die Erinnerungen genießen.

Ich lasse einen Finger tiefer gleiten, der augenblicklich von heißer Feuchtigkeit umschlossen wird. Freudige Erregung macht sich in mir breit. Ich bewege den Finger langsam hin und her und denke an Andreas' Küsse auf meiner Haut. An die geschickte Zunge, die mich um den Verstand gebracht hat und an sein Stöhnen in meinem Ohr.

»O Gott, Elli. Was treibst du mit mir?«, raunt Andreas von der Zimmertür.

Mit der Brötchentüte unter dem Arm steht er da und beobachtet mich. Sein Blick gleitet über meinen Körper, streichelt mich. Andreas schluckt. Er fasst sich hart in den Schritt, als müsste er sich beruhigen, seine Lust zügeln.

Bei seinem Anblick zieht ein Prickeln über meinen Körper und stellt alle Härchen auf. Er kann seine Augen nicht von mir lassen. Kann es sein, dass ich es bin, die ihn ebenso in den Wahnsinn treibt?

Was Macht doch für ein berauschendes Gefühl ist …

»Willst du zusehen, oder kommst du her?«, flüstere ich. Lauter zu sprechen, traue ich mich nicht. Zum einen, weil ich die Situation auf keinen Fall zerstören will. Zum anderen, da ich ihn soeben vor die Wahl gestellt habe.

Bei der Vorstellung, dass er mir zusehen wollen würde, kribbeln die Nervenenden an meinem ganzen Körper. Nichts macht mich mehr an, als zu sehen, wie erregt er ist. Als zu wissen, dass mein Anblick sein Verlangen entfacht. Trotzdem bin ich nicht selbstbewusst genug, das laut zu sagen. Ich flüstere. Und auch meine Worte sind nicht eindeutig … Mit keiner Silbe verrate ich, in welche Richtung meine Gedanken gehen.

Warum nicht? Weil mich meine Gedanken zutiefst verstören.

Es geht hier nicht um irgendjemanden, dessen Anblick mich vor Lust vergehen lässt. Es ist Andreas, der vor mir steht. Andreas, der meine Gedanken in Welten stürzt, die außerhalb meiner Vorstellungskraft liegen. Es ist Andreas …

»Was eine Frage«, haucht er und unterbricht damit meine Grübeleien. Mein Blick schnellt zu ihm hinüber und mit einem Mal sind meine Gedanken passé.

Aus. Schalter umgelegt. Ende.

Indem er sich die Klamotten vom Leib streift, wird mir bewusst, wie idiotisch es war, an dem anderen Vorschlag festgehalten zu haben. Warum dachte ich bloß, dass es besser sein könnte, wenn ich mich anfasse, wo doch auch er mich berühren kann? Die Vorfreude auf seine Hände, Lippen und, o Gott, seine Zunge, lässt mich noch feuchter werden. Langsam umkreise ich meine Perle und genieße den Anblick, den er mir bietet.

»Bitte sag, dass du Kondome hier hast. Ich hatte gestern Abend nur eins dabei.«

»In der oberen Schublade, rechts.«

Ein Keuchen purzelt aus meinem Mund, da er die Shorts runtergezogen hat und ich ihn endlich in seiner ganzen Pracht bewundern kann. Andreas' raues Lachen durchzieht den Raum. Nach einem intensiven Blickwechsel steigt er aus dem letzten Kleidungsstück und steht nackt vor mir.

Wow, einfach nur wow. Ich bin kurz davor, zu überprüfen, ob mir die Kinnlade hinuntergeklappt ist. Mir war schon immer bewusst, dass Andreas gut aussieht. Dass er attraktiv ist, habe ich erst kürzlich festgestellt. Heute scheint der Tag zu sein, an dem ich realisiere, dass er heiß ist. Verboten heiß!

Nicht, dass ich falsch verstanden werde: Es geht mir nicht um sein Prachtexemplar, das, nebenbei bemerkt, ein wahrer Hingucker ist. Ich meine Andreas, das volle Paket, den ganzen Mann.

Sein markantes Gesicht ist von einer hellen Narbe über der Augenbraue gezeichnet. Der Bart ist dicht, etwas länger als drei Tage und seine Augen tiefbraun. Die Haare stehen ihm wild vom Kopf und fallen leicht in die Stirn. Ab und an fährt er mit der Hand hindurch. Nicht in einer eingebildeten Geste, eher wenn er nachdenkt, oder verlegen ist. Auf seiner Brust kringeln sich dunkele Locken, die zu einem feinen Strich zusammenlaufen und so über den trainierten Bauch führen, bis sie sich zu seinen Lenden wieder ausbreiten. Mein Blick wandert tiefer und ich muss schlucken.

Andreas grinst, als er mein Verlangen erkennt, weiß, dass mir gefällt, was ich sehe.

Er wühlt in meiner Schublade und zieht ein Kondom aus der Packung. Dann bleibt er vor dem Bett stehen und beobachtet mich, während er es langsam über seinen Ständer abrollt. Seine Brust hebt und senkt sich in schnellen Schüben. Die Erregung spiegelt sich in jedem Atemzug. Er ist so unsagbar sexy in seiner Begierde.

»Ich bin gleich so weit, komm her«, flehe ich, ohne von mir abzulassen. Ohne meinen Blick von ihm zu nehmen, ohne mich weiter und weiter in meinem Verlangen zu verlieren. In mir purzeln die Empfindungen übereinander und türmen sich zu einem Berg ungeahnter Lust auf.

»O nein. Nicht ohne mich!«, knurrt Andreas.

Sein harter Tonfall geht mir durch und durch.

»Wie schnell kannst du kommen? Ich habe gehörig Vorsprung«, will ich ihn necken und reibe mich schamlos weiter.

Ich rechne mit vielem, nur nicht damit, dass er auf das Bett springt, mich packt und auf sich zieht. Laut kreischend halte ich mich an ihm fest. Zu plötzlich kommt das Gefühl und zu heftig zieht sich mein Körper zusammen.

Mir bleibt der Atem weg. Dann rauscht die Luft zurück in meine Lungen und mit ihr die Erregung. Wie eine Urgewalt rollt sie durch meinen Körper, lässt meine Haut prickeln und meine Lider flattern. Berauscht von meinen Gefühlen will ich immer mehr, und zwar jetzt!

Ich bin nicht länger Herr meiner Sinne und gebe mich dem Auf und Ab seiner Stöße hin, beuge mich ihnen entgegen. In meinem Kopf schwirrt es. Ich will meine Stirn an seine Halsbeuge betten, aber Andreas lässt mich nicht.

»Sieh hin!«, befiehlt er und ich folge seinem Blick runter, zu unserer intimsten Verbindung.

»Siehst du, wie mein Schwanz in dich gleitet? Wie nass er von deiner Lust ist?«

Andreas' heisere Worte streifen meinen Nacken. Seine Stimme ist so dunkel, dass mir ein Schauer über den Rücken läuft. Ich spüre sein Grinsen an meiner Haut, weiß, dass er es genießt, wie ich reagiere. Seine Zunge gleitet meinen Hals empor und streicht über meine Ohrmuschel.

Ich stöhne nicht mehr, ich wimmere. Fast bin ich versucht, meine Augen zu schließen. Aber nur fast. Mein Blick haftet weiterhin an ihm, an mir, an uns.

Es trifft mich von allen Seiten: Der vollkommen entblößte Anblick unserer ineinandergleitenden Körper, das Gefühl, seine gehauchten Worte und die unendlich zarten Berührungen an meinem Hals. Beinahe glaube ich, dass es zu viel ist, aber Andreas macht immer weiter und nimmt mich mit. Zeigt mir, dass noch mehr geht. Viel mehr.

Hart stößt er in mich. Immer und immer wieder und ich kann mir nicht vorstellen, etwas Reizvolleres zu sehen, etwas Berauschenderes zu fühlen. Ich spüre, wie mein Orgasmus sich aufbaut, schneller und schneller. Letztendlich ist es ein Biss in meine Unterlippe, der mich von der Klippe stürzen lässt.

Alles in mir zerreißt. Ich klammere mich an Andreas, der mich schützend festhält. Unkontrolliert zucke ich zusammen, stöhne in seinen Mund und wölbe mich im näher, noch näher entgegen. In diesem Moment kann ich ihm nicht nah genug sein. Ein letztes Mal schreie ich meine Lust hinaus, bevor alles ruhig um mich wird. Die Anspannung weicht aus meinem Körper.

Ich schlage meine Augen auf und blicke purem Verlangen entgegen.

Andreas drückt meinen Oberkörper runter aufs Bett. Seine Finger tänzeln um meine Brüste, streicheln mich sanft. Gerade will ich meinen Mund öffnen, um etwas zu sagen, als er einen Finger auf meine Lippen legt. Er legt den Kopf schief, als würde er überlegen, was er als Nächstes machen möchte. Dann beugt er sich näher, greift unter meine Knie und stellt sie auf. Ein Bein zieht er hoch und legt es über seine Schulter.

Ich vertraue ihm vollkommen und die Leidenschaft in seinen Augen verrät, dass ich allen Grund dazu habe. Er bestimmt den Weg und ich ergebe mich seiner Begierde. Andreas stößt tief in mich und verharrt dann einen Augenblick. Er presst die Luft durch seine Zähne. Seine Augen wandern von mir, zu unserer Mitte und wieder zurück. Waren sie vorher schon dunkel, sind sie jetzt fast schwarz und vor lauter Lust verhangen.

Er greift grob an meinen Schenkel und nimmt dennoch einen ruhigen Rhythmus auf. Er beherrscht sich. Seine Muskeln sind bis zum Äußersten angespannt und ich sehe ihm an, wie er vor Erregung fast vergeht. So geht das nicht, er soll sich nicht zurückhalten!

Wieder blickt er mich an und dieses Mal erkenne ich die Verzweiflung in seinen Augen. Es ist, als würde er um Erlaubnis fragen. Als müsste er mich bitten, mich so zu nehmen, wie es ihm gefällt.

Entschlossen ziehe ich ihn zu mir, kralle meine Nägel dabei in seine Schultern und fordere: »Wehe du hälst dich zurück! Ich will keinen Blümchensex, fick mich endlich!«

Der nächste Stoß lässt mich keuchen und als ich ihn küsse, spüre ich das Lächeln, das an seinen Lippen zieht. Andreas hält nichts mehr zurück, gräbt sich in mich und gibt dabei Laute von sich, die halb Knurren, halb Stöhnen sind.

Ich beobachte ihn und will nichts lieber, als ihm die gleiche Lust schenken, wie er mir zuvor. Ein Stich fährt durch mein Herz, als ich merke, wie viel mehr ich ihm geben will.

Leise hauche ich seinen Namen und spanne meine Muskeln um ihn an. Komme ihm bei jedem Stoß entgegen, beuge mein Rückgrat durch und vergrabe meine Hände in seinen Haaren. Jede meiner Berührungen zeigt, wie sehr ich ihn will und nur ihn. Wie sehr ich genieße, was er mir schenkt und, dass ich noch lange nicht genug habe.

Andreas stöhnt. Seine Arme beginnen unter der Anstrengung zu zittern. Schließlich schiebt er sich ganz zwischen meine Beine, küsst mich gierig und hält dann kurz in der Bewegung inne.

»Kannst du nochmal für mich kommen, kleine Elli?«, fragt er dicht vor meinen Mund.

Kleine Elli, mein Kosename, der aus seinem Mund so viel mehr für mich bedeutet. Er zieht sich fast ganz aus mir zurück, um sich dann wieder in mir zu versenken.

Durch den veränderten Winkel trifft er eine Stelle in mir, die ich nicht kannte, die mich erneut beflügelt und alles in mir zum Kochen bringt. Wimmernd klammere ich mich an ihn und murmele zusammenhangslose Nichtigkeiten vor mich hin. Ich weiß nicht, ob ich nochmal kommen kann, aber ich will ihm alles geben, was ich habe.

Wir blicken einander in die Augen und bewegen uns gemeinsam in tiefen Schüben. Mit jedem Stoß zieht sich etwas in mir zusammen und schließlich merke ich, wie die Wellen erneut über mir zusammenbrechen. Bittersüße Krämpfe fluten meinen Körper und ziehen Andreas mit. Noch zwei Stöße, dann spüre ich, wie er sich versteift, wie sein Schwanz in mir zuckt. Ich spanne mich noch einmal an, so fest ich kann, und genieße das Keuchen aus seinem Mund. Wow …

Für einen Moment wird er still. Nach einem weiteren Atemzug legt er die Arme um mich und dreht uns auf die Seite, bleibt mit mir verbunden. Ich kann den Blick nicht von ihm lassen und finde so viel mehr in seinen Augen als bloße Lust auf Sex.

Nass geschwitzt und völlig außer Atem liegen wir da und sehen einander an. Keiner rührt sich und doch bewegen wir uns aufeinander zu.

»Der perfekte Einstieg ins neue Jahr«, flüstert er und streichelt mir sanft über die Wange.

Ich kann nicht antworten, mein Herz zieht sich plötzlich zusammen. Die Situation ist zu intim, zu nah, zu vertraut. Ich habe zu viel von mir preisgegeben. Unter seinem Blick fühle ich mich entblößt. Als hätte er Dinge in meinen Augen gesehen, die verborgen sind. Dinge, die ich vergraben habe. Geheimnisse, die ich nicht zu erzählen bereit bin.

Meine Gedanken überschlagen sich und ein Gefühl gewinnt schnell an Oberhand und das ist die Angst. Die blanke, unverhohlene Angst. Wovor? Vor Zurückweisung und Ablehnung. Davor bloßgestellt zu werden und vor dem Alleinsein.

Andreas ist der beste Freund von Niklas. Was habe ich mir bitteschön gedacht? Angefleht habe ich ihn, ihn um die eine Nacht gebeten, in der ich nicht sein Kumpel bin. Scheiße! Das habe ich mir schön überlegt …

Er wird immer präsent sein, auf jedem Geburtstag und Familienfest. Ich werde ihn ständig vor Augen haben. Warum muss ausgerechnet er der Mann sein, der mich so befriedigt, mich so berührt, so … glücklich macht? Und jetzt? Verdammter Mist!

Das Beste wird sein, ich finde schnell klare Worte, damit das nie zwischen uns stehen wird. Es war eine schöne Nacht und sonst nichts. Meine Gefühle bekomme ich schon in den Griff. Ich werde nicht die arme, dumme Elli sein, die dem besten Freund ihres Bruders nachläuft! O nein!

»Wollen wir frühstücken?«, frage ich leise und hoffe, schnell aus dem Bett flüchten zu können.

»Aber sicher, meine Schöne.« Andreas zieht sich langsam aus mir zurück und steigt aus dem Bett. Die Abwesenheit seines Körpers hinterlässt eine arktische Kälte.

ꝏꝏꝏ

Ich drehe mich um und verschwinde auf die Toilette. Schnell schließe ich die Tür hinter mir, da die ersten Tränen schon mein Gesicht hinabrennen. Das wird wohl doch nicht so leicht mit den Gefühlen.

Was stimmt nicht mit mir? Erst steigere ich mich in die Sache mit Tom nach kürzester Zeit so rein, dass ich nicht merke, dass sein Interesse nur meinem Körper gilt. Und dann suche ich mir zum Trösten ausgerechnet Andreas aus. Nur um danach festzustellen, dass er viel mehr, als ein Trost für mich ist?

War er einfach gerade da, als ich ihn gebraucht habe, oder hatte ich schon immer Gefühle für ihn, die jetzt erst zum Vorschein kommen?

Früher fand ich Andreas wahnsinnig toll und als Mädchen habe ich mir gerne vorgestellt, dass wir einmal heiraten werden. Aber am nächsten Tag war er dann wieder doof zu mir und hat mich geärgert. Als ich älter wurde, war Andreas zwar immer da, ich hatte aber nie Augen für ihn, da ich vergeben war. Er war immer Niklas' Freund, mit dem ich zu Partys gegangen bin, gelacht, getrunken, getanzt und gelästert habe. Mehr war da nie. Außerdem hatte er Phasen, wo jedes Wochenende eine andere aktuell war. Ich habe ihn nie als Mann wahrgenommen, den ich interessant finden könnte. Seit ich wieder Single bin, hat sich eigentlich nichts verändert …

Oder doch?

Wem mache ich hier eigentlich was vor? In den letzten Wochen hat sich alles verändert.

Auf dem Wannenrand sitzend grüble ich über vergangene Momente nach und bin doch nicht bereit, mich der einen Frage zu stellen: Was ist das, zwischen Andreas und mir?

Für heute beschließe ich, mich so normal wie möglich zu verhalten und jetzt frühstücken zu gehen. Ein kleiner Blick in den Spiegel verrät, dass man mir die Tränen nicht ansieht. Ich sehe ganz normal aus. Irgendwie frischer als sonst und meine Augen strahlen.

Kopfschüttelnd verlasse ich das Badezimmer. Sex macht also doch hübsch.

Andreas hat in der Zwischenzeit den Tisch gedeckt, Kaffee aufgesetzt und steht am Herd, um Eier zu kochen. Was für ein Traummann! Oder ist das normal unter Freunden? Immerhin kennen wir uns ewig und er sieht mich sicherlich auch als eine Art Familienmitglied.

Mein erster Impuls ist, ihn von hinten zu umarmen, seinen herben Duft tief in mich zu saugen und ihn dann zu küssen. Schweren Herzens entscheide ich mich lieber dafür, mich an den Tisch zu setzen und zu warten, bis er fertig ist. Besser ich bleibe auf Distanz.

»Da bist du ja. Ich war so frei, die Schränke nach Tellern und Tassen zu durchsuchen und am Kühlschrank habe ich mich auch bedient. Ich hoffe das war okay?«, lächelnd sieht er über die Küchenzeile zu mir rüber.

»Ja sicher«, antworte ich knapp. Nur nicht nervös werden, Elli!

Andreas schreckt die Eier ab und tritt aus meiner Küche, um zum Tisch zu laufen. Erst jetzt fällt mir auf, dass er weiterhin nur T-Shirt und Shorts trägt. Ich starre auf die deutlichen Umrisse seiner Männlichkeit in der knappen schwarzen Hose und kaue auf meiner Unterlippe.

»Elli, Elli, du kleiner Nimmersatt«, flüstert er, während er auf mich zukommt.

Ich sitze stocksteif auf meinem Stuhl und versuche, meine Atmung unter Kontrolle zu bringen. Sanft löst Andreas die geschundene Lippe mit dem Daumen von meinen Zähnen und küsst mich zärtlich. Mir bleibt das Herz stehen. Was passiert hier? Ich wollte eine klare Linie ziehen und lasse mich so leicht von meinem Vorhaben abbringen?

»Andreas, ich weiß nicht was …«, versuche ich zu erklären, höre aber mitten im Satz auf, da seine Lippen zu meinem Hals gewandert sind, mich küssen und necken. Sein heißer Atem streift die empfindliche Haut hinter meinem Ohr. Langsam zieht er mein Ohrläppchen in den Mund.

»Was weißt du nicht?«, fragt er scheinheilig, während er mich weiter in Rage versetzt. Ich zerfließe wie Wachs in seinen Händen. Mein ganzer Körper reagiert so empfindsam auf seine Berührungen, dass ich mich selbst nicht wiedererkenne. Erschreckend, dass er mich scheinbar besser kennt als ich mich selbst.

»Aufhören, Frühstück!«, kommandiere ich, bevor ich mich vollends verliere.

Andreas zieht sich zurück und küsst mich auf die Nasenspitze.

»Einverstanden«, sagt er.

Dann lässt er sich auf den Stuhl plumpsen, als sei nichts weiter vorgefallen, und schüttet sich einen Kaffee ein. Ich beobachte ihn aus den Augenwinkeln und stelle belustigt fest, dass er auch immer wieder zu mir rüber sieht. Wir wissen scheinbar beide nicht, wie wir uns verhalten sollen.

Plötzlich klingelt es an der Tür. Kurz danach höre ich, wie ein Schlüssel ins Schloss gesteckt und umgedreht wird. Das kann nur Laura sein, sonst hat keiner meinen Schlüssel und würde einfach reinkommen. Ich schließe noch einmal die Augen und atme durch. Gleich ist der Moment vorbei und unsere gemeinsame Nacht muss der Wirklichkeit Einlass gewähren.

»Frohes neues Jahr, Elli«, tönt es lautstark aus dem Flur.

Kurz darauf kommt eine zerzauste Laura in die Küche geschlurft, die selbst in Schlafanzug und pinken Plüschpantoffeln eine gute Figur macht.

»Mensch Andreas, dich habe ich nicht erwartet! Dir auch ein frohes neues Jahr«, begrüßt sie Andreas und schließt ihn sofort in ihre Arme. Über seine Schulter wirft Laura mir einen fragenden Blick zu, den ich fürs Erste lieber unkommentiert lassen möchte. Ich winde mich auf meinem Stuhl hin und her und weiche ihrem Blick aus. Dann küsse ich Laura zur Begrüßung und flüstere in der Umarmung: »Später« in ihr Ohr, damit sie aufhört, so offensichtlich zu gucken.

Laura setzt sich zu uns und fängt an zu plaudern. Ich hole ihr Teller und Besteck und setze mich dazu, unfähig an dem Gespräch teilzunehmen, da ich schlicht überfordert bin. Gestern noch bin ich wutentbrannt von der Party verschwunden und wollte nichts mehr von Männern wissen, nur um heute an nichts anderes denken zu können als den Mann, der neben mir sitzt.

Unter dem Tisch spüre ich Andreas' warme Hand, wie sie sich auf meinen Oberschenkel legt und leicht zudrückt. Ganz so, als wolle er sagen: *Ich bin bei dir*. Ich lege meine Hand über seine und verschränke unsere Finger auf meinen Beinen, drücke kurz zu und lasse sie dann wieder los. Vorsichtig schiebe ich seine Hand von meinem Schenkel.

Andreas unterbricht das Gespräch und sieht zu mir rüber. Auf seinem Gesicht zeichnen sich deutliche Fragen ab. Aber jetzt ist nicht der richtige Zeitpunkt, mich zu erklären.

Ich erkenne die Enttäuschung in seinem Blick und versuche mich innerlich dem zu wappnen, was kommt. So ist es besser. Die Nacht war wunderschön, aber heute ist ein neuer Tag, an dem es so weitergeht, wie zuvor.

Der letzte Satz von Laura schwingt unwirklich in meinem Kopf wieder. Was hat sie gerade gesagt?

Wie in Zeitlupe drehe ich meinen Kopf von Andreas weg und blicke zu ihr rüber.

»Es tut mir ja auch leid, kannst du mir glauben. Wobei … Eigentlich nicht!«, plaudert sie munter weiter. In meinem Kopf rattert es und ich füge das Gesagte sinnvoll zusammen.

»Du hast was?«, herrsche ich sie an, da ich denke, erfasst zu haben, was gestern passiert ist, als ich die Party verlassen habe.

»Mensch Elli, das war so nicht geplant. Ich habe wirklich, wirklich viel getrunken und dann stand er auf einmal vor mir und hat mich so blöde angegrinst. Als wollte er mit mir flirten, wo seine Frau doch quasi neben uns stand.« Lauras Ausflüchte kommen wahnsinnig schnell aus ihrem Mund gesprudelt und ergeben immer noch keinen richtigen Sinn.

»Was genau hast du gemacht, Laura?«, will ich wissen. Meine Stimme klingt kälter als beabsichtigt.

»Ich habe ihn angeblafft, dass er ein Arschloch und Betrüger ist. Da hat er auf einmal gar nicht mehr gegrinst und wollte mich wegziehen, aber das habe ich mir nicht gefallen lassen. Du kennst mich ja, wenn ich sauer bin. Also habe ich weitergeschimpft, wie falsch und verlogen er ist und dass er ein Schlappschwanz ist, der schon nach zwei Minuten kommt, ohne dass die Frau was von ihm hat.«

Mir wird schrecklich heiß. Das kann doch nicht wahr sein. Warum zum Teufel mischt sich Laura immer in alles ein? Kann sie nicht einmal ihren Mund halten? Dann erzählt sie auch noch alles ausgerechnet vor Andreas ... Peinlicher geht's nicht. Mal ganz davon abgesehen, wie schnell und unbefriedigend der Sex mit Tom für mich war. Ich könnte schreien! Scheiße!

»Und dann hat sich plötzlich seine Frau umgedreht und gefragt was los ist. Sie war kreidebleich. So war das nicht geplant. Elli, ganz ehrlich ... Ich wollte Tom doch nur einen Denkzettel verpassen. Es tut mir leid, aber jetzt ist die Katze wohl aus dem Sack. Irgendwie hat der Mistkerl es aber auch nicht anders verdient, oder?«, will Laura von mir wissen.

Ich bin nicht in der Lage etwas dazu zu sagen. Meine Gedanken schwirren umher und hinterlassen ein riesiges Chaos in meinem Kopf. Alles dreht sich und ich ziehe mich zurück in mein Schneckenhaus, schließe mich ein, in meinem Kopf und lasse niemanden an mich heran.

Meine Füße tragen mich ins Schlafzimmer, wo ich die Tür hinter mir zuschmeiße und mich aufs Bett lege. Mit offenen Augen starre ich an die Decke und versuche mir darüber klar zu werden, was gerade passiert ist und warum ich so heftig reagiere.

Was denkt denn Andreas jetzt von mir? Sicher, dass ich munter von Bett zu Bett hüpfe und danach brühwarm meiner Freundin erzähle, wie es gelaufen ist.

Nach einer Weile höre ich, wie die Schlafzimmertür leise geöffnet wird. Andreas steht im Türrahmen und sieht stumm zu mir rüber. Seine Arme sind vor der Brust verschränkt und sein Kiefer ist angespannt. Er ist sauer auf mich und ich kann es ihm nicht verdenken. Aber … Was erwartet er von mir?

Lautstark atmet er aus, dann kommt er zu mir und setzt sich auf die andere Ecke vom Bett.

»Elli, ich frage dich das jetzt nur einmal und ich möchte, dass du ehrlich zu mir bist!«

Andreas' sonst so sanfte Stimme ist kalt. Der zärtliche Ton ist verschwunden und irgendwie macht mir das Angst. Was kommt jetzt?

»Empfindest du etwas für Tom?«

Die Stille, die uns umgibt, ist fast greifbar.

Mein Herz poltert wie wild in meiner Brust. Ganz so, als würde es zu Andreas hüpfen und ihm vom Gegenteil überzeugen wollen.

Ich versuche, mich zu beruhigen und einen klaren Gedanken zu fassen. Natürlich empfinde ich nichts für Tom, gar nichts. Und verglichen mit den Gefühlen, die ich gerade für Andreas entwickele, war da auch nie etwas zwischen Tom und mir. Nicht das Geringste.

Aber das ist eine ganz andere Frage, die ich nicht zu Antworten bereit wäre.

»Nein, Andreas. Nichts!«, entgegne ich ihm und lege so viel Standfestigkeit in meine Stimme, wie ich kann.

»Okay. Dann verstehe ich nicht, warum du so reagierst. Elli, ich habe dir schon einmal gesagt, was Tom in meinen Augen für ein Mann ist. Wenn du so eine Sorte Mann willst, bist du bei mir an der falschen Adresse.«

Da sitzt er, der Mann, den ich will und ist so klar und sicher in seinen Worten. Und ich? Ich bin erschöpft. Am Ende meiner emotionalen Kraft. Überfordert und verunsichert von zu vielen Männern, die mich verletzt, gedemütigt und verarscht haben. Mein Selbstbewusstsein hat sich schon vor einiger Zeit verabschiedet und alles, was übergeblieben ist, hat Tom auch noch zerstört.

»Was soll ich denn jetzt machen?«, flüstere ich kaum hörbar in die Stille.

»Werde dir klar darüber, was du willst. So einfach ist das!«

Andreas steht auf und verlässt das Zimmer. Ich bleibe liegen und starre an die Wand.

Habe ich gerade alles kaputt gemacht? Hatte ich tatsächlich eine Chance?

FAMILIE

Mittlerweile ist der weiße Schnee einem grauen, nassen Matsch gewichen. Es regnet unaufhörlich und dazu ist es bitterkalt. So begrüßt uns also das neue Jahr, herzallerliebst! Als wollte das Wetter sich über mich lustig machen.

Die ersten Januarwochen sind im Autopilot an mir vorbeigezogen. Aufstehen, arbeiten, essen, schlafen. Ich brauchte Ruhe und Zeit für mich. Zum Nachdenken und um überhaupt wieder klar zu kommen.

Mit Laura habe ich schnell alles geklärt. Lieber hätte ich selbst entschieden, wann und wie ich etwas wegen Tom unternehme, aber so ist es auch okay. Immerhin muss ich mir jetzt nicht mehr die Frage stellen, ob es moralisch vertretbar wäre, seiner Frau nichts zu sagen. Inzwischen finde ich es richtig, dass sie es weiß. Das Thema ist abgehakt.

Was mich viel mehr beschäftigt, ist Andreas. Er hat mir am Neujahrsabend eine SMS geschickt, die ich wieder und wieder lese, ohne sie bisher beantwortet zu haben.

> *01.01.2019, 22:11 Uhr*
> *Falls ich vergessen haben sollte, es dir zu sagen: Es war wunderschön! ~A*

Ich werde einfach nicht schlau aus seiner Nachricht.

Es war wunderschön. Was denn? Nur der Sex, oder der ganze Abend? Und wenn er den ganzen Abend meint, will er mehr? Wie verhalte ich mich jetzt ihm gegenüber?

Immer wieder drehen sich meine Gedanken im Kreis. Wahrscheinlich interpretiere ich mehr in die paar Worte, als das Geschriebene hergibt. Wie immer.

Eines steht fest: Ich habe mich lange genug in meinen vier Wänden verkrochen und mit Selbstzweifeln geplagt. Jetzt reicht es! Ich weiß nicht, was Andreas will und ich werde es ganz bestimmt nicht herausfinden, indem ich die zwei Sätze immer und immer wieder lese. Mal ganz davon abgesehen, dass ich noch nicht mal weiß, was ich überhaupt will. Den Gedanken habe ich ganz weit weggeschoben …

∞∞∞

In dicke Fellstiefel und Wintermantel gehüllt, verlasse ich meine Wohnung, um zu Bianca zu fahren. Sie hat mich angerufen und gefragt, ob ich auf ein Glas Wein vorbeikommen möchte. Niklas ist unterwegs und ich fürchte, ihr fällt die Decke auf den Kopf. Mir kommt die Ablenkung gerade recht.

Als ich die lange Straße zum Haus meines Bruders einbiege, fällt mir auf, dass etwas nicht stimmt. Die Tore stehen weit auf und die Einfahrt ist hell beleuchtet. Biancas Auto steht vor der geöffneten Haustür. Merkwürdig.

Ich parke mein Auto und eile die Hofeinfahrt hinauf. Kalt peitscht mir der Regen ins Gesicht. Aber das ist es nicht, was mein Blut gefrieren lässt. Das unheilvolle Gefühl festigt sich mit jedem Schritt und mir graut davor, den Grund zu erfahren. Vor der Tür kommt Bianca mir schwer bepackt entgegen.

»Elli!«, ruft sie überrascht aus. Dann scheint sie ihre Fassung wiederzugewinnen. »Es tut mir leid, ich hätte dir absagen sollen. Ich bin am Packen!«

»Das sehe ich, wofür packst du denn? Kann ich dir helfen?«

Mich vollkommen ignorierend, schleift Bianca die schweren Koffer zum Auto und wuchtet sie in den Kofferraum. Dann verschwindet sie wortlos zurück ins Haus. Was zum Teufel ist hier los? Im Haus eröffnet sich mir ein noch rätselhafterer Anblick. Die Bilder von den Wänden liegen teils zerschlagen auf dem Boden, teils fein säuberlich in Kisten gestapelt. Klamotten und Schuhe stehen zusammen in Kartons und geöffnete Koffer sind halb beladen.

»Fährst du Niklas besuchen?«, fällt mir spontan ein, wobei ich nicht damit rechne, ins Schwarze getroffen zu haben.

Bianca lacht spitz auf und schüttelt den Kopf. Sie sieht zu mir rüber und die Verzweiflung steht ihr ins Gesicht geschrieben. Dicke Tränen rollen ihre Wangen hinunter.

Was ist hier bloß passiert?

Ich ziehe die schluchzende Bianca in meine Arme. Wie hypnotisiert streiche ich ihren Rücken auf und ab und murmle beruhigende Worte vor mich hin. Mir ist nie aufgefallen, wie dünn Bianca ist. Beinahe knöcherig und unglaublich zerbrechlich. Die sonst so perfekte Frau liegt in meinen Armen, wie ein Häufchen Elend. Was hat ihre Welt so erschüttert?

»Was ist passiert, Liebes?«, flüstere ich behutsam und schiebe sie aus meinen Armen, um eine Antwort in ihren Augen zu finden. Stumm sieht sie mich an und schüttelt den Kopf. Kein Wort verlässt ihre Lippen.

»Hat es was mit Niklas zu tun?«, will ich wissen, denn so schnell gebe ich mich nicht geschlagen.

Bianca nickt.

»Was hat er angestellt?«

Dem Chaos und der überstürzten Packaktion nach zu urteilen, muss es etwas Schlimmes sein. Innerlich weiß ich längst, was los ist, aber ich muss es aus ihrem Mund hören, damit ich es tatsächlich glaube. Als ob erst die ausgesprochenen Worte Wirklichkeit werden lassen, was so offensichtlich ist.

»Er hat mich betrogen, Elli. Schon wieder.«

Der letzte Satz ist nur ein geschluchztes Flüstern. Trotzdem dringen die Worte in meinen Verstand. Niklas hat sie betrogen und das scheinbar nicht zum ersten Mal.

Vorsichtig dirigiere ich Bianca aus dem verwüsteten Wohnzimmer in die Küche und setze sie auf den Stuhl. Im Schrank finde ich Weingläser und gieße uns beherzt ein. Ein Glas stelle ich vor ihr ab und setze mich mit dem anderen ihr gegenüber.

»Ich höre zu«, lade ich sie ein und bin bereit, all die Grausamkeiten über meinen Bruder zu erfahren und auf ihrer Seite zu stehen.

Bianca sieht dankbar zu mir rüber und findet scheinbar den Zuspruch in meinem Blick, der ihr bislang gefehlt hat. Sie gönnt sich einen Schluck Wein und atmet schwer aus. Ganz so, als müsste sie sich für das wappnen, was als Nächstes kommt.

»Du weißt ja sicher, dass ich Niklas auf einer seiner Fortbildungen kennengelernt habe und auch, dass er seine damalige Freundin mit mir betrogen hat. Was du vielleicht nicht weißt, ist, dass er eine Zeit lang zweigleisig gefahren ist.«

Bianca wartet auf eine Reaktion meinerseits. Als ich den Kopf schüttele, verharrt sie noch einen Augenblick, dann fährt sie fort.

»Er hat seine Beziehung zu ihr aufrecht erhalten, ohne, dass ich davon wusste und war alle vier bis fünf Wochen in Bayern bei mir, ohne, dass sie von mir wusste. Irgendwann habe ich davon erfahren und habe ihm ein Ultimatum gesetzt. Ich habe gewonnen und von da an war sie kein Problem mehr. Sicherlich auch, weil ich so schnell alle Zelte hinter mir abgebrochen habe und hierhergezogen bin.«

Ein Lächeln umspielt Biancas Lippen. Die Situation behagt mir nicht. Irgendwie fühle ich mich wie ein Spanner. Trotzdem lasse ich das Gesagte sacken und nicke stumm, um zu signalisieren, dass sie fortfahren kann.

»Am Anfang war alles wunderschön. Niklas hatte viel mehr Zeit für mich und ist seltener unterwegs gewesen. Dann kam die Hochzeit und ich wurde schwanger. Seit Anna auf der Welt ist, zieht Niklas sich zurück. In letzter Zeit ist er kaum noch zu Hause und ich bin hier eingesperrt. In diesem viel zu großen Haus, ohne Freunde und ohne meinen Ehemann. Ich habe schon lange vermutet, dass er unglücklich ist, aber er reagiert immer gereizt, wenn ich etwas sage. Die wenige Zeit, die wir haben, wollte ich nicht mit Streit verschwenden, also war ich irgendwann einfach still. Bis heute …«

Ich schwitze und meine Fingerspitzen kribbeln. Es geht hier nicht um irgendjemanden. Das ist keine Geschichte aus dem entfernten Bekanntenkreis. Hier geht es um meinen Bruder und seine Frau.

Mit jedem Satz, den sie erzählt, gewinnt ihre Stimme an Festigkeit. Sie hat innerlich schon lange abgeschlossen und ich habe Angst vor den Konsequenzen, die sie für sich ziehen wird. Für sich und für Anna.

Bianca starrt auf die gegenüberliegende Wand und knetet ihre Hände im Schoß.

»Wir wollten heute telefonieren. Ich habe Anna ins Bett gebracht und mich auf die Couch gesetzt, das Handy rausgeholt und auf Videoanruf gedrückt. Ich wollte ihn sehen. Weißt du was dann passiert ist?«

Ihr Blick gleitet, wie in Zeitlupe, von der Wand zu mir. Biancas Mund verzieht sich zu einem höhnischen Grinsen und mir wird flau im Magen. Ohne auf eine Antwort zu warten, spricht sie weiter und sieht mich dabei genau an. So, als wolle sie sehen, wie mich das Gesagte trifft.

»Ich habe in das Gesicht einer jungen Blondine geguckt, die fröhlich ins Telefon geträllert hat. Sie hat im Bett gelegen, vollkommen nackt und mich ganz scheinheilig gefragt, ob ich Niklas' Frau sei. Er wäre gerade nicht zu sprechen, weil er unter der Dusche wäre. Dann habe ich im Hintergrund gehört, wie eine Tür geknallt wird und Niklas schreit, sie solle ihm das Handy geben. Kurz darauf war er zu sehen, nass und wütend. Er hat gar nichts gesagt, mich einfach nur angestarrt, bis mir die Tränen die Wange runtergelaufen sind. Dann hat er angefangen sich zu entschuldigen und ich habe einfach aufgelegt.«

Stumm sitze ich Bianca gegenüber und kann nicht fassen, was passiert ist.

»Diese blöde Schlampe wollte es mir unter die Nase reiben, dass sie mit meinem Mann schläft. Sie ist doch extra ans Handy gegangen. Und Niklas? Der kann mich mal, jetzt ist Schluss!«

Biancas Stimme ist einem schrillen Keifen gewichen. Sie steht auf und marschiert im Zimmer auf und ab. Immer wieder murmelt sie Schimpfwörter vor sich hin oder lacht auf, nur um danach wieder vehement den Kopf zu schütteln.

Ihre ganze Welt zerbricht zu einem Scherbenhaufen und ich stehe mittendrin und kann ihr nicht helfen.

Ganz ehrlich, ich verstehe sie und würde an ihrer Stelle genauso empfinden. Mir war nie klar, wie kaputt die Beziehung der beiden ist. Nach außen war immer alles so perfekt. War das alles nur Fassade?

Und meinen Bruder verstehe ich am wenigsten. Er hat doch alles, was man sich wünscht! Ist das nicht genug? Wofür braucht er eine dahergelaufene Blondine, die ihm das Bett wärmt, wo doch zuhause seine Frau auf ihn wartet?

Mir fällt nichts dazu ein, außer, dass es unglaublich traurig ist. Und, dass ich auch die andere Frau war. Ob Toms Frau mich auch so wüst als Schlampe beschimpft?

»Wie kann ich dir helfen, Bianca? Was ist dein Plan?«, frage ich.

Ich weiß, dass Niklas meine Familie ist, aber hier ist eindeutig Bianca diejenige, die Hilfe braucht und zu der ich stehe.

»Ich packe und fahre zu meiner Mutter«, sagt Bianca schlicht.

Als hätte sie zu ihrem ursprünglichen Vorhaben zurückgefunden, steht sie auf und eilt ins Wohnzimmer. Mir bleibt nichts anderes über, als ihr nachzulaufen und zu helfen. Die Klamotten sind schnell zusammengeräumt und im Auto verstaut. Wir arbeiten wortlos Seite an Seite.

Ich bringe es nicht über mich, etwas zu sagen, meinen Bruder zu verurteilen oder ihr beizupflichten. Das ist nicht meine Baustelle und ich bin nicht berechtigt, mich hier einzumischen. Ich helfe Bianca beim Packen. Das ist alles, was ich momentan für sie tun kann.

Es ist kurz vor Mitternacht, als Bianca die schlafende Anna auf ihren Armen aus dem Haus trägt. Mir schnürt es die Kehle zu, als ich zusehe, wie mein kleines Mädchen angeschnallt und die Autotür geschlossen wird. Wann werde ich sie wiedersehen? Tränen steigen in mir auf und rennen lautlos meine Wangen hinab. Das hier findet nicht nur zwischen Niklas und Bianca statt, ich bin auch betroffen. Mehr, als ich zunächst gedacht habe.

»Wie geht es jetzt weiter? Kann ich euch besuchen kommen?«, will ich verzweifelt wissen.

»Ich weiß es nicht, Elli. Ich weiß es wirklich nicht!«

Als sie sieht, wie die Tränen über mein Gesicht strömen, zieht Bianca mich in ihre Arme.

»Lass uns etwas Zeit, okay? Ich danke dir, Elli. Danke, dass du mir geholfen hast.«

Dann lässt sie mich los und geht einen Schritt zurück. Auch sie weint, aber sie wischt die Tränen entschlossen beiseite, dreht sich um und steigt ins Auto.

Laut heult der Motor auf und durchbricht die nächtliche Stille. Die Scheinwerfer blenden mich und einen Augenblick später ist sie an mir vorbeigefahren. Ich blicke den roten Lichtern bis zum Tor nach, dann verschwinden sie in der Dunkelheit. Sie sind weg.

Das große Haus steht still in der dunklen Nacht. Die Rollläden sind geschlossen und fast wirkt es so, als würden im Inneren alle schlafen. Der Schein trügt. Wie so oft.

Nachdenklich schlurfe ich zum Auto und steige ein, starte den Motor und schalte die Sitzheizung ein. Mir ist kalt, aber selbst die wärmste Heizung vermag nicht aufzuheizen, was mein Herz gefrieren lässt.

Beim Fremdgehen gibt es immer drei Beteiligte: Den Betrüger, den Betrogenen und den, mit dem man betrügt. Von meinem Exfreund wurde ich betrogen und Tom hat mit mir seine Frau betrogen. Beide Male wurde ich unfreiwillig in dieses Szenario reingezogen und es hat jedes Mal alles zerstört. Warum wird man zum Betrüger? Wozu das ganze Leid? Für einen kurzen Moment Spaß? Und dann?

∞∞∞

In Gedanken versunken biege ich in eine Straße ein, die nicht zu meiner Wohnung führt und folge einer Route, die mein Herz mir vorgibt.

Ich parke hinter Andreas' Auto und blicke zu dem Fenster rüber, welches zu seinem Wohnzimmer gehört. Das Licht ist noch an. Er ist wach.

Es wäre so einfach gewesen, wenn alles dunkel wäre. Dann würde er schon schlafen und ich wieder nach Hause fahren, um allein meinen Gedanken nachzuhängen. Es ist aber nicht dunkel und er schläft auch noch nicht. Er ist nur ein paar Meter entfernt, sitzt gleich hinter den großen Fenstern, die so freimütig Einblick in sein Leben gewähren. Soll ich aussteigen und klingeln?

Das leise Summen des Motors begleitet meine Gedanken. Dazu gesellen sich hier und da ein paar Regentropfen, die ein leises Trippeln auf der Windschutzscheibe hinterlassen. Ich stelle den Motor ab und schließe meine Augen. Der Regen wird stärker, jagt durch die kalte Nacht.

Hier kann ich nicht lange stehen bleiben, es wird kalt und ungemütlich im Auto. Entweder steige ich aus, oder fahre nach Hause. Hüh oder Hot?

Auf einmal bewegt sich etwas in Andreas' Wohnung und dann steht er da, vor dem Fenster und blickt hinaus. Mein Herz macht einen Satz und mir ist sofort klar, dass ich bei ihm sein will, sein muss.

Ich springe aus dem Auto und renne den Weg hoch. Der Regen prasselt unablässig auf mich nieder und durchtränkt meine Klamotten. Kalt und nass stehe ich vor seiner Tür und hämmere mit den Fäusten dagegen. Tränen steigen in mir auf und mischen sich mit den Regentropfen auf meiner Haut.

Als die Tür aufgeht, umfängt mich Andreas' herber Duft. Er lässt mich rein und öffnet mir den Weg aus der eisigen Nacht, in seine warmen Arme.

»Was ist los?«, haucht er in meine Haare und schließt die Tür hinter uns. Schließt die grausame Nacht aus, für die hier kein Platz mehr ist.

Ich kann nicht reden, zu groß ist der Kloß in meinem Hals. Immer wieder schluchze ich und weine unermüdlich an seiner starken Schulter. Alles kommt hoch, die ganzen ungeweinten Tränen wegen meinem Exfreund, Tom, Niklas, wegen all der Ungerechtigkeit und jeder Enttäuschung, die ich ertragen musste. Nach einer Weile versiegen die Tränen und ich kann wieder ruhig atmen.

Noch bin ich nicht dazu bereit, ihn loszulassen, und in seine Augen zu blicken, aber viel Zeit bleibt mir nicht.

»Kannst du jetzt wieder reden?«

Andreas' Stimme reißt mich aus meinen Gedanken. Langsam hebe ich meinen Kopf und stelle fest, dass ich sein ganzes Shirt vollgeweint habe. Alles ist nass und verschmiert von meinem schwarzen Mascara. Undamenhaft ziehe ich die Nase hoch und wische mir durchs Gesicht.

»Kann ich schnell deine Toilette benutzen?«

Mit gesenktem Kopf husche ich an ihm vorbei auf die Toilette und schließe die Tür hinter mir. Verdammter Mist, was war das denn? Tief atme ich durch und wasche mir das Gesicht mit kaltem Wasser.

Mein Spiegelbild blickt mir verquollen entgegen. Ich sehe schrecklich aus! Daran lässt sich jetzt leider nicht viel ändern. Meine Haare binde ich zu einem Zopf und versuche die schwarzen Ränder unter meinen Augen zu beseitigen, dann gehe ich raus.

»Niklas hat Bianca betrogen, schon wieder«, wiederhole ich die Worte, die Bianca vor wenigen Stunden zu mir gesagt hat.

Ich ziehe die Schuhe aus und setze mich auf die Couch ins Wohnzimmer. Dann erzähle ich ihm die ganze Geschichte.

Andreas hört aufmerksam zu, unterbricht mich nicht und nickt nur zwischendurch, um mir zu signalisieren, dass ich weitererzählen soll. Als ich fertig bin, sehe ich zu ihm auf und weiß selbst nicht, was ich jetzt erwarte.

»Möchtest du hören, ob ich etwas davon wusste?« Fragend blickt Andreas mich an. »Nein, das habe ich nicht gewusst und nicht mal annähernd mit so etwas gerechnet. Das kannst du mir glauben«, flucht er.

Ich nicke zur Bestärkung. Andreas steht auf, fährt sich mit den Fingern durch die Haare und seufzt.

»Niklas und ich sind schon lange nicht mehr so befreundet, wie früher. Wir erzählen uns nicht mehr alles und vertrauen einander blind. Er ist ja kaum noch hier …«

Die Verzweiflung wiegt schwer in seiner Stimme.

»Bianca ist mit Anna zurück nach Bayern gefahren. Ich habe ihr beim Packen geholfen und wusste dann nicht, wohin mit mir und auf einmal stand ich vor deiner Tür«, sprudelt es aus mir heraus.

Andreas' Blick huscht zu mir.

Mist! Das wollte ich eigentlich gar nicht sagen, aber jetzt ist es zu spät … Verunsichert kaue ich auf meiner Unterlippe und bin mir nicht sicher, ob Andreas begriffen hat, dass er mein Zufluchtsort ist. Dass ich ihn brauche, weil um mich herum alles zerbricht.

Als ich wieder aufsehe, kniet Andreas sich vor mich auf den Boden und streicht mir liebevoll die nassen Haare aus dem Gesicht. Langsam fährt er mit dem Handrücken über meine Wange. Er blickt mir unentwegt in die Augen.

Ohne, dass ich etwas dagegen unternehmen könnte, steigen erneut die Tränen in mir auf und fließen lautlos meine Wange hinunter.

»Es geht nicht nur um Niklas, Bianca und Anna, oder?«

Stumm schüttele ich den Kopf.

»Willst du mir sagen, was dich noch beschäftigt?«

Wieder schüttele ich den Kopf. Immer mehr Tränen strömen aus meinen Augen und verschleiern mir die Sicht.

»Es ist alles so ungerecht«, setze ich an, bevor meine Stimme wieder versagt.

Wenn sogar die Ehe von Niklas und Bianca, dem perfekten Pärchen, in die Brüche geht … Was hält dann überhaupt? Gibt es nur noch Männer, die betrügen? Einen wie Dreck behandeln? Die einen auslachen und wegstoßen, wenn man Hilfe braucht? Meine Gedanken kippen und unter all der Trauer kommen ausgerechnet die Bilder meiner Vergangenheit hoch, die ich für immer vergessen wollte …

Andreas zieht mich auf seinen Schoß und wiegt mich behutsam in seinen Armen. Hier fühle ich mich sicher und geborgen, alles riecht so vertraut. Als hätte ich meinen Platz gefunden. Auf seinem Schoß, an seiner Brust, in seinen Armen.

Vollkommen erschöpft vom vielen Weinen, schmiege ich meinen kalten Körper an seine heiße Brust. Meine Finger finden, wie selbstverständlich, den Weg unter sein Shirt und legen sich auf seine nackte Haut.

Andreas lacht rau und zieht meine Hände unter dem Shirt hervor.

»So habe ich das nicht gemeint«, haucht er und hebt behutsam mein Kinn an. Neckisch grinst er mir ins Gesicht und stupst an meine Nase.

»Das alles hier«, erklärt er, während seine Hände große Kreise um seinen Körper fahren, »ist nicht rund um die Uhr als Vergnügungspark geöffnet. Das gibt es nur als Gesamtpaket in einer Beziehung und es werden keine Ausnahmen mehr gemacht!«

Herausfordernd blickt er mir in die Augen.

»Das soll nicht heißen, dass ich nicht weiterhin dein Kumpel sein kann, Elli. Wenn es für dich nicht mehr ist, dann sag es mir. Aber dann erwarte nicht, dass ich dir nachts die Türe öffne, dich tröste und dich in meine Arme ziehe. Ich lasse mich ungerne ausnutzen!«

Ich kann nur nicken und ihn ansehen.

Er meint es ernst. So richtig wirklich ernst. Er will eine Beziehung. Mit mir, Elli Schütze, der kleinen Schwester seines Freundes, die er schon jahrelang kennt. Und was will ich? Dem Hämmern meines Herzens nach zu urteilen, will ich ihn. Nicht mehr und nicht weniger.

Die Frage ist nur, ob ich eine Beziehung will. Was, wenn es nicht funktioniert zwischen uns? Dann würden wir nicht nur einander verletzen.

Aber, wenn wir es gar nicht erst versuchen, würden wir vor allem einander verletzen. Außerdem ist mir doch schon lange klar, dass ich etwas für ihn empfinde. Alles, was weniger als eine Beziehung und mehr als Freundschaft ist, würde ich nicht ertragen.

»Sag bitte etwas«, fleht Andreas.

Mir ist gar nicht aufgefallen, wie sehr ihn das aufwühlt. Seine Stirn steht in tiefen Falten und seine Atmung ist unregelmäßig. Er hat Angst.

Für ihn steht auch eine Menge auf dem Spiel, immerhin bin ich die Schwester seines besten Freundes. Mehr noch, ich bin die Tochter der Frau, die ihn so selbstverständlich großgezogen hat und wir sind die einzige Familie, die er hat. Und trotzdem sieht er mir fest in die Augen und ist bereit, mir sein Herz zu öffnen. Er setzt alles aufs Spiel, für mich.

»Ja«, sage ich nur und grinse breit. Jetzt ist es raus.

»Ja, was?«, fragt er verständnislos, beginnt aber ebenfalls zu grinsen.

»Ja! Ich will eine Beziehung mit dir! Mit dir und deinem 24 Stunden Vergnügungspark, deinen starken Armen und deinen wunderschönen Augen. Mit dir als meinem Kumpel und festem Freund. Ohne Ausnahmen.«

Noch bevor ich das letzte Wort ausgesprochen habe, verschließen seine warmen Lippen meinen Mund. In meinem Bauch explodieren die Gefühle. Was sich so richtig anfühlt, kann unmöglich falsch sein, oder?

»Ab ins Bett mit dir, meine Schöne. Es ist halb drei und längst Schlafenszeit«, murmelt Andreas.

»Ich schlafe also hier?«, frage ich unschuldig.

»Aber sicher Weib. Jetzt wo du mir gehörst, lasse ich dich so schnell nicht mehr gehen«, zwinkert er mir zu und zieht mich auf die Beine.

Ich folge ihm in sein Schlafzimmer, wo ich aus meinen Klamotten steige und in das Shirt schlüpfe, was er gerade auszieht. Lachend sieht er zu mir rüber.

»Du kannst auch ein Frisches zum Schlafen haben.«

»Danke, aber das riecht so schön nach dir. Außerdem ist es noch ganz warm.«

Schnell hüpfe ich ins Bett und ziehe die Decke über mich, bevor er auf die Idee kommt, mir sein Shirt wieder abzunehmen.

»Ganz wie du meinst!«

Andreas legt sich zu mir und zieht mich in seine Arme. Ich bette meinen Kopf auf seine Schulter und schwinge mein Bein über seins. Stark pocht sein Herz unter meinem Kopf. Seine Arme halten mich fest umschlossen, die Bettdecke hüllt uns ein und meine Beine berühren seine nackten Schenkel. Ich schließe die Augen und ziehe den unverwechselbaren Geruch ein. Ich bin angekommen.

»Gute Nacht, kleine Elli«, flüstert Andreas und küsst meine Stirn.

»Gute Nacht«, murmle ich und bin schon eingeschlafen.

Diese Nacht träume ich gar nichts, die Erschöpfung verschluckt mich einfach und hinterlässt am nächsten Morgen doch ein Gefühl puren Glückes.

VERGEBEN

Am nächsten Morgen wache ich sehr früh auf. Der Regen hat sich zu einem Sturm entwickelt und poltert vor die bodentiefen Fenster im Schlafzimmer. Blitze zucken hell am schwarzen Himmel und der Donner grölt seinen unheilvollen Gesang in die Welt hinaus.

Eigentlich mag ich kein Gewitter. In meinen Ohren hört es sich an, wie ein unzähmbares Biest, das durch den Himmel zieht und jeden verschlingt, der es wagt, sich ihm in den Weg zu stellen. Bäume, Häuser, Menschen. Ich mag es wirklich nicht, fühle mich oftmals schutzlos und klein. Noch kleiner als ohnehin schon.

Wenn ich jetzt in mich hineinhorche, ist dieses Gefühl nicht da. In meiner eigenen Wohnung würde ich vermutlich die Decke über den Kopf ziehen oder zumindest Musik anmachen, damit die Geräusche meine Angst nicht schüren können.

Jetzt, in diesem Moment, erlaube ich mir hinzuhören. Und ich höre nichts, was mir Panik macht. Das Biest klingt nicht weiter gefährlich. Irgendwie ist es so, als würde ich zum ersten Mal richtig zuhören und die Schönheit in jedem Donnern erkennen. Es kracht laut, danach zieht ein tiefes Rollen über uns hinweg. Es hört sich stark an, stark und männlich. Als würde der Donner die Lust hinausschreien und sein Liebesspiel im Himmel treiben. Es ist wunderschön.

Ich strecke mich im Bett und genieße die Wärme, die mich umgibt, die Sicherheit, die ich neben ihm schon immer gespürt habe. Andreas liegt neben mir und schläft. Ich drehe mich zu ihm um und betrachte sein Profil. An seine vollen Lippen bleibe ich hängen. Wie gerne ich ihn jetzt küssen würde …

Da ich ihn nicht wecken will, schleiche ich vorsichtig aus dem Bett und tapse zur Toilette. Wenn ich morgens aufwache, muss ich immer gleich pinkeln, egal wie lange ich vorher geschlafen habe, oder was ich getrunken habe. Schrecklich.

Bisher war ich immer nur zu Geburtstagen in Andreas' Wohnung und habe Wohnzimmer, Küche, Flur und die Gästetoilette gesehen. Wobei ich mir nie die Zeit genommen habe, genauer hinzusehen. Im Wohnzimmer bleibe ich stehen und drehe mich einmal um mich selbst. Andreas hat keine dieser typischen Junggesellenbuden, in denen es zwar an Dekoration fehlt, nicht aber an Hightech Geräten.

Natürlich hat er einen riesigen Fernseher und auch eine Spielekonsole. Trotzdem wirkt der Raum nicht kalt oder leblos. Die große Couch ist voller bunter Kissen. In der Ecke steht eine Pflanze in einem Weidekorb und daneben eine Lampe aus massivem Holz mit braunem Lampenschirm. Ist die selbstgemacht? Andreas würde ich es zutrauen. Vereinzelt hängen Bilder an den Wänden, hauptsächlich Partybilder und dazu einige Schnappschüsse in unterschiedlichsten Bilderrahmen. Ich mag Andreas' Wohnung, sie passt zu ihm. Es ist gemütlich und persönlich hier. Nicht nur ein Ort zum Schlafen und Essen, sondern ein Ort zum Leben.

Das Badezimmer ist durchs Schlafzimmer zu erreichen, also für Gäste nicht zugänglich. Das ist sein Reich, sein Terrain. Ich weiß nicht, ob ich einfach so reinspazieren darf, also entscheide ich mich lieber fürs Gästeklo am Eingang. Auf nackten Füßen eile ich den dunklen Flur entlang bis zur Toilette und erledige mein Geschäft. Die Uhr an der Wand verrät mir, dass es erst kurz nach sechs am Morgen ist, viel zu früh. Schnell husche ich wieder zurück ins Schlafzimmer und kuschele mich unter die warme Decke. Meine eiskalten Füße schmiege ich an Andreas' Waden und rolle mich in seine Arme. Grunzend wacht er auf.

»Guten Morgen, wie spät ist es«, will er wissen und reibt sich die müden Augen.

»Erst kurz nach sechs, schlaf weiter.«

»Würde ich ja gerne, aber ich habe zwei Eisklumpen am Bein«, neckt er mich. Dann zieht er mich ganz auf sich, umschließt mich mit den Armen und bettet meinen Kopf auf seine Brust. Seine Wärme umgibt mich, hüllt mich ein. Genießerisch ziehe ich den Duft seiner Haut ein und merke einmal mehr, wie wohl ich mich bei ihm fühle.

Ich glaube, er will so weiterschlafen. Mit mir auf sich und in seinen Armen. Die Idee ist wunderschön, aber mir ist nicht nach schlafen. Mir ist ganz und gar nicht nach schlafen. Langsam fange ich an, meine Hüften zu bewegen, und kreise sie leicht über seiner Mitte. Ich küsse seinen Hals hoch und knabbere an der empfindlichen Haut hinter seinem Ohr.

»Hmhh, du wolltest doch schlafen«, murmelt Andreas und dreht seinen Kopf zur anderen Seite.

So leicht lasse ich mich nicht abschütteln. Hat er nicht gestern noch, was von *rund um die Uhr Vergnügungspark* erzählt? Ich setze mich auf und rutsche ein wenig tiefer auf seine Oberschenkel. Das Shirt streife ich hoch und verteile kleine Küsse auf seinem Bauch, während meine Finger seitlich an den Rippen entlangfahren. Seine Bauchmuskeln spannen sich unter meiner Berührung an. Hauchzart zeichne ich die Konturen nach, die sich weiter vertiefen und ein perfektes Sixpack ergeben.

Ob ich ihn mit der Zunge noch weiter reizen kann? Langsam lecke ich an seinem Bauch hinab, dippe meine Zunge in seinen Bauchnabel und taste mich immer weiter hinab. Am Bund seiner Shorts verweile ich kurz und ziehe sie dann entschlossen runter. Andreas grummelt tief, lässt mich aber gewähren. Er liegt vollkommen entblößt vor mir und rührt sich kein Stück. Seine Augen sind geschlossen.

Ohne groß nachzudenken, nehme ich seinen Schwanz in den Mund. Da er noch nicht erigiert ist, fällt es mir leicht, seine Länge ganz aufzunehmen. Als ich ihn mit der Zunge umschmeichele, seine Kuppe streichle und um den Schaft zu schlucken beginne, stöhnt Andreas kehlig. Ein Laut, der so lustvoll ist, dass mir augenblicklich heiß wird. Ich merke deutlich, wie sein Schwanz in mir praller wird und kann ein Stöhnen meinerseits nicht verhindern.

Kräftige Finger graben sich in meine Haare und sein Becken zuckt empor. Es ist eine Mischung aus Macht und Unterwerfung und es gibt kein prickelnderes Gefühl als diesen schmalen Grat. Mit den Fingern fahre ich an seinen Hoden entlang, spüre seine Zustimmung. Der erste Tropfen Lust auf meiner Zunge animiert mich zu einem schnelleren Rhythmus. Ich will mehr!

»Fuck, was treibst du da mit mir?«, keucht Andreas vom Kopfende aus.

Ich lasse kurz von ihm ab, um ihn anzugrinsen. Er hat also auch nicht mehr vor, zu schlafen. Dann will ich ihn wieder in den Mund nehmen, beenden, was ich soeben begonnen habe, aber Andreas zieht mich zu sich hoch.

»Gerne, meine Schöne, jederzeit! Aber nicht, wenn ich dir noch keine Lust geschenkt habe«, unterbricht er mein Vorhaben.

Verdutzt blicke ich ihn an. Das habe ich ja noch nie gehört. Meinem Exfreund konnte es nie schnell genug gehen und mein Kopf wurde schon das ein oder andere Mal offensichtlich nach unten gedrückt. Ganz egal, was davor schon gelaufen war, oder danach eben nicht mehr lief.

»Komm her«, sagt er und legt eine Hand um meine Hüfte, um mich hochzuziehen, um mich zu küssen. Schnell drehe ich den Kopf zur Seite. Das kann er doch nicht wollen, immerhin hatte ich gerade erst seinen Schwanz im Mund!

»Elli, was ist los?«, will Andreas wissen und sucht meinen Blick.

»Hast du vielleicht ein Glas Wasser für mich? Ich hatte doch eben erst …« versuche ich zu erklären, aber Andreas lautes Lachen unterbricht mich.

»Meinst du das ernst?«, will er wissen und schlägt sofort einen ruhigeren Ton an, als er sieht, wie ich mich winde.

»Elli, Kleines … An was für Männer bist du nur geraten?«

Ich drehe meinen Kopf zur Seite, weil ich ihn nicht länger ansehen will. Schäme mich, ohne zu wissen wofür.

»Weißt du eigentlich, wie geil es mich macht, dass du eine Frau bist, die einfach zupackt und meinen Schwanz in den Mund nimmt? Nicht eine, die ihn nur mit Fingerspitzen anfasst und eigentlich gar nicht wirklich berühren mag … Und dann willst du auch noch weitermachen, ohne, dass ich dich darum gebeten hätte? Elli, bitte! Warum sollte ich mich vor mir selbst ekeln, wo du es doch so offensichtlich nicht tust? Jetzt komm her und küss mich!«

Andreas hebt meinen Kopf an und hält seine Hand schützend unter mein Kinn. Es scheint, als befürchte er, dass ich mich wieder wegdrehe. Er blickt mir tief in die Augen und küsst mich. Erst den einen, dann den anderen Mundwinkel, um dann mit der Zunge leicht über meine geschlossenen Lippen zu fahren.

Dass dieser starke Mann so ungeheuer zärtlich sein kann, überrascht mich immer wieder.

Nur zu bereitwillig öffne ich meine Lippen für ihn. Andreas küsst mich langsam und leidenschaftlich, als würde er alles von mir erforschen wollen und als hätten wir alle Zeit der Welt. Es ist wunderschön. Sanft und zärtlich gleiten wir dahin und verlieren uns in der Leichtigkeit.

Nach einiger Zeit sind mir die Küsse nicht mehr genug. Ich will ihn spüren und seine nackte Haut fühlen. Als hätte Andreas die gleiche Idee, unterbricht er unseren Kuss.

»Zieh dich aus«, flüstert er in die Stille und schiebt mich von sich, um sein Shirt abzustreifen. Der Aufforderung folge ich nur zu gerne und schlüpfe aus meinen Klamotten. Andreas ist schneller fertig und nutzt den Vorsprung, um mich zu betrachten.

»Wie schön du bist, Elli.«

Seine Finger gleiten meinen Hals hinab zu meinen Brüsten und umspielen die Knospen. Er stöhnt tief. Es erregt ihn augenscheinlich, wie mein Körper auf ihn reagiert. Wie sich meine Nippel zusammenziehen und von einer Gänsehaut umschlossen werden. Ich blicke in Andreas' Gesicht und gebe mich seinen Berührungen hin. Hauchzart streicht er weiter meinen Körper entlang und erweckt nach und nach jeden Zentimeter zum Leben. Meine Haut prickelt unter seinen Fingern. Schwer atmend liege ich unter ihm und nehme diese ganzen Empfindungen auf, die mein Blut zum Kochen bringen. Es fühlt sich an, als würden weiche Federn über mich streifen und meine Haut elektrisieren.

Andreas ist an meiner Scham angekommen und umkreist sanft meine empfindliche Haut. Dann klettert er zwischen meine Beine und stellt sie neben sich auf. Ich weiß genau, was jetzt kommt. Meine Finger kralle ich vorsorglich in die Bettlaken und spanne meinen Körper unwillkürlich an. Doch es passiert nichts. Nach einer gefühlten Ewigkeit spreizt er mich sanft mit den Fingern, nur um auf meine nasse Haut zu pusten und wieder loszulassen.

»Hör auf, die Luft anzuhalten, Elli. Entspann dich!«, säuselt er grinsend.

Wie bitte? Langsam lasse ich den Atem entweichen und lockere meine Muskeln. Andreas grinst. Er foltert mich, ganz eindeutig!

Als Nächstes spüre ich, wie er sanft in meine Oberschenkel beißt und mit seiner Zunge an ihnen entlangfährt. Das ist unglaublich schön, aber nicht das, was ich will. Nicht das, was ich brauche. Es kribbelt überall, mein Puls ist auf 180 und ich will ihn einfach nur spüren. Er kann mich doch nicht so offensichtlich vor sich positionieren und dann so quälen.

»Würdest du mich jetzt bitte endlich lecken«, keuche ich atemlos.

»Nichts lieber als das.«

Andreas schenkt mir ein schiefes Lächeln, bevor er meine Beine ein bisschen weiter öffnet. Und endlich spüre ich seine warme, raue Zunge. Ein lautes Stöhnen verlässt meine Lippen. Ich schließe meine Augen, lasse den Kopf in den Nacken fallen und drücke seinen näher an mich ran. Schamlos dirigiere ich ihn, wo ich ihn hinhaben will, und schiebe mich ihm weiter entgegen. Andreas lässt sich führen. Zum Halt umschließt er mein Becken mit seinen Händen. Er zieht mich näher, leckt fest durch mich, bevor er seinen Griff lockert und sanft mit den Zähnen meine Perle streift. Seine Zunge malt kleine Kreise. Zu zart, um mich zum Höhepunkt kommen zu lassen, aber unglaublich erregend. Ich wimmere und drücke mich ihm weiter entgegen.

»Wenn du nicht aufhörst, die Luft anzuhalten, mache ich nicht weiter. Das ist kein Wettrennen. Der Weg ist genau so schön, wie das Ziel«, haucht Andreas und lässt wieder von mir ab.

Durch den Nebel der Erregung finden seine geflüsterten Worte erst nach und nach Einlass in meinen Verstand. Es ist zum Verrücktwerden. Langsam lasse ich los und bemerke erst jetzt, dass ich bis in die Zehen angespannt war. Lachend lasse ich meine Füße kreisen. Vielleicht hat er ja ein bisschen recht.

»Soll ich weitermachen?«, fragt er und guckt zwischen meinen Beinen zu mir rauf. Ich könnte ihn auffressen, so scharf sieht er gerade aus. Seine Augen haben schon wieder diesen dunklen Ton angenommen und jeder Muskel seines Oberkörpers ist angespannt. Er hockt zwischen meinen Beinen und sein pralles Glied liegt ihm auf dem Oberschenkel. Obwohl er selbst so offensichtlich erregt ist, kümmert er sich nur um mich und mein Vergnügen. Er will mich in Rage versetzen und ihm ist genau anzusehen, wie sehr ihm gefällt, dass ich seine Berührung genieße.

»Ich will dich in mir spüren, Andreas«, spreche ich meinen Wunsch aus.

Wenn ich ihn so ansehe, regiert nicht nur mein Körper auf ihn. Mein Herz meldet sich und eröffnet eine Palette neuer Gefühle, die ich einst weit weggesperrt hatte.

Andreas angelt ein Kondom aus der Schublade und zieht es sich über. Er kniet immer noch zwischen meinen angewinkelten Beinen und macht keine Anstalten, näher zu kommen.

»Worauf wartest du?«, will ich wissen.

»Einen Moment noch, das Bild will ich so schnell nicht vergessen«, raunt er, während er mich mit seinen Blicken liebkost. Dann setzt er sich auf und beugt sich über mich. Wir küssen uns gierig und endlich schiebt er sich in mich. Ich liebe dieses Gefühl, ihn in mir zu spüren. Heiß und pulsierend. Andreas atmet hörbar aus und auch ich kann nicht anders, als kurz aufzustöhnen. Zu schön ist der Moment, auf den ich so lange gewartet habe.

Schnell finden wir einen gemeinsamen Rhythmus. Andreas winkelt meine Beine weiter an und bewegt seine Hüften in starken Schüben. Wir verstehen uns ohne Worte. Wenn ich meine Hände in seinen Hintern vergrabe, stößt er kräftiger. Wenn ich aufstöhne und mich verliere, hält er mich fest. Und wenn meine Welt kurz anhält, alles um mich herum verschwindet und ich meinen Höhepunkt finde, sind wir uns so nah als wären wir eins.

Andreas liegt auf mir und küsst zärtlich meinen Hals, dann rollt er sich zur Seite und zieht mich in seine Arme. Mit der warmen Decke über uns ist es einfach perfekt.

Ich liege nackt in seinen Armen, hatte gerade wundervollen Sex und fühle mich fantastisch. Genau so habe ich es mir immer gewünscht. Und ich hatte schon fast die Hoffnung aufgegeben, dass ich einen Mann finde, der an mir interessiert ist. Der mich so will, wie ich bin. Ohne dass ich mich verbiege, um ihm zu gefallen. Ganz zu schweigen davon, dass ich mich fallen lassen kann und guten Sex haben werde. Nie habe ich gedacht, dass es sich so anfühlen kann. So berauschend, so tief, so echt.

Bei dem Gedanken fällt mir der Grund ein, warum ich überhaupt zu Andreas gefahren bin. Mein Bruder und Bianca. Was er wohl dazu sagen wird, dass ich bei Andreas im Bett liege, dass wir zusammen sind? Was werden wohl meine Eltern sagen? Daran habe ich noch gar nicht gedacht.

»Was ist los, Kleines?« Andreas guckt mich fragend an und streichelt sanft über meinen Kopf.

Natürlich hat er gleich gemerkt, dass meine Gedanken abgeschweift sind.

»Ich habe darüber nachgedacht, was Niklas zu uns sagen wird und meine Eltern.«

»Und, was denkst du?«

Ich drehe meinen Kopf zur Seite und blicke ihn stumm an. Tja, was werden sie wohl sagen? Wenn ich ehrlich bin, weiß ich es auch nicht so genau.

»Was Niklas denkt, ist mir herzlich egal«, beginne ich stockend.

»Gut! Und was deine Eltern denken, sollte dir genauso egal sein. Aber davon abgesehen, wovor hast du Angst? Sie kennen mich schon sehr lange und wenn sie ein schlechtes Bild von mir hätten, wäre ich sicher nicht zu allen Feiertagen eingeladen. Ich wette, dass deine Mutter sich freuen wird und uns weißmachen will, sie hätte schon längst damit gerechnet.«

Ein Schmunzeln ziert seine Lippen. Schnell drücke ich einen Kuss auf seinen Mund und lasse mich von seiner Überlegung anstecken.

»O ja, das wird sie ganz bestimmt. Und dann darfst du dir anhören, dass es langsam mal Zeit wurde. Immerhin bin ich schon lange allein.«

»Frech von mir, dich so lange warten zu lassen, hmm?«

Andreas legt seinen Kopf schief und strahlt mich an. Ich mustere sein Gesicht, seine Augen und finde nichts als Wärme. Wir kennen uns, seit wir Kinder sind, trotzdem bin ich nervös, als ich die Frage stelle, die mir schon lange durch den Kopf geht.

»Du bist also schon länger an mir interessiert?«

Vor Aufregung halte ich den Atem an und spüre deutlich, wie mein Puls sich beschleunigt. Warum habe ich nie etwas gemerkt? Das kann eigentlich nicht sein, oder doch? Ich halte dem Blickkontakt stand, wenn auch unter größter Anstrengung.

»Oh, das würdest du nur zu gerne wissen.« Andreas lacht und küsst mich zärtlich, was mir für den Moment als Antwort genügt.

»Kommst du mit mir Brötchen holen, oder bleibst du hier und deckst den Tisch?«, lenkt er gekonnt vom Thema ab.

»Ich komme mit! Falls du es nicht weißt: Ich liebe Spaziergänge im Regen!«

Voller Tatendrang springe ich auf und ziehe mich an. Da ich spontan vorbeigekommen bin, habe ich keine Wechselsachen hier und muss mit den Klamotten von Gestern vorliebnehmen. Also rein in die alten Socken und los. Meine Haare binde ich zusammen und bin schon auf dem Weg in den Flur, als Andreas sich auch aufrappelt und mir folgt.

Er hätte mich auch allein hiergelassen und mir seine Wohnung anvertraut. Ich hätte den Tisch decken können und mich in seiner Küche umsehen dürfen. Der Gedanke gefällt mir, ich bin willkommen.

Wir stehen im Flur und schlüpfen gemeinsam in Schuhe und Jacke. Andreas zieht einen großen Regenschirm aus dem Ständer und öffnet die Tür. Draußen ist es windig und kalt, der Regen peitscht uns entgegen. Eigentlich kein Wetter für

Spaziergänge, aber ich gehe munter hinaus. Im Gegensatz zum Gewitter, mochte ich den Regen schon immer. Er ist harmloser, trippelt daher und kann keinem etwas anhaben. Außerdem liebe ich den Geruch. Im Sommer noch mehr, wenn die heißen Straßen vom kühlen Nass gelöscht werden. Dann riecht es unbeschreiblich gut. Einfach nach Regen.

Eng aneinander gekuschelt schreiten wir im Gleichschritt durch die nassen Straßen. Der Bäcker ist nicht weit entfernt und ich bin ein wenig traurig, dass der Weg so schnell vorbei ist. Mit frischen Brötchen wagen wir uns wieder hinaus und treten den Rückweg an. Unvermittelt dreht Andreas mich zu sich um und grinst mich an.

»Du bist toll, Kleines! Weißt du das?«

Langsam beugt er sich vor und küsst mich. Ich erwidernde den Kuss nur zu gerne und freue mich über sein Kompliment.

Wir laufen den kurzen Weg zurück und halten hier und da immer wieder an. Es ist, als ob wir nicht fünf Meter gehen könnten, ohne einander zu berühren, zu küssen oder uns anzustrahlen. Der Regen macht mir gar nichts aus. Ganz im Gegenteil. Ich liebe das Prasseln auf dem Schirm und die Vorstellung, dass wir einen kleinen geschützten Bereich nur für uns haben, wo uns das Wetter nichts anhaben kann. Ich hätte noch ewig draußen stehen können und den Mann küssen, der sich unaufhörlich in mein Herz zu schleichen scheint.

Aus einem plötzlichen Impuls heraus renne ich kreischend auf die Straße, öffne meinen Mantel und drehe mich im Kreis. Dicke Tropfen fallen auf mich nieder. Ich hebe meinen Kopf und blicke in den Himmel. Es sieht wunderschön aus, wie die Tropfen aus dem Nichts zu fallen scheinen und auf der Erde wieder zu einem Ganzen zusammenfinden. Ich liebe den Regen.

Nur widerwillig gestehe ich mir ein, dass es langsam kalt wird. Ich hake mich bei Andreas unter und gehe mit ihm ins Haus.

»Du bist patschnass!«, stellt Andreas belustigt fest.

Mit dem Schalk im Auge betrachtet er mich. Sein Blick wandert tiefer, bleibt an meinen Nippeln kleben, die sich durch das nasse Shirt deutlich abmalen. Er stöhnt.

»O nein, Mister! Jetzt wird gefrühstückt. Nachtisch gibt es später!«

»Nachtisch?«, fragt er scheinheilig. »Ich liebe Nachtisch!«

Es ist alles so einfach und normal zwischen uns. Ich ziehe mir die nasse Hose aus und schlüpfe in eine viel zu große Jogginghose von ihm. Wir sitzen am Frühstückstisch und plaudern vergnügt. Zwischendurch küsst Andreas mich und hält meine Hand.

Er sucht ständig Kontakt und seine Augen strahlen mich unentwegt an. Ich kann nicht anders, als zurückzustrahlen.

Mein Herz macht einen Satz und ich frage mich, ob nun endlich der Teil meines Lebens beginnt, indem ich restlos glücklich bin.

GLÜCKLICH

Andreas und Elli. Elli und Andreas.

Ich liege zu Hause in meinem Bett, starre an die Decke und grinse vor mich hin. Schon seit Wochen bekomme ich dieses leicht debile Dauergrinsen nicht aus meinem Gesicht. Ich habe auch allen Grund dazu, ich bin glücklich.

Andreas hat viel zu tun auf der Arbeit und ist oft noch bis spät abends im Büro. Trotzdem findet er immer Zeit, sich bei mir zu melden, oder steht einfach vor meiner Tür. Erst gestern Abend hat er überraschend bei mir geklingelt und ist geradezu über mich hergefallen. Er hat mich mit einem solchen Verlangen angesehen, dass mir auf der Stelle heiß und kalt wurde. Es war offensichtlich ein harter Tag für ihn und ich war seine ersehnte Rettung. Erst im Flur, dann unter der Dusche und schließlich im Schlafzimmer. Immer wieder haben wir zueinandergefunden, bis wir vollkommen erschöpft eingeschlafen sind.

Bei dem Gedanken an den gestrigen Abend heben sich meine Mundwinkel noch ein bisschen weiter an. Ich zücke mein Handy und tippe eine kurze Nachricht.

Heute, 21:20 Uhr
Weißt du eigentlich, dass ich den ganzen Tag Muskelkater hatte? ~ E

Heute, 21:25 Uhr
Oha, was hast du denn gestern getrieben? :P ~ A

Heute, 21:27 Uhr
Haha! Ich denk an dich. Mach nicht mehr zu lange heute! ~ E

Heute, 21:27 Uhr
Ich habe Feierabend! Soll ich nach Hause fahren, oder lässt du mich in dein Bett? ~ A

Darauf hatte ich gehofft! Heute ist Freitag und wir können morgen gemeinsam ausschlafen. Es war ganz schön hart für mich, heute Morgen aufzustehen und in aller Herrgottsfrühe zur Arbeit zu fahren, nachdem ich so wenig geschlafen hatte. Dafür war es wunderschön, neben meinem Freund einzuschlafen.

Meinem Freund. Andreas.

Ich kann es noch immer nicht glauben. Manchmal habe ich Angst, es laut auszusprechen, als ob ich damit etwas kaputt machen könnte. Verrückt!

Heute, 21:29 Uhr
Du darfst immer in mein Bett! Bis gleich. ~ E

Genüsslich strecke ich mich und knete meine schmerzenden Oberschenkel. Muskelkater vom vielen Sex, wenn das kein Luxusproblem ist. Und das wird mich nicht davon abhalten, heute wieder welchen zu haben. Im Gegenteil. Bei dem Gedanken muss ich schmunzeln. Nicht, dass wir ausschließlich miteinander schlafen würden, aber ich kann meine Finger einfach nicht von ihm lassen und das beruht auf Gegenseitigkeit.

Erst letzte Woche sind wir aus dem Kino abgehauen und haben es im Auto miteinander getrieben. Wobei getrieben genau das richtige Wort ist! Im Auto! Auf dem Parkplatz …

Irgendwie haben wir es nicht mehr ausgehalten. Der Film war lahm und wir haben geknutscht und dann wurde es immer heißer. Ein Blick und es war klar. Raus aus dem Kino, rein ins Auto.

O Gott, wir sind verrückt! Ich habe mich noch nie so gefühlt. So frei, so unbekümmert und so unverschämt glücklich.

Laura ist vor Freude ausgeflippt, als ich ihr von Andreas erzählt habe. Dann hat sie gelacht und ist mir um den Hals gefallen, nur um gleich darauf zu behaupten, dass sie es hat kommen sehen.

Ja klar, die ganze Welt hat es kommen sehen, nur ich nicht, oder wie? Wenn alle gewusst haben, dass wir so gut zusammenpassen, warum hat dann nie jemand was gesagt? Ist auch egal, jetzt sind wir ja zusammen!

Es klingelt und ich stolpere voller Vorfreude aus dem Bett. Merkwürdig, wie sehr ich ihn vermisse, obwohl wir uns heute Morgen erst gesehen haben.

Ich reiße die Tür auf und will ihn strahlend begrüßen, doch das Lächeln bleibt mir im Hals stecken.

»Was ist los?«, frage ich sofort. Andreas sonst so sanftes Gesicht ist verspannt und die tiefe Furche auf seiner Stirn verheißt nichts Gutes.

»Niklas ist zurück. Er hat gerade angerufen. Ich soll vorbeikommen«, erklärt Andreas.

»Soll ich mitkommen?«

Wir haben nichts mehr von Bianca gehört und von Anna auch nicht. Nicht ein Wort. Meine Eltern haben Niklas schwere Vorwürfe gemacht und Mama weint unentwegt. Niklas hat sie angeblafft, sich aus seinem Leben herauszuhalten und mir vorgeworfen, dass ich mich eingemischt hätte. Eine verfahrene Situation, aus der ich mich eigentlich so weit wie möglich raushalten wollte.

»Schatz, er ist betrunken …«, gibt Andreas zu bedenken.

Ich höre weniger seine Zweifel heraus als die Liebkosung. Ich bin sein Schatz, wir sind ein Paar. Es geht hier um meine Familie und um seinen Freund und wir stehen das gemeinsam durch. Ohne ein Wort ziehe ich meine Schuhe an, greife nach meiner Jacke und der kleinen Handtasche und trete zu ihm hinaus, in den Flur.

»Na dann mal los!«, beschließe ich mit erstaunlich fester Stimme.

Im Auto kommen dann doch Zweifel. Niklas ist betrunken und ich hasse es, wenn er zu viel trinkt.

Es gibt Männer, die werden peinlich, wenn sie zu viel trinken, lachen lauter, tanzen und lallen. Dann gibt es die, die etwas anhänglich werden und unglaublich süß. Zu der Sorte gehört Andreas, wie ich vor Kurzem amüsiert festgestellt habe. Noch nie hat er mir so viele Komplimente gemacht, wie an diesem Abend.

Schließlich gibt es Männer, wie Niklas, die aggressiv und fies werden. Ich meine aggressiv nicht so, dass er schlagen würde, oder körperlich ausfallend. Er wird eher gemein und herablassend. Ein Charakterzug, den ich zutiefst verabscheue. Eigentlich trinkt er so gut wie nie. Beziehungsweise nie mehr als ein Glas Whisky. Niklas ist stets kontrolliert und legt viel zu großen Wert auf seine perfekte Erscheinung, als dass er diese Seite von sich leichtfertig offenbaren würde. Umso mehr verwundert mich sein derzeitiger Zustand.

ꝏꝏꝏ

Wir sind angekommen. Andreas streicht über mein Bein. Seine Augen suchen meine. Einen kurzen Moment meine ich so etwas, wie Angst in ihnen zu entdecken. Dann blinzelt er und der Ausdruck ist verschwunden. Ich ergreife seine Hand, will seine Sorgen zerstreuen.

»Das könnte sehr unschön werden, Kleines!«, warnt er mich.

»Ich weiß, ich kenne meinen Bruder. Er wird verletzt sein und zornig. Immerhin hat er einen Fehler gemacht und jetzt bleibt ihm nichts als dieses blöde, viel zu große Haus. Aber er ist wieder zurück, das ist doch ein gutes Zeichen«, versuche ich, nicht nur Andreas Mut zu machen.

Trotzdem wird mir ein wenig übel, als ich aussteige und zusammen mit ihm den Weg zum Haus hochlaufe. Vor der Tür hält Andreas mich nochmals zurück.

»Elli, ich gehe nicht durch diese Tür, ohne deine Hand zu halten. Du bist meine Freundin und ich werde unsere Beziehung nicht verheimlichen. Wenn Niklas daran etwas auszusetzen hat, will ich, dass du und ich einfach gehen!«

Andreas blickt mich eindringlich an. Ich nicke stumm und denke über seine Worte nach. Einen klareren Liebesbeweis hätte er mir nicht geben können. Schnell stelle ich mich auf meine Zehenspitzen und küsse ihn. Dann ergreife ich seine Hand und verschränke unsere Finger. Ich atme ein, straffe die Schultern und drücke die Klingel.

Niklas öffnet die Tür und blickt von Andreas zu mir, auf unsere verschlungenen Hände. Mir klopft das Herz bis zum Hals. Er sagt nichts. Nach einer gefühlten Ewigkeit wirft er sich in Andreas' Arme und fängt an zu schluchzen.

Ich habe weiß Gott mit vielem gerechnet, aber nicht damit, dass mein großer Bruder weinend zusammenbricht. Andreas ist ebenso geschockt, dann fängt er sich und klopft Niklas auf die Schultern.

»Wir finden schon eine Lösung! Lass uns reingehen und dann sehen wir weiter«, redet Andreas beruhigend auf meinen Bruder ein.

Er schiebt ihn durch die Tür. Ich gehe den beiden kommentarlos hinterher, ziehe meine Schuhe aus und bleibe noch einen Moment im Flur stehen.

Hier sieht es genauso aus, wie vor Wochen, als ich mit Bianca alles leergeräumt habe. Es ist eiskalt in dem Haus und die sonst so schön dekorierten Räume wirken kahl und blass. Man könnte meinen, dass mit Bianca und Anna auch die Liebe das Haus verlassen hat und jetzt alles nur noch grau ist.

Im Wohnzimmer prasselt das Feuer im Kamin. Wenigstens hier ist es warm und durch das flackernde Licht auch viel gemütlicher. Ich lasse mich auf der Couch nieder und schnappe die Unterhaltung auf. Niklas berichtet unter Schniefen, dass er ein Idiot sei und alles vermasselt habe. Das Bianca die Scheidung eingereicht habe und er seine Tochter verlieren wird. Er ist vollkommen fertig und bricht immer wieder in heftiges Weinen aus.

Es zerreißt mir das Herz, meinen Bruder so niedergeschlagen zu sehen. Eigentlich hatte ich damit gerechnet, dass er Bianca durch den Schmutz ziehen wird und sie für sein Leid verantwortlich macht. Nur um mir danach weiterhin vorzuwerfen, dass ich ihr geholfen habe, mit seiner Tochter zu gehen. Aber nichts dergleichen. Er verliert nicht ein schlechtes Wort über seine Frau. Im Gegenteil.

»Was soll ich denn jetzt nur machen? Ich kann nicht ohne sie sein und ohne Anna. Sie ist doch meine Tochter. Warum nimmt sie mir meine Tochter weg?«, schluchzt er verzweifelt.

»Elli, ich brauche einen Anwalt. Kannst du ein gutes Wort für mich einlegen?«, wendet er sich jetzt an mich.

Niklas muss echt am Boden sein, dass er zugibt, Hilfe zu brauchen und dann auch noch mich fragt. Egal wie fremd mir mein Bruder in den letzten Jahren geworden ist, ich bin seine Schwester und freue mich unglaublich, dass er mich zurück in sein Leben lässt. Die ganze Anspannung fällt von mir ab und ich merke erst jetzt, wie sehr mich unser Verhältnis bedrückt hat.

»Natürlich, Niklas, ich melde mich gleich Montag früh bei dir. Aber vielleicht redest du erst mit Bianca, bevor ihr nur noch über eure Anwälte kommuniziert?«, gebe ich zu bedenken.

Niklas lacht kopfschüttelnd. Er hat scheinbar unentwegt versucht, sie zu erreichen, und ist schließlich zu ihrer Familie nach Bayern gefahren. Aber Bianca hat ihn nicht sehen wollen und ihm auch Anna vorenthalten. Das ist nicht richtig von ihr und ich merke, wie ich Partei für meinen Bruder ergreife und meiner Schwägerin böse werde. Wobei sie doch von ihm betrogen wurde und eindeutig das Opfer ist. Hatte ich nicht Tom noch vor wenigen Wochen gewünscht, dass seine Frau ihn mitsamt Kind verlassen würde? Eigenartig, wie das Blatt sich wendet, wenn man der anderen Seite nähersteht.

Der Abend zieht sich in die Länge und irgendwann ist alles besprochen. Niklas wird nochmal nach Bayern fahren und einen letzten Versuch starten, mit seiner Frau zu reden. Er weiß, dass seine Ehe kaum zu retten ist, bangt aber darum, Anna nicht mehr sehen zu können. Ich werde meinen Chef ganz unverbindlich fragen, wie seine Chancen auf geteiltes Sorgerecht stehen, wobei ich die Situation als aussichtslos einstufe.

Nur ein kleiner Fehler, ein schwacher Moment und schon ist nichts mehr wie vorher. Ein verdammt harter Preis, für ein Stündchen Spaß …

Wir stehen gemeinsam im Flur und ich ziehe mir gerade den zweiten Schuh an, als mein Bruder mich unvermittelt in seine Arme zieht und drückt.

»Danke, Elli! Schön zu wissen, dass ich auf euch zählen kann und nicht ganz allein bin«, flüstert er mir ins Ohr.

Dann schiebt er mich vor, um mir in die Augen zu sehen, und fügt laut hinzu: »Und noch schöner, dich endlich glücklich zu sehen!«

Er grinst mich an und stupst dann Andreas freundschaftlich in die Seite. Ich merke, wie das Blut in meine Wangen schießt, und lächle schüchtern zurück. Andreas grinst über beide Ohren und zieht meinen Bruder in eine männliche Umarmung zu sich.

»Keine Sorge, ich habe nicht vor, sie unglücklich zu machen!«

Mein Herz geht auf. Gemeinsam mit Andreas verlasse ich das Haus und winke meinen Bruder zum Abschied zu. Wir schlendern den Weg entlang zu seinem Auto und hängen beide unseren Gedanken nach.

Als wir hergefahren sind, war mein Kopf voller Sorge und mein Herz verschlossen. Jetzt fühle ich mich seltsam losgelöst und unbeschwert. Mein Bruder hat zwar vieles verloren, aber er ist auf dem besten Weg, einiges zurückzugewinnen. Der Abend hätte ganz anders ausgehen können, aber er hat sich für den richtigen Weg entschieden und das rechne ich ihm hoch an.

ꝏꝏꝏ

Andreas parkt hinter meinem Auto und schaltet den Motor aus.

»Steht das Angebot noch?«, will er wissen und grinst zaghaft zu mir rüber. Seine Augen verraten ihn. Er lächelt zwar, aber ich sehe, dass ihn etwas beschäftigt. Mir wird mulmig zumute. Habe ich etwas übersehen?

»Natürlich, als würde ich ohne dich einschlafen wollen«, flüstere ich zärtlich in die Stille. Ich wende mich ihm zu und suche seine Nähe. Andreas schnaubt und versteift sich. Dann wendet er seinen Blick ab und sieht aus dem Fenster.

Worüber auch immer er sich Gedanken macht, es ist nichts Gutes. Ich kenne ihn mittlerweile gut genug, um zu wissen, dass er Ruhe braucht und mir früher oder später sagen wird, was ihn bedrückt. Also steige ich aus und laufe zum Haus. Andreas folgt mir schnellen Schrittes und schlüpft nur kurz hinter mir in meine Wohnung. Ich ziehe meine Jacke aus und gehe in die Küche, um Wasser für einen Tee anzustellen. Es ist zwar kurz vor Mitternacht, aber der Abend ist noch nicht vorbei und ich brauche etwas Warmes.

Ich spüre seine Anwesenheit, noch bevor meine Augen ihn wahrnehmen. Mein Herz fängt an zu klopfen und signalisiert mir einmal mehr, dass ich auf dem besten Weg bin, mich Hals über Kopf zu verlieben.

Andreas räuspert sich und streicht mir sanft über den Oberarm. Während ich das kochende Wasser in die Teekanne gieße und uns zwei Tassen aus dem Schrank hole, warte ich ab, was er zu sagen hat.

»Wie war es für dich? Ich meine damals, als du betrogen wurdest?«, fragt er.

Aha, daher weht der Wind. Die Anspannung der letzten Minuten fällt schlagartig von mir ab. Er macht sich Sorgen um mich. Wir haben den ganzen Abend vor Augen gehabt, welche Folgen Betrug hat. Er hat an Bianca gedacht und daran, dass es mir einmal ähnlich ging. Erleichtert atme ich auf. Irgendwie hatte ich befürchtet, es ginge um etwas anderes. Bei der kleinsten Unsicherheit rechne ich gleich mit dem Schlimmsten und bin immer auf der Hut, verletzt zu werden … Umso schöner zu hören, dass er sich sorgt.

»Es war schlimm«, beginne ich stockend. Mit der Teekanne in der Hand signalisiere ich ihm, mir ins Wohnzimmer zu folgen, wo ich die kleine Stehlampe anknipse und mich aufs Sofa lümmle.

»Wenn du nicht darüber reden willst, ist das okay.«

»Nein, das macht mir nichts aus«, versichere ich.

Mein Blick sucht seinen. Kurz überlege ich, was ich alles bereit bin, zu erzählen und beschließe, mich auf den Betrug zu beschränken. Warum? Ich weiß es selbst nicht. Ich vertraue Andreas vollkommen. Heißt das automatisch, dass ich ihm alles von mir erzählen muss? Alles was einmal war und mich zu der gemacht hat, die ich bin? Hat er als mein Freund ein Anrecht auf meine Vergangenheit, oder ist nicht vielmehr unsere gemeinsame Zukunft ausschlaggebend?

»Weißt du, Alex war mein erster Freund und ich habe damals gedacht, fürchterlich verliebt zu sein. Im Nachhinein betrachtet, war unsere Beziehung grauenhaft, aber das habe ich zu der Zeit nicht wahrgenommen. Irgendwie war ich blind und auf jeden Fall zu gut zu ihm. Ich habe mich ausnutzen lassen und war zu naiv, um zu merken, dass er nur genommen hat und nichts gegeben.«

Andreas bettet meine Hand in seine und streicht beruhigend über meine Fingerknöchel. Er sitzt neben mir und hört einfach nur zu.

»Wusstest du, dass wir noch ein halbes Jahr zusammen waren, nachdem er mich das erste Mal betrogen hatte?«, frage ich unvermittelt. Andreas schüttelt den Kopf. Gedankenverloren greife ich nach der Teetasse und erzähle weiter.

»Ich habe es nicht gewusst und auch nichts gemerkt. Die Leute sagen immer, dass man etwas merken müsste, oder immer zwei dazu gehören, dass die Beziehung kaputt geht. Als ob ich ihn zum Fremdgehen gebracht hätte … Aber ich habe nichts gemerkt, es war alles wie immer. Alex hatte eine andere kennengelernt und sie hinter meinem Rücken ein halbes Jahr getroffen, bis er alles in trockenen Tüchern hatte. Er ist von einem, ins andere Bett geschlüpft. Hat mich verlassen und ist noch am gleichen Tag bei ihr eingezogen. Als ich geweint und ihn angefleht habe, zu bleiben, hat er mich ausgelacht. Ich sei langweilig und hätte mich nie genug um ihn bemüht.«

Ich halte kurz inne, weil mir Alex Worte wieder in den Sinn kommen. Er hat mich selten mit Komplimenten bedacht. Ihm war es lieber, an mir rumzumeckern und mich bloßzustellen. Dadurch wurde ich immer unsicherer und irgendwann unsichtbar. Er hat mich kaputt gemacht und ich habe ihn verehrt. Die Tasse in meiner Hand fängt an zu wackeln. Um das Zittern meiner Hände zu verbergen, stelle ich den Tee beiseite und verschränke meine Hände im Schoß.

»Es wäre kein Wunder gewesen, dass er sich umgeschaut hätte und er hätte ja so viel Zuspruch bekommen«, fahre ich fort. »Da wäre ihm klar geworden, dass er etwas Besseres verdient hätte als mich.«

Meine Stimme bricht und ich merke, wie ich mit den Füßen im Teppich auf und ab fahre.

Was an diesem Tag genau passiert ist, kann ich nicht erzählen. Das habe ich bisher niemandem gesagt und auch jetzt bin ich nicht bereit, diesen Teil von mir preiszugeben. Es würde niemandem helfen. Andreas nicht und auch mir nicht. Das alles ist so lange her und doch schmerzt es noch immer. Ich weiß noch genau, wie lange es gedauert hat, zu begreifen, dass nicht er etwas Besseres verdient hatte, sondern ich. Auch heute verfolgt mich manchmal der Gedanke, nicht gut genug zu sein.

Mit traurigen Augen blickt Andreas mich an und streicht eine verirrte Strähne aus meiner Stirn.

»Du weißt, dass ich nichts an dir langweilig finde, oder? Du bist der aufregendste Mensch, den ich kenne.«

Liebevoll zieht er meine Hand an seinen Mund und küsst jeden einzelnen Knöchel. Mein Herz pocht stark gegen meine Rippen und in mir formen sich die drei Wörter, die ich nicht auszusprechen wage.

Stattdessen frage ich: »Und bei dir? Wie viele Freundinnen hattest du eigentlich?«

Er schweigt und sieht mich besorgt an, aber für mich ist das Thema abgeschlossen. Ich mag nicht gerne in meiner Vergangenheit wühlen. Das Leben liegt vor und nicht hinter uns. Ich habe mich dazu entschieden, den negativen Ballast nicht mit in die Zukunft zu nehmen.

»Na los doch. Oder willst du mir weißmachen, da gäbe es nichts zu berichten?«

Lachend lässt Andreas sich in die Couch zurückfallen und legt einen Arm über seine Stirn.

»Freundinnen? Puh, mal nachdenken. Da war Franzi, in der Oberstufe. Wir waren drei oder vier Monate zusammen, aber es hat nicht wirklich gepasst. Während des Studiums hatte ich Frauen, aber keine Freundinnen.«

Andreas lacht rau und sucht kurz meinen Blick. Dieser Schelm!

»Lisa hast du kennengelernt, oder? Mit ihr war ich vielleicht ein halbes Jahr zusammen und sonst wüsste ich nicht, wen ich als Freundin bezeichnet hätte. Nicht, dass ich kein Interesse an Frauen gehabt hätte, aber eine Beziehung hat mich nie gereizt. Ich mochte es immer unkompliziert, weißt du?«

»Und das zwischen uns?«, frage ich leise. Irgendetwas an seinen Worten hat mich verunsichert.

»Reizt mich sehr.«

Andreas hebt mein Kinn an und küsst mich sanft. So ganz überzeugt bin ich nicht. Wenn er eher der unkomplizierte *mal hier mal da* Typ ist, soll er mir das lieber gleich sagen. Scheiße! Mein Herz hämmert wie wild und ich habe Angst, schon wieder verletzt zu werden.

»Hey, Kleines? Habe ich was Falsches gesagt?«, will er wissen.

Ich drehe meinen Kopf weg. Natürlich hat er was Falsches gesagt. Wie soll ich das denn verstehen? Erst fragt er, wie ich mich gefühlt habe, als ich verlassen wurde. Dann erklärt er mir, dass eine Beziehung nie reizvoll war und er es eher unkompliziert mag. Vielleicht übertreibe ich gerade, aber für mich hört sich das so an, als würde er mir durch die Blume sagen, dass es mit uns keine Zukunft hat. Was sollte dann der ganze

Blödsinn mit der Beziehung? Er wollte doch nichts Lockeres. Verrenne ich mich gerade in meinen Gedanken? Ich hasse diese Unsicherheit!

»Elli, sprich mit mir«, fordert er aufgebracht.

Eine Träne löst sich und ich kann nichts dagegen unternehmen. Stumm starre ich ihn an und spüre, wie die Trauer mir heiß die Wangen hinabrinnt.

»Du willst also keine Beziehung mit mir? Oder, sie wird nicht so lange halten, ähnlich wie bei Franzi und Lisa? Weil du es unkompliziert magst?«, flüstere ich unter Schluchzen. Wenn, dann soll er es mir jetzt sagen.

»Ach Gott, nein!«, lacht Andreas und zieht mich in seine Arme.

»Das hast du gedacht? Mensch, Elli! Wie kommst du denn auf so einen Blödsinn?«, fragt er ungläubig. Erst als er merkt, dass ich noch immer weine und keinen Ton von mir gebe, wird er ernst.

»Elli, bitte! Hast du dich vielleicht mal gefragt, warum es nie funktioniert hat? Warum ich keiner Beziehung eine wirkliche Chance gegeben habe?«

Nachdenklich betrachte ich ihn und weiß keine Antwort.

»Wegen dir, du Dummerchen«, zieht er mich auf und fängt an, mir die Tränen aus dem Gesicht zu streichen. Er küsst mich sanft auf die Stirn und beobachtet mich prüfend.

»Ich wollte immer nur dich, Elli Schütze. Von Anfang an«, raunt er mir leise zu.

1.000 Schmetterlinge rasen durch meinen Bauch. Ist das sein Ernst? Zaghaft blicke ich in seine Augen, die mich mit so einer Leidenschaft betrachten, dass mir kurz die Luft wegbleibt. Weitere Tränen purzeln aus meinen Augen und werden von seinen Daumen weggewischt.

»Ich liebe dich, Elli«, haucht er und zieht mich auf seinen Schoß.

In mir brechen alle Dämme. Ich schluchze laut und erwidere seinen Kuss mit all der Liebe, die ich nur für ihn empfinde.

Er liebt mich!

Wie oft habe ich diesen Satz schon aus Alex Mund gehört und wie wenig hat er jedes Mal bedeutet? Erst jetzt wird mir klar, was es für ein unbeschreibliches Gefühl ist, geliebt zu werden. Es ausgesprochen zu hören, macht es noch realer.

Wie zwei verhungernde küssen wir uns und ich spüre, wie die Lust in mir wächst. Ich bin aufgewühlt von dem Tag, den vielen Gesprächen mit meinem Bruder und den Bekenntnissen von Andreas. Aber egal, wie ungeordnet meine Gedanken sind, eines ist mir vollkommen klar: Ich bin verliebt und ich werde geliebt. Und das ist verdammt noch mal ein wunderschönes Gefühl.

Der Kuss wird immer intensiver und ich will nichts mehr, als Andreas zu zeigen, dass auch ich ihn liebe, ihn begehre und ihn glücklich machen will. Blitzschnell liegen wir nackt auf meiner Couch. Wir streicheln einander, erregen uns gegenseitig und küssen jeden Zentimeter Haut, der uns unter die Lippen kommt.

Mein ganzer Körper pulsiert, meine Lippen sind geschwollen vom vielen Küssen und ich zittere vor Verlangen. Andreas küsst mich unbarmherzig weiter. Er heizt mich auf und lässt mich nicht zur Ruhe kommen. Immer wieder bin ich kurz davor, wenn er urplötzlich von mir ablässt und sich einer anderen Stelle meines Körpers widmet.

Als er endlich in mich eindringt, hauche ich seinen Namen und kralle meine Fingernägel in seine Schultern. Ich werfe den Kopf in den Nacken und überlasse ihm meinen Körper. Ich gebe alles von mir her, weil ich weiß, dass er mir alles geben wird, was ich brauche. Tief stößt er in mich und zieht meinen Kopf zu sich ran. Ich merke, wie alles um mich herum verblasst, meine Welt sich verengt und ich nur noch fühle.

Lust, Verlangen, Liebe.

Laut stöhnend finde ich meinen Höhepunkt und ziehe Andreas mit. Er pulsiert heiß in mir und hat Mühe, meinem Blick standzuhalten. Dann dreht sich die Welt langsam weiter und er bricht über mir zusammen. Mein starker Mann liegt völlig fertig auf mir und schnappt hörbar nach Luft.

»Ich liebe dich auch«, flüstere ich und streiche über seinen Hintern.

Andreas lächelt an meiner Schulter und beißt leicht hinein.

»Das sagst du nur, weil ich so gut im Bett bin«, will er scherzhaft wissen.

»Das sage ich nur, weil es stimmt. Und weil du teuflisch gut im Bett bist! Vor dir hatte ich noch nie einen Orgasmus«, gebe ich leichtsinnig zu.

Ich spüre, wie Andreas sich versteift. Seine Muskeln ziehen sich zusammen, er hebt den Kopf an und runzelt die Stirn.

»Bitte was?«, fragt er verdutzt.

»Was denn?«

Hätte ich doch nur meinen Mund gehalten. Ich winde mich unter ihm und will seinem Blick ausweichen. Wie so oft habe ich keine Chance.

»Noch nie, nie, nie?«, fragt er ungläubig.

»Doch, schon. Also wenn ich es mir selbst mache, dann ja. Aber beim Sex nicht.«

Andreas' Mund bleibt offen stehen. Er blickt mich so empört an, dass ich beinahe lachen muss. Trotzdem bin ich ein wenig beleidigt.

»Jetzt mach keine große Sache draus«, will ich mich aus der Situation stehlen.

»Du warst wie lange mit Alex zusammen, elf Jahre? Mit wem hast du sonst geschlafen?«, fragt er.

Ich drehe meinen Kopf zur Seite und presse meine Augen fest zusammen. Ich will dieses Gespräch nicht führen. Andreas fasst mit der Hand unter mein Kinn und neigt ihn wieder zu sich. Er küsst sanft meine Nasenspitze.

»Na sag schon«, fordert er spielerisch.

»Mit Tom«, flüstere ich. Langsam öffne ich meine Augen und versuche seinen Blick zu deuten. Für ihn scheint die Situation urkomisch zu sein.

»Uuuund?«, zieht Andreas seine Frage in die Länge.

»Mit dir«, schließe ich ab. Jetzt ist es raus.

»Scheiße, Elli … Ehrlich?« Ungläubig starrt er mich an und fährt mit der Hand durch seine Haare. »Dass Alex ein Versager ist, wusste ich vom ersten Moment. Aber, dass du außer ihm keinen an dich herangelassen hast, war mit nicht klar. Und dann ausgerechnet Tom?« Andreas schüttelt den Kopf und sieht mich mitleidig an. »Das wurde aber auch Zeit, dass du mich endlich bemerkst!«, raunt er mir zu.

Er küsst meinen Hals, leckt an meiner Ohrmuschel entlang und legt seine Lippen auf diesen besonderen Fleck hinter meinem Ohr, der mich zum Stöhnen bringt. Ich spüre, wie er in mir wieder härter wird und muss unwillkürlich grinsen.

»Zeigst du mir, wie es sich anfühlen kann?«, frage ich mit einer Unschuldsmiene und spanne meine Muskeln um ihn herum an.

»Nichts lieber als das«, haucht er und nimmt einen trägen Rhythmus auf.

In dieser Nacht lieben wir uns immer wieder und sind uns so nah wie noch nie. Mir war nie klar, was Liebemachen wirklich bedeutet und wie wunderschön es ist, sich einander hinzugeben.

FRAUENGESPRÄCHE

Mein Leben ist grausam! Ich liege mit einer Magenverstimmung im Bett. Als ich um sechs Uhr aufgestanden bin und mir die Brote für die Arbeit geschmiert habe, konnte ich nur in letzter Sekunde verhindern, mich auf die Arbeitsplatte in der Küche zu übergeben. So ein Mist! Wenn ich eins abgrundtief hasse, dann ist es Kotze. Ganz im Ernst: Es gibt nichts Schlimmeres als Magen-Darm! Da habe ich lieber fünf Erkältungen hintereinander, oder Kopfschmerzen.

Oh, wie lieb wäre mir gerade eine Migräne …

Ein kurzer Anruf auf der Arbeit hat genügt, um zu entscheiden, dass ich den Tag lieber im Bett verbringen werde. Wenn ich mich brav ausruhe und nichts, außer Tee, zu mir nehme, ist es vielleicht morgen ausgestanden.

Dabei habe ich mich so gefreut, dass heute Freitag ist! Die ganze Woche haben Andreas und ich uns nicht gesehen. Er ist mit Niklas nach Bayern gefahren und wird erst heute Nacht oder morgen früh zurücksein. Ich hatte geplant, ihn zu überraschen und mir dafür eins dieser schwarzen Negligés gekauft. Wenn ich das Teilchen anhabe, fallen selbst mir die Augen aus dem Kopf. Andreas wird begeistert sein! Na ja, inzwischen liege ich im Nickipyjama im Bett und neben mir steht der Kotzeimer. Da wird sich seine Begeisterung wahrscheinlich in Grenzen halten.

Ich sage ihm lieber ganz ab und hoffe darauf, dass es mir morgen besser geht.

Ein zaghaftes Klopfen an meiner Schlafzimmertür weckt mich am späten Nachmittag. Den Schlaf hatte ich wohl dringend nötig.

Laura steckt ihren Wuschelkopf ins Zimmer und hält sich übertrieben die Nase zu.

»Ist die Luft rein, oder stinkts hier nach Erbrochenem?«

»Komm rein, du blöde Kuh«, lache ich und schmeiße ihr ein Kissen entgegen. Leider sind meine Wurfkünste heute nicht die Besten, also verfehle ich sie knapp und treffe die Wand. Laura hebt das Kissen auf und setzt sich an den Rand meines Bettes.

»Brauchst du irgendwas? Ich gehe gleich einkaufen und kann dir gerne Suppe mitbringen, oder soll ich vielleicht bei der Apotheke vorbeifahren?«, fragt sie liebevoll.

»Du bist ein Schatz, aber mir geht es tatsächlich schon viel besser!«

Indem ich den Satz ausgesprochen habe, setzte ich mich auf und fühle bedächtig in mich hinein. Nichts. Mir geht es gut. Vielleicht brauchte ich wirklich nur Schlaf? Oder meine Willenskraft hat die Infektion vertrieben. Geist über Körper, das hat uns meine Mutter früher ständig gepredigt. Scheint zu funktionieren.

»Prima! Kommst du runter? Ich wollte nur kurz nach dir sehen und habe Liam alleine gelassen«, sagt sie und wedelt mit dem Babyphone vor meiner Nase herum.

»Gerne. Geh du schon vor, ich komme gleich.«

Liam sitzt in einem Berg von Duplo Steinen und baut fleißig Garagen für seine Autos. Ich setze mich zu ihm und baue mit.

»Nein, Tante Elli, nur die Blauen«, bestimmt Liam und hält mir unter strenger Miene einen roten Baustein vor die Nase. Lächelnd nehme ich den Stein entgegen und erkläre ihm, dass dieser rot ist und nicht blau.

»Nur blau!«, bekomme ich als Antwort und gebe mich geschlagen.

Der kleine Dickkopf bestimmt wo es langgeht. Unsere Garagen können fliegen und seine sind viel schneller als meine. Wenn ich aber beschließe, dass meine Garagen auch Loopings fliegen können, geht das nicht. Ich finde es bezaubernd, ihm beim Spielen zuzusehen, und freue mich über so viel Fantasie. Liam ist ein tolles Kind und ich streiche ihm verträumt über den Rücken, während er einen Turm auf seine Garage baut.

»Wie siehts aus, kann ich euch allein lassen und einkaufen gehen?«, will Laura wissen.

»Natürlich kannst du das! Wobei ich auch noch in die Apotheke muss, um meine Pille abzuholen. Kannst du das übernehmen?«, frage ich, während ich in meiner Tasche nach dem Rezept krame.

Mein nächster Vorsorgetermin ist erst am Mittwoch, aber der letzte Tablettenstreifen ist schon fast leer und ich will die Pille wieder durchnehmen.

»Du, Laura? Meinst du eigentlich es wäre unverantwortlich von uns, auf das Kondom zu verzichten?«, fällt mir spontan ein. Ich habe schon länger drüber nachgedacht. Sonst bin ich überall hypervorsichtig, aber irgendwie möchte ich gerne ohne Kondom mit Andres schlafen. Sollte ich ihn nach einem Aidstest fragen und muss ich selbst auch einen machen?

»Hmm, lass mal überlegen. Du hast bisher nur drei Männer im Bett gehabt und wie ich dich kenne, hast du immer ans Kondom gedacht, oder?« Laura blickt mich vielsagend an.

Dann kramt sie eine Kiste mit Knete unter dem Tisch hervor, stellt verschiedene Pöttchen, Rollen, Förmchen und eine Presse daneben, gibt dem vor Freude quietschenden Liam einen Kuss und steht auf. Während ich noch meinen Gedanken nachhänge, setzt Laura sich bereits an den Küchentisch und bedeutet mir, ihr zu folgen.

Was sagt das über meine Beziehung zu Alex aus, dass ich in elf Jahren nicht einmal ohne Kondom Sex mit ihm hatte? Kaum bin ich mit Andreas zusammen, stört mich das Ding ungemein. Nickend stimme ich ihrer Aussage zu und setzte mich neben sie.

»Wie sieht es denn bei Andreas aus, habt ihr da mal ehrlich drüber geredet? Ich meine, wie du von ihm erzählst, hat der Mann Erfahrung.«

Anzüglich wackelt Laura mit den Augenbrauen und ich werfe lachend ein Duplo nach ich. Treffer!

»Was soll ich denn sagen? Wie viele Frauen hattest du vor mir und bei welchen warst du leichtsinnig genug, dich nicht zu schützen?«

»Sag doch einfach, dass du ihn gerne ohne Gummi spüren willst und er vorher seine Keimschleuder testen lassen soll. Sonst lässt du sie nicht rein!«

Lauthals lachend schiele ich zu Laura rüber.

»Keimschleuder? Dein Ernst?«, frage ich prustend.

»Klar! Vorher hast du ihm ja gesagt, dass du ihn spüren willst. Da stehen Männer drauf. Das ist eine geschickt eingepackte Forderung, da kann man gar nicht nein sagen.«

»Du bist unverbesserlich! Eigentlich dachte ich daran, ihn einfach nur zu fragen. Mir geht es hauptsächlich um die Verhütung. Ich denke nicht, dass er etwas haben könnte. Ich nehme ja die Pille, von mir aus wäre das genug.«

»Warum brauchst du eigentlich schon eine neue Packung? Meine hält noch drei Wochen«, fragt Laura auf einmal.

Irgendwann ist uns aufgefallen, dass wir nicht nur dieselbe Pille nehmen, sondern auch zur gleichen Zeit unsere Periode haben. Laura war monatelang einen Tag früher durch und hat dann kurzerhand eine achttägige Pause gemacht, nur um danach gleichzeitig mit mir den neuen Tablettenstreifen zu starten. Manchmal sind wir schon verrückt.

»Weil ich meine Pille durchgenommen habe seit … Lass mich mal überlegen, vielleicht November? Auf jeden Fall, als ich mich mit Tom getroffen habe. Da war es ungünstig mit der Periode und jetzt ja auch. Das ist doch okay. Man kann seine Pille mal durchnehmen«, rechtfertige ich mich unter ihrem strengen Blick.

»Mal durchnehmen ist genau die richtige Bezeichnung. Nicht ständig! Mensch, so weißt du doch gar nicht, ob du vielleicht schwanger bist.«

»Ach quatsch, ich habe ja schließlich auch mit Kondom verhütet.«

Laura sieht mich durchdringend an und kommt auf mich zu.

»Dir war schlecht heute Morgen, oder? Und jetzt ist einfach alles wieder gut? War dir Mittwochmorgen nicht auch schon übel? Wie fühlen sich deine Möpse an? Spannt da was?«

»Weg da!«, fange ich ihre ausgestreckte Hand kurz vor meinen Brüsten ab. »Du übertreibst.«

»Das ist keine Antwort auf meine Frage, Fräulein!«

Pah, das weiß ich auch. So ein Blödsinn, als könnte ich schwanger sein. Wobei mir in letzter Zeit tatsächlich häufiger übel ist. Aber das heißt noch lange nichts. Trotzig recke ich mein Kinn vor. Ich bin nicht schwanger!

»Wenn du es genau wissen willst: Ja mir war auch am Mittwoch schon übel und meine Möpse sind ein wenig empfindlich. Trotzdem nehme ich die Pille und habe jedes Mal mit Kondom verhütet.«

»Aber Maus … Du hast gekotzt ohne Ende, nachdem du das mit Tom rausgefunden hast.«

Oh, daran habe ich gar nicht mehr gedacht. Und nicht nur das …

»Ich habe auch einmal vergessen, meine Pille zu nehmen«, gebe ich kleinlaut zu.

Auf einmal wird mir unglaublich heiß. Ein unheilvolles Gefühl breitet sich in mir aus, dreht mir den Magen um und kriecht unerbittlich weiter. Das kann nicht sein! Außerdem wäre da ja immer noch das Kondom …

»Bist du sicher, dass ihr immer mit Gummi zusätzlich verhütet habt?«, spricht Laura meine Gedanken aus.

»Mhm, ich bin mir schon ziemlich sicher. Andreas hatte sogar im Auto eins dabei. Der Mann hat wirklich immer ein Kondom zur Hand.«

Erleichtert blicke ich Laura an und fühle, wie meine Zweifel schwinden. Ich kann gar nicht schwanger sein.

»Und was ist mit Tom?«, reißt Laura mich aus meinem Hoch und stürzt meine Gedanken augenblicklich ins Bodenlose.

Wie in Trance höre ich seine Stimme in meinem Ohr: *Komm schon, ich mag keine Kondome, die engen mich ein und wir brauchen doch auch keins. Ich will dich spüren.*

Auf einmal wird mir schlecht. Scheiße, was jetzt? Nachdenken und ruhig bleiben! Krampfhaft atme ich durch und versuche, die zwei Abende zu rekonstruieren. Beim ersten Mal hatte ich darauf bestanden und genau gesehen, wie er es später entsorgt hat. Beim zweiten Mal lag es benutzt auf dem Boden. Wir haben mit Kondom verhütet, ganz sicher!

Trotzdem, die Zweifel sind gesät …

»Okay, weißt du was? Ich fahre einkaufen und bringe dir einen Schwangerschaftstest mit«, beschließt Laura kurzerhand.

Dankbar nicke ich meiner Freundin zu. Es bringt nichts, sich Sorgen, um ungelegte Eier zu machen. Zum Glück ist Liam hier und ich kann mir die Zeit vertreiben, bis sie zurück ist. Wer hätte gedacht, dass mir die Gesellschaft eines Zweijährigen so gelegen kommt? Kurz denke ich darüber nach, dass in diesem Moment bereits ein kleines Etwas in mir heranwachsen könnte und in ein paar Monaten genauso mit mir, auf dem Teppich sitzend, spielt. Eigenartige Vorstellung.

Eigenartig, aber irgendwie … schön? Ich kann das Gefühl nicht benennen. Trotzdem weiß ich genau, wie ich mich in Liams oder Annas Nähe fühle. Ich bin glücklich und von Zeit zu Zeit zieht sich mein Herz zusammen. Manchmal ist das Gefühl so stark, dass ich nicht anders damit umgehen kann, als Laura und Liam ein paar Tage nicht zu sehen. Dann aber komme ich mir lächerlich vor.

Wie gesagt, eigenartige Vorstellung.

Gerade will ich in die Küche gehen, um einen Apfel für Liam zu holen, als Laura in die Wohnung stürmt.

»Der Einkauf muss warten, ich war nur in der Apotheke. Hier, geh pinkeln!«, kommandiert sie drauf los.

Kopfschüttelnd nehme ich den Test entgegen und schlurfe zur Toilette. Laura hat einen dieser Test geholt, auf dem in einem Kästchen *schwanger* oder *nicht schwanger* erscheint. Nicht diese Linien und Kreuze, wo man erst nachlesen muss, was das bedeutet. Ganz einfach also! Ich nehme den Test aus der Hülle und öffne die Kappe. Na dann mal los. Hose runter und auf das Stäbchen pinkeln.

Laura lehnt im Türrahmen und nickt mir aufmunternd zu. Dass es sogar ihr die Sprache verschlagen hat, ist äußerst bedenklich.

Zum Glück habe ich viel Tee getrunken und schaffe es problemlos, das Stäbchen zu tränken. Danach ziehe ich meine Hose hoch und wedle den Test in der Luft.

»Was machst du da? Nicht wedeln!«, unterbricht Laura mich.

»Warum nicht?«, frage ich und wehre ihre ausgestreckte Hand ab. »Jetzt lass mich doch.«

»Gib her damit und leg es hin. Man muss warten, das steht da so!«, fordert Laura aufgebracht und tippt mit ihrem Zeigefinger auf der Gebrauchsanweisung herum.

Na schön, dann halt nicht wedeln.

Ich lege den Test auf den Waschbeckenrand ab. Augenblicklich springt mit ein Wort entgegen:

Schwanger.

NIEMALS ZUVOR …

Scheiße! Scheiße! Scheiße!

Das gibt's doch nicht. Noch immer starre ich auf das kleine Kästchen und will es nicht wahrhaben. Ich drehe den Teststreifen hin und her, in der irrsinnigen Hoffnung, dass danach etwas anderes draufsteht.

Schwanger. Daran ändert sich nichts, egal wie oft ich drehe. Und auch das Wedeln wird vermutlich zu keinem falschen Testergebnis geführt haben. Trotzdem bin ich kurz gewillt, zu googeln, ob häufig falsche Ergebnisse bei gewedelten Schwangerschaftstest angezeigt werden. Vielleicht gibt es ja eine hohe Fehlermeldung bei übermäßiger Luftverwirbelung? Fassungslos starre ich Laura an. Ich bin schwanger.

»Ein Sekt für mich, ein Tee für dich«, beschließt sie tonlos und verschwindet aus dem Badezimmer.

Jetzt bin ich allein. Nur ich und der Schwangerschaftstest. Ein kleines Stimmchen in meinem Inneren säuselt mir zu, dass noch jemand anwesend ist. Langsam lasse ich den Teststreifen los und lege meine Hände behutsam auf den Bauch. Mit zittrigen Fingern streiche ich hoch zum Rand meiner Brust und wieder runter bis zum Hosenbund. Nichts, es fühlt sich alles an, wie immer. Was hat das wohl zu bedeuten?

Kurzerhand ziehe ich mein Shirt hoch und das Top aus meiner Hose. Vielleicht fühle ich etwas auf nackter Haut? Meine Hände liegen warm auf meinem Unterbauch. Nach kurzer Zeit traue ich mich, mit einem Finger leicht zu drücken. Mein Bauch ist fest. Wenn ich die Finger hin und her wippe, merke ich deutlich, dass unter der Haut eine dünne weiche Schicht liegt und darunter die Muskeln. Alles normal soweit.

Trotzdem fühlt es sich anders an als sonst. Härter und irgendwie wärmer.

Im Spiegel betrachte ich meinen Bauch und strecke ihn leicht heraus. Kann man schon etwas sehen? Mit ganz viel Fantasie ist da eine kleine Beule. Wobei, eigentlich sehe ich nichts. Nichts, außer einer zerzausten Elli im Nickipyjama, die lächelnd ihren Bauch streichelt. Verrückt!

Völlig in Gedanken versunken merke ich nicht, dass Laura ins Badezimmer kommt. Sie sieht mich mitleidig an.

»Ach Mausi, so schlimm?«, fragt sie. Ich zucke nur mit den Achseln. Ehrlich, ich weiß keine Antwort.

»Wir finden schon eine Lösung! Komm, Liam ist im Bett und wir überlegen uns was!«

Wie ferngesteuert laufe ich ihr nach. Ich habe gar nicht bemerkt, wie spät es schon ist. Offenbar habe ich lange nachgedacht …

Im Wohnzimmer läuft der Fernseher. Laura setzt sich auf die Couch und klopft einladend auf den Platz neben sich.

»Das Wichtigste zuerst: Es ist von Andreas, oder?«, fragt Laura.

»Wie meinst du das? Ich denke schon. Woher soll ich das wissen? Scheiße … Scheiße!!«, fluche ich und merke, wie die Tränen in mir aufsteigen. Das gibt es doch nicht. Es läuft gerade erst so gut zwischen Andreas und mir und jetzt bin ich auf einmal schwanger. Zu allem Überfluss weiß ich noch nicht mal, wer der Vater ist. Woher auch? Sind wir hier in irgendeiner schlechten TV Talkshow in den 90ern?

»Na komm schon her«, fordert Laura auf, mich endlich neben sie zu setzen.

»Wir rechnen das jetzt ganz in Ruhe aus und du hörst auf, dich verrückt zu machen.«

Das ist ein guter Plan, ruhig bleiben und rechnen. Zum Glück bewahrt Laura immer einen kühlen Kopf. Allein wäre ich schon längst durchgedreht. Allerdings erschließt sich mir ihre Rechentheorie noch nicht ganz.

»Wann hast du denn mit Tom geschlafen und wie war dein Zyklus zu der Zeit?«, fragt Laura und zückt ihr Handy. Ich verstehe nur Bahnhof.

»Dir ist schon klar, dass man nicht an jedem Tag im Zyklus schwanger werden kann und die Wahrscheinlichkeit um den Eisprung am Höchsten ist? Mit der Pille hast du einen Zyklus von 28 Tagen, also ca. am 14. Tag deinen Eisprung. Jetzt müssen wir nur noch nachrechnen«, klärt Laura mich auf.

»Ja …«, grüble ich und nehme ebenfalls mein Handy zur Hand, um in den Kalender zu gucken. Das klingt gut.

»Tom und ich hatten unser erstes Date Anfang November, aber da hatte ich die Pille schon einmal durchgenommen. Wie verschiebt sich das denn dann? Sonst ist der erste Zyklustag ja immer am Periodenbeginn … Und jetzt?«, frage ich. Laura hebt die Schultern und bleibt stumm. Der Ausdruck in ihrem Gesicht verunsichert mich.

»Ich hatte keine Periode! Wann ist mein erster Zyklustag? Laura?«

In meiner Verzweiflung werde ich immer lauter.

»Mist, Maus. Das weiß ich nicht!«

»Scheiße!«

Meine heraufbeschworene Ruhe ist wie weggeblasen. Der Plan geht nicht auf. Der einzige, den wir hatten, um herauszufinden, wer der Vater sein könnte.

»Aber dann wärst du jetzt schon in der 16. Woche bzw. in der 13. wenn man von eurem zweiten Mal ausgehen würde. Da hättest du bestimmt vorher schon etwas gemerkt.«

»Andreas und ich hatten Silvester Sex. Dann wäre ich jetzt erst in der 8. Woche. Beziehungsweise noch früher, wenn es nicht an dem Abend, sondern einem späteren passiert ist.

Merkt man denn wirklich so früh schon etwas?«, will ich wissen.

Laura ergreift meine Hand. Sie will mich trösten und das beunruhigt mich nur noch mehr.

»Was mache ich denn jetzt?«

Aufgebracht stehe ich auf und laufe in der Wohnung umher. Es ist bestimmt von Tom. Dieser Mistkerl! Er wollte von Anfang an kein Kondom benutzen. Bestimmt hat er es währenddessen wieder abgestreift. Wie er sich angestellt hat, als ich eins geholt habe …

Siedend heiß fällt mir ein, dass die Kondome in meiner Nachttischschublade abgelaufen waren. Was, wenn es daran liegt und das Kondom gerissen ist, weil das Mindesthaltbarkeitsdatum überschritten war? O Gott, es ist Toms Kind und meine Schuld!

»Laura«, stammle ich hilflos. »Die Kondome waren abgelaufen. Ich wusste gar nicht, dass die Dinger irgendwann nicht mehr gut sind. Ich habe ihm eins davon gegeben und ich … Ich bin schuld!«

Meine Stimme bricht. Am liebsten würde ich die ganze Ungerechtigkeit laut herausschreien, toben und ausrasten, aber aus meinem Mund kommen nur kleine Schluchzer. Es würde nichts ändern, wenn es ein Unfall wäre, oder Tom irgendwie daran beteiligt. Ich wäre trotzdem schwanger. Dass es aber an meiner Unfähigkeit liegen könnte, gibt mir den Rest.

»Ach, Süße. Mach dich nicht fertig.« Laura kniet sich zu mir auf den Boden und streicht mir beruhigend über den Rücken.

»Da gibt es keine Schuldfrage. Es ist einfach passiert. Es ist zwar todtraurig, dass du abgelaufene Kondome besitzt, aber das ist ein ganz anderes Thema«, flüstert sie mir zu.

»Zu früh für Scherze«, kommentiere ich ihren Aufmunterungsversuch.

»Ach komm schon! Außerdem weißt du gar nicht, ob es wirklich von Tom ist. Montag gehst du zum Frauenarzt. Danach kannst du dir Gedanken machen und dich zur Not mit deinen abgelaufenen Kondomen ersticken.«

»Haha! Die Scheißdinger würden doch eh reißen. Nicht mal zum Ersticken wären die gut!«

Jetzt muss ich doch schmunzeln. Siegessicher stupst Laura mich an. Sie hat es mal wieder geschafft.

»Und was sagst du Andreas?«, fragt Laura.

Meine Mundwinkel sinken wieder herab. Gute Frage.

»Wenn ich das wüsste. Ich glaube, ich sage ihm gar nichts, bis ich Montag mehr weiß. Vielleicht ist es ja doch von ihm und dann gäbe es eine riesige Sorge weniger. Wenn es von Tom ist, müsste ich in Ruhe nachdenken, was ich mache. Die Entscheidung will ich eventuell lieber ohne ihn treffen.«

Jetzt, wo es laut ausgesprochen ist, fühle ich mich seltsam unwohl. Würde ich das Kind wirklich abtreiben? Nein, das würde ich nicht!

Ohne es bemerkt zu haben, streiche ich immer wieder mit den Händen über meinen Bauch. In mir wächst mein Kind und ich werde es beschützen.

Komme, was wolle. Jetzt ist es so, auch wenn ich mir vielleicht gewünscht hätte, dass es anders passiert wäre.

Andreas ist zwar nicht mein Ehemann und wir haben uns auch kein Kind gewünscht, aber er ist mein Freund, der mich liebt. Trotzdem wird er alles andere, als erfreut sein. Wenn er dann auch noch hört, dass es vielleicht nicht sein Kind ist, habe ich dann überhaupt noch einen Freund? Ich sage Andreas nichts, mein Entschluss steht fest. Aber belügen will ich ihn auch nicht. Also rede ich doch mit ihm?

Wie auf Kommando klingelt mein Handy.

Es ist Andreas.

»Hallo meine Schöne, wie geht es dir?«, will er wissen.

Seine Stimme klingt besorgt, leicht müde und unendlich liebevoll. Meine Kehle schnürt sich zu. Was soll ich denn jetzt machen? Warum zum Teufel bin ich überhaupt ans Handy gegangen?

»Gut.«

Nach einem kurzen Räuspern rede ich weiter, kann aber nichts dagegen unternehmen, dass meine Stimme bedenklich bricht.

»Mir geht es gut. Bist du gleich zu Hause?«

»Das ist ja toll! Ich dachte, du hast dir eine Magen-Darm-Grippe eingefangen und liegst das ganze Wochenende flach. Dann komme ich vorbei und schlafe bei dir.«

Shit! Die Magen-Darm-Geschichte hatte ich ganz vergessen. Wer konnte auch ahnen, dass sie sich als Morgenübelkeit entpuppt?

»Ähm, ich bin noch bei Laura. Wir können uns …« – »Super, ich biege gerade die Straße rein, bis gleich«, unterbricht Andreas mich und hat schon aufgelegt. Wie in Schockstarre blicke ich auf das Handy und dann zu Laura.

»Scheiße! Mist, verdammter!«, fluche ich lauthals drauf los. Selten habe ich so geflucht, wie am heutigen Abend.

»Das regelt ihr schön unter euch!«, bestimmt Laura und steht auf, um die Tür zu öffnen.

Sie schmeißt mich einfach raus. Die Klingel ertönt und Laura drückt auf den Öffner. Im Vorbeigehen nimmt sie mich fest in die Arme und flüstert mir zu, dass ich mich bei ihr melden soll. Ich nicke stumm und stehe einen Augenblick später Andreas gegenüber, der mich strahlend begrüßt.

»Hi«, flüstert er und schließt mich in seine Arme.

Die Tür hinter uns fällt ins Schloss. Wir stehen allein im dunklen Hausflur.

»Ich habe dich vermisst, kleine Elli«, haucht er an meinem Hals und küsst mich sanft in die Halsbeuge. Dann hebt er mein Kinn an und verschließt meine Lippen mit seinem Mund. Er drängt mich mit dem Rücken gegen die Tür und stützt sich hinter mir ab, keilt mich mit Armen und Körper ein. Mit seinem Oberschenkel spreizt er meine Beine, sieht mich begierig an und dringt mit der Zunge in meinen Mund. Ich habe ihn auch vermisst.

Vor Verlangen stöhne ich und gebe mich ihm hin. Biete ihm meinen Mund an, meinen Körper, alles. Mein Herz pocht wie wild gegen meine Brust. Das Blut rauscht durch meine Adern und spült die Verzweiflung der letzten Stunden weg. Hungrig sauge ich an seiner Lippe, beiße leicht hinein und reibe mich an seinem Schenkel.

»Habt ihr kein Zimmer? Los, ab nach oben mit euch!«, tönt Lauras Stimme durch die verschlossene Tür.

Andreas grinst mich frech an.

»Los, ab mit dir nach oben«, wiederholt er, während seine Augenbrauen anzüglich tanzen.

Er läuft vor und pfeift vergnügt ein Lied vor sich hin. Während Andreas offensichtlich bester Laune ist, holt mich die Vergangenheit wieder ein. Ich bin schwanger.

∞∞∞

Die drei Stockwerke bis in meine Wohnung sind mir noch nie so lang vorgekommen. Wie soll ich es ihm sagen? Zögerlich schließe ich auf und lasse Andreas den Vortritt. Er erzählt irgendetwas von Niklas und Anna und, dass es echt gut gelaufen wäre. Aber ich höre gar nicht richtig zu. In meinem Kopf dröhnt es zu sehr.

Ich kann ihn nicht belügen, das würde er mir nie verzeihen. Ehrlichkeit ist doch das Wichtigste in einer Beziehung, oder? Ich will jetzt keinen dummen Fehler machen. Es ist immer besser, mit offenen Karten zu spielen.

»Andreas, ich bin schwanger«, platzt es aus mir heraus.

Wie in Zeitlupe dreht sich sein Kopf zu mir um.

»Du bist was?«, fragt er.

Seine Stimme verrät nichts, ist absolut tonlos. Er steht vor mir und blickt mir ruhig in die Augen. Seine Schultern wirken etwas verspannt, ansonsten kann ich gar nichts erkennen. Ich habe absolut keine Ahnung, was in ihm vorgeht.

»Ich bin schwanger«, sage ich erneut und warte auf seine Reaktion.

»Du bist schwanger?«

Nickend gehe ich einen Schritt auf ihn zu. Es ist gemein, was ich hier mache. Ich halte ihm Informationen vor. Aber ich will erst wissen, wie sein Standpunkt zu meiner Schwangerschaft aussieht, bevor ich noch mehr Verwirrung stifte. Wenn ihn das schon überfordert, brauche ich gar nicht weiterreden.

»Puhh.« Andreas fährt sich mit der Hand über den Mund und seitlich am Bart entlang.

»Seit wann weißt du es?«

»Seit eben, Laura hat den Test geholt.«

Immer noch keine Reaktion. Meine Handflächen schwitzen und langsam wird mir wieder übel. Warum reagiert er nicht?

»Kann ich ihn sehen?«

»Den Test? Es steht *schwanger* drauf, Ich bin mir sicher, dass ich lesen kann.«

Meine Stimme klingt schon fast hysterisch. Ich muss ruhig bleiben, ruhig und stark.

Jetzt lacht er und kommt auf mich zu.

»Schwanger, hmm?« Langsam nimmt er mich in den Arm und küsst mich auf den Scheitel. »Wie konnte das denn passierten?«, säuselt er an meinem Ohr. Sein Atem streift meinen Hals und ich spüre, wie er seicht mit der Zunge an meiner empfindlichen Haut entlangfährt. Völlig perplex drücke ich ihn von mir weg.

»Bist du gar nicht sauer?«

»Warum sollte ich sauer sein? Ich bin mir sicher, dass du keinen perfiden Plan verfolgst, um mich mit einem Kind an dich zu binden. Sowas passiert.«

Als ich nicht antworte, streicht Andreas über meine Wange.

»Elli, was ist los?«

Mit so viel Verständnis habe ich einfach nicht gerechnet. Ich hebe meinen Blick und finde so viel Liebe in seinen Augen, dass mein Herz für einen Schlag aussetzt. Es wäre viel leichter, wenn er ausrasten oder mich anschreien würde. Dann hätte ich ihn von mir stoßen und verletzt sein können. Jetzt aber muss ich ihn verletzen.

»Ich weiß nur, dass ich schwanger bin … Aber nicht von wem«, flüstere ich.

Wortlos sehen wir einander an. Sein Daumen verharrt auf meiner Wange. Schließlich nimmt er seine Hand runter, senkt seinen Blick. Mein Herz schlägt so kräftig, dass ich es in meinen Ohren rauschen höre. Ich strecke meine Finger nach ihm aus, will seine Hand halten, seine Nähe spüren. Er sieht mich nicht einmal an. Dann dreht er sich um und geht.

Nein! Das kann er nicht machen. Bitte nicht.

»Warte!«, rufe ich ihm verzweifelt nach und bekomme ihn an der Schulter zu packen. Mit einem Mal wirbelt er herum und hält mein Handgelenk fest umschlossen.

»Worauf soll ich warten?«, zischt er wutentbrannt.

»Ich habe, ich wollte, ich …«, stottere ich panisch.

»Was hast du? Ohne Gummi mit Tom gefickt? Herzlichen Glückwunsch, da mache ich nicht mit!«, schreit er mich an.

Tränen rennen über meine Wange. Ein Schlag ins Gesicht wäre weniger schmerzhaft gewesen. Es wird passieren, er verlässt mich. Ich bin allein und schwanger.

Schon wieder.

Noch immer umklammert er meine Hand und blickt zornig auf mich nieder.

»Das habe ich nicht. Andreas, bitte!«, schluchze ich.

Andreas' Augen durchlöchern mich. Sein Gesicht ist starr vor Wut, die Kiefermuskeln angespannt und sein sonst so sinnlicher Mund zu einem schmalen Schlitz zusammengepresst. Er kämpft mit sich und ich wittere eine kleine Chance. Wenn ich ihn jetzt gehen lasse, verliere ich ihn für immer.

»Ich habe noch nie ohne Kondom mit einem Mann geschlafen. Nicht ein einziges Mal! Die Pille nehme ich, seit ich 17 bin. Andreas, ich habe nicht gesagt, dass das Baby von Tom ist. Ich habe gesagt, dass ich es nicht weiß.« Meine Stimme bebt und die

Tränen strömen aus meinen Augen, trotzdem zwinge ich mich, weiterzureden.

»Am Montag gehe ich zum Frauenarzt«, schließe ich ab. Mehr gibt es nicht zu sagen. Jetzt liegt es an ihm.

»Du gehst morgen! Für so etwas gibt es sicherlich irgendeine Art Notdienst und ich komme mit!«, fordert er.

Ich wage es nicht, zu widersprechen. Notfalls gehe ich ins Krankenhaus und zahle den Ultraschall aus eigener Tasche. Langsam habe ich mich wieder unter Kontrolle und schaffe es, die Schultern zu straffen. Mein Handgelenk schmerzt und die Fingerspitzen kribbeln bereits. Ich will mich aus seinem Griff befreien, schaffe es aber kaum, mich einen Millimeter zu bewegen.

»Lass mich los, Andreas«, bitte ich flüsternd.

Er löst seinen Blick von meinen Augen und betrachtet meine Hand. Sein Griff wird lockerer und gibt mich frei. Sofort ziehe ich den Arm zu mir und knete das Handgelenk vor meiner Brust.

»Du hast mir wehgetan«, murmle ich vorwurfsvoll.

»Du mir auch!«

Als ich wieder hochblicke, stehen Tränen in seinen Augen.

»Und jetzt?«, frage ich.

Ihn so zu sehen, bricht mir das Herz. Ich würde ihn am liebsten in den Arm nehmen und küssen. Ihm sagen, dass ich ihn liebe und nur das zählt. Aber irgendwie warte ich auf eine Erlaubnis, ihn überhaupt berühren zu dürfen.

»Ich werde kein Arschloch sein und dich jetzt allein lassen. Aber erwarte nicht, dass ich dir irgendetwas verspreche.«

»Okay«, nicke ich ihm zu.

Meine Gedanken überschlagen sich. Er bleibt, das ist ein gutes Zeichen. An alles andere kann und will ich nicht denken. Ich weiß, dass ich jetzt an der Reihe bin. Von sich aus wird er nicht einen Schritt mehr auf mich zugehen. Also nehme ich ihn an die Hand und gehe ins Schlafzimmer. Es ist spät und ich will lieber jetzt schlafen, als länger über ein *was wäre wenn* nachzugrübeln.

Andreas bleibt vor dem Bett stehen und sieht mich gequält an.

»Habt ihr hier miteinander geschlafen?«

Ich kann ihm nicht ganz folgen und gucke verdattert aus der Wäsche.

»Tom und du, hattet ihr hier Sex?«, will er jetzt lauter wissen und zeigt mit ausgestrecktem Finger aufs Bett. Die Enttäuschung spiegelt sich in jeder Silbe wieder.

»Nein. Nein, Andreas, das hatten wir nicht!«

Sanft nehme ich seine Hand runter und führe sie an mein Herz. Sonst reicht ein Blick in seine Augen, um zu wissen, was in ihm vorgeht. Aber er sieht mich nicht an. Seine Hand liegt steif auf meiner Brust, hebt und senkt sich mit jedem meiner Herzschläge. Er ist mir unglaublich nah und doch nicht bei mir. Zaghaft umschließe ich sein Gesicht mit meinen Händen und ziehe es mir entgegen. Seine Haut bebt unter meinen Fingern. Mit geschlossenen Augen steht er mir gegenüber und öffnet die Hand auf meinem Herzen, breitet die Finger aus. Es rast wie wild.

»Andreas«, flüstere ich, mehr bekomme ich nicht heraus.

Auf Zehenspitzen recke ich mich ihm entgegen und finde seine Lippen. Er steht regungslos da und lässt sich von mir küssen.

Meine Hände wandern in seinen Nacken und ziehen ihn zu mir. Ich klammere mich an ihm fest und warte verzweifelt darauf, dass er mir entgegenkommt. Tränen rinnen lautlos meine Wangen hinab.

»Küss mich, verdammt!«, schluchze ich an seinem Mund.

»Hat er dich auch so geküsst?«, brummt Andreas, bevor er mich packt, an sich zieht und seine Zunge in meinen Mund drängt. Endlich!

Seine Küsse sind voller Verzweiflung und Wut. Bestimmend legt er meinen Kopf zur Seite, fährt mit der Zunge über meinen rasenden Puls, während er mit der Hand unter meinem Pyjama meine Brust umschließt. Ich keuche und erschrecke mich selbst über den kehligen Laut, der meinen Mund verlässt.

»Hat er dich auch so berührt?«, haucht er und reizt meine Brustwarze. In meinem Höschen sammelt sich bereits die feuchte Lust.

»Antworte mir, Elli!«, befiehlt Andreas, bevor er mir die Hose ruckartig herunterzieht.

Vor Schreck schreie ich auf, erkenne dann aber das Lodern in seinen Augen. Er streift mir das Oberteil ab und scannt gierig meinen Körper.

»Nein, niemals«, antworte ich atemlos.

»Gut«, raunt Andreas und lässt seine Zunge um meine Nippel kreisen. Seine Hände streicheln an meinen Oberschenkeln empor, bis sie kurz vor meiner Mitte stoppen. Dann packt er mich und drängt mich gegen die Wand. Plötzlich hört er auf, hält mich mit ausgestreckter Hand fern und bedeutet mir, mich nicht zu bewegen. Mit der kalten Wand im Rücken stehe ich ihm nackt gegenüber. Schweigend knöpft er seine Hose auf und lässt sie zu Boden gleiten. Das Longsleeve zieht er über den Kopf und fährt sich mit der Hand durch die Haare. Er betrachtet mich.

»Andreas, ich …«

»Schhht«, unterbricht er mich und legt den Finger auf meine Lippen.

»Niemals zuvor?« Seine Frage ist ein raues Flüstern. Es steckt so viel mehr dahinter als reine Neugierde. Stumm schüttle ich den Kopf. Es ist ein lautloses Versprechen.

Niemals zuvor bin ich so berührt worden, habe so empfunden, war so verliebt. Niemals zuvor wurde ich so geliebt.

Andreas schließt seine Arme um mich und schiebt seine Zunge zwischen meine Lippen. Seine Hände schmiegen sich besitzergreifend um meinen Hintern. Für einen Moment will ich widersprechen, da ich zu schwer bin, aber Andreas hebt mich einfach hoch. Er spreizt meine Beine und dringt in mich ein. Ein raues Stöhnen durchzieht den Raum. Meine Beine schlinge ich um Andreas' Hüften und presse ihn mit den Fersen noch tiefer in mich.

Ich will ihm sagen, dass er mein Herz zum Rasen und mein Blut zum Kochen bringt. Aber als ich meinen Mund öffne, entrinnt mir nur ein Keuchen.

Heftig zucke ich zusammen und spüre bereits, wie die Lust sich bündelt und kurz davor ist, sich zu entladen. Andreas lässt seinen Kopf sinken und knabbert verspielt an meiner Schulter. Er drosselt seine Geschwindigkeit, aber ich kann mich nicht länger zurückhalten und stöhne befreit auf. Der Orgasmus rollt über mich hinweg, lässt mich erzittern und meine Muskeln um Andreas herum krampfen.

»Fuck, Elli!«, jauchzt Andreas.

Sein Gesicht verspannt sich und kurz hält er in der Bewegung inne, bevor er seinen Schwanz wieder hart in mich treibt. Ich klammere mich an ihm fest, kralle meine Finger in seine Schultern. Andreas zieht mich mit jedem Stoß zu sich. Fast schon grob stößt er in mich und atmet schwer an meinem Hals.

»Ich will dich hören«, stöhnt er gepresst.

»Andreas, ich kann nicht mehr«, wimmere ich. Mit letzter Kraft halte ich mich an ihm fest. Schmunzelnd hält er inne, trägt mich zum Bett rüber und legt mich auf dem Rücken ab.

»Du kannst!«, bestimmt er und dringt wieder in mich ein. Seine Finger finden meine Perle und reizen mich unnachgiebig. Andreas duldet kein nein und irgendetwas in mir kommt seiner Forderung nach. Ich bäume mich unter ihm auf, reibe mich an ihm und fiebere dem neuerlichen Höhepunkt entgegen.

Andreas stimmt sich auf meinen Rhythmus ein und kommt mir mit der Kraft entgegen, die ich brauche. Es ist nicht zärtlich und liebevoll, wie sonst. Heute ist es pure Leidenschaft. Als ich komme, verkrampft sich mein ganzer Körper. Ich explodiere innerlich und schreie die Lust laut hinaus. Andreas keucht über mir und lässt sich mitreißen, braucht noch einen Stoß und findet dann die ersehnte Erlösung.

Eine Zeit lang liegen wir schwer atmend nebeneinander. Ich brauche einen Moment für mich und schließe die Augen. Als ich sie wieder öffne, schwirren immer noch Lichter an der Decke.

Andreas liegt mit dem Kopf an meiner Halsbeuge und streichelt mir über den Bauch.

»Geht es euch gut?«, flüstert er.

Mein Herz tanzt vor Freude.

»Es könnte uns nicht besser gehen!«, beschließe ich.

Dass er mir gerade den intensivsten Orgasmus meines Lebens geschenkt hat, brauche ich nicht laut auszusprechen.

Ein viel größeres Geschenk ist seine Hand, die meinen Bauch streichelt und die Sorge um mich und das Kind, welches ich unter meinem Herzen trage.

SCHATTEN DER VERGANGENHEIT

Am nächsten Morgen wache ich allein in meinem Bett auf. Ich springe auf und renne in den Flur. Keine Jacke, keine Schuhe, kein Andreas.

Er ist weg.

Ich bekomme keine Luft! Meine Lungen ziehen sich zusammen. Die Enge kriecht meinen Hals hoch und schnürt mir die Kehle zu. Vor lauter Panik möchte ich schreien, aber es kommt nur ein Piepsen aus meinem Mund. Ich röchele hilflos, weiß, dass es eine Panikattacke ist und ich mich beruhigen muss. Aber ich schaffe es nicht. Er ist weg. Meine Gedanken kreisen immer und immer wieder um die Furcht, dass er mich verlassen hat.

Ich sinke an der Küchenzeile hinab und lege mich auf die kalten Fliesen. Einatmen, ausatmen, einatmen, ausatmen … Wie ein Mantra wiederhole ich die Wörter im Kopf und versuche damit die Gedanken an Andreas zu überlagen. So lange, bis kein Platz mehr in meinem Kopf ist und ich nur noch an meine Atmung denke. Sie visualisiere und schließlich spüre, wie die Luft wieder zurück in meine Lungen findet.

Geschafft! Erleichtert richte ich mich auf. Jetzt ist keine Zeit zum Ausflippen … Ich brauche Antworten. Frühstücken, fertigmachen und los ins Krankenhaus. Danach kann ich mir so viele Gedanken machen, wie ich will. Wahrscheinlich Tausende.

In der Küche stelle ich den Wasserkocher an und finde eine gelbe Klebenotiz auf dem Tisch.

Elli,
wir treffen uns im Frauenklinikum. Ich bin joggen, brauche frische Luft. Bitte melde dich, wenn du losfährst.
Bis gleich

Andreas

Er hat einfach nur meinen Namen geschrieben, kein *Schatz,* oder *meine Schöne,* nicht mal *kleine Elli.* Nichts. Auch kein Kuss.

Er distanziert sich von mir, von uns …

Wenn ich könnte, würde ich auf Anhieb wieder weinen. Aber irgendwie sind alle Tränen vergossen. Ich fühle mich ausgelaugt und schlapp. Seltsam teilnahmslos, als würde das alles nicht mir passieren.

Ich gehe duschen, putze mir die Zähne und ziehe mich an. Alles ganz automatisch. Nach einem Blick in den Kühlschrank wird mir schlecht. Aufs Frühstück verzichte ich heute lieber.

Im Radio kündigt die Moderatorin einen wunderschönen Tag mit frühlingshaften Temperaturen und viel Sonnenschein an. Es könnte mir nicht gleichgültiger sein. Immerhin ist es bereits nach neun Uhr am Morgen und schon hell draußen. Worauf warte ich eigentlich noch?

Die Fahrt in die Klinik ist unspektakulär und auch die Parkplatzsuche stellt sich als problemlos heraus. Alles passiert einfach. Das Spiel des Lebens geht unaufhörlich weiter. Ich bin mittendrin und doch irgendwie nicht daran beteiligt.

Im Foyer der Klinik hängt ein großer Übersichtsplan. Allerdings kenne ich den Weg schon. Ich weiß, wohin ich muss. Woher? Daran will ich nicht denken.

In der vierten Etage ist es ruhig und die Einrichtung ist eine andere. Nicht so klinisch, eher gemütlich. An den Wänden hängen schöne Bilder von Neugeborenen und bunten Blumenwiesen. Es gibt überall kleine Sitzecken mit Stühlen, Sofas und Sesseln. Man soll sich hier geborgen fühlen, sicher und in guten Händen. Ich fühle mich allein.

Am Ende des Flures ist eine Theke, die Patientenannahme. Meine Füße tragen mich einfach weiter, bis ich vor der Theke zum Stehen komme.

»Hallo, wie kann ich Ihnen helfen?«

Die junge Frau guckt mich freundlich an. *Hebamme Maike* steht auf dem Schild an ihrem Kittel. Soll ich sie jetzt duzen? Immerhin hat sie mich gerade gesiezt, aber da steht kein Nachname auf dem Schild.

»Ist bei Ihnen alles gut?«, fragt sie, da ich immer noch nicht geantwortet habe. Auch jetzt fühle ich mich zu keiner Antwort im Stande. Was war nochmal die Frage? Meine Hände schwitzen. Ich starre Maike an, ohne sie wahrzunehmen. Die Bilder aus dem Flur schleichen sich vor mein inneres Auge. So schön. Eine bunte Blumenwiese im Sonnenschein und im Hintergrund summen die Bienen.

Summ, summ, summ.

Stille.

Da ist es wieder. Es summt leise und dann höre ich eine Stimme.

»Ja, bitte?«

Geklapper und Schritte sind zu hören und irgendetwas streift über meinen Arm.

»Sie reden mit Hebamme Maike Kiels aus dem Clemenshospital in Münster. Frau Schütze geht es soweit gut, eine darüberhinausgehende Auskunft kann ich nicht erteilen.«

Mir geht es also gut, das ist beruhigend. Leider verstehe ich nicht, was geantwortet wird. Mir bleibt aber auch nicht viel Zeit, um darüber nachzudenken, denn Maike redet bereits weiter.

»Ja, das richte ich gerne aus. Auf Wiederhören.«

Neben meinem Ohr klappert es. Dann Schritte. Die Tür wird geschlossen. Stille.

Als ich die Augen öffne, finde ich mich in einem Krankenhauszimmer wieder. Neben mir stehen zwei weitere Betten, die nicht belegt sind. Ich brauche einen Moment, um zu realisieren, was passiert ist. Vermutlich bin ich ohnmächtig geworden.

Nachdem ich mich orientiert habe, finde ich mein Handy auf dem Rollcontainer neben dem Bett. Ich greife danach, um die Uhrzeit herauszufinden und mich bei Andreas zu melden. Es ist kurz nach elf Uhr. Als ich Andreas' Kontakt öffne und auf das Anrufsymbol klicken möchte, lasse ich die Hand wieder sinken.

Andreas ist nicht hier, er ist gegangen. Er brauchte Abstand und hat mich allein gelassen. Es ist fast schon Mittag und er hat sich nicht bei mir gemeldet. Nicht gefragt, wie es mir geht oder wo ich bin. Ich bin ganz allein.

Auf einmal bricht alles über mir zusammen. Ich bin genau an dem Punkt, an dem ich vor über drei Jahren war. Damals habe ich alles verloren. Meinen Freund, mein Kind, mich selbst.

ꝏꝏꝏ

Meine Gedanken driften in die Vergangenheit und bringen einen Tag zum Vorschein, an den ich nie wieder denken wollte.

Alex und ich stritten uns an diesem Tag, wie so oft. Er hatte mir verboten auszugehen und mich als billige Schlampe beschimpft, weil ich einen Rock anziehen wollte. Ich ging trotzdem.

Woher ich an diesem Abend die Kraft nahm, mich ihm zu widersetzen, weiß ich selbst nicht. Auch nicht, warum ich mich für den Rock entschieden hatte. Allerdings dauerte es nicht lange, bis ich zweifelte und schließlich doch wieder umgekehrt war.

Das wiederum war typisch für mich. Selbstzweifel und der Drang, Alex alles Recht machen zu wollen. Ich wollte ihn nicht verärgern und hatte mir auf dem Rückweg schon überlegt, wie ich ihn wieder besänftigen könnte. Ihm zuliebe habe ich alles gemacht und es war doch nie genug.

Ich merkte nicht sofort, was los war, als ich die Wohnungstür aufschloss. War ich wirklich so naiv, so gutgläubig? Im Nachhinein betrachtet wahrscheinlich beides. Ich bin ins Wohnzimmer geplatzt und schon dort über die Kleidungsstücke von Alex und Jenny gestolpert. Trotzdem bin ich weitergegangen.

Ich weiß noch genau, dass ich nicht wahrhaben wollte, was da passiert. Trotz der Klamotten, der unverkennbaren Geräusche und allen Alarmglocken, habe ich auch die nächste Tür geöffnet. Ich musste es mit eigenen Augen sehen, um es zu begreifen. Was nichts daran änderte, dass ich es noch immer nicht glaubte. Es war für mich nicht vorstellbar und deswegen auch nicht real.

Ehrlich gesagt weiß ich nicht mehr, was danach passiert ist. Ganz davon abgesehen, dass ich an den Tag ungern zurückdenke, habe ich schlicht vergessen, wie er reagiert hat. Es war unwichtig, belanglos, fast schon bedeutungslos verglichen mit dem, was noch kam.

Ich weiß noch, dass mir schlecht wurde und ich an schrecklichen Magenkrämpfen litt. Alex hatte nichts anderes im Sinn, als mich aus unserer Wohnung zu schmeißen und mir vorzuhalten, dass ich selbst an der Situation Schuld sei. In seinen Augen war ich dumm und einfältig, unattraktiv, langweilig und nörgelte nur herum. Leider war seine Sicht im Laufe der Zeit auch zu meiner geworden. Deswegen nahm ich meine Magenkrämpfe auch nicht ernst, sondern glaubte seinen Worten, als er mir sagte, dass es nun mal schmerzt, verlassen zu werden …

Ich wachte erst am nächsten Tag auf. Aber nur aus dem Schlaf. Das wirkliche Erwachen kam erst später. Jedenfalls fand ich mich in eben diesem Krankenhaus wieder, auf derselben Abteilung, vielleicht sogar im gleichen Zimmer.

Mir wurde erklärt, dass ich eine Eileiterschwangerschaft hatte und einen Abort erlitt. Abort. Das Wort ergibt in meinem Kopf noch immer keinen Sinn. Wobei Fehlgeburt auch nicht besser klingt …

Ich war überfordert und ich hatte Angst. Dieses Gefühl, vollkommen allein einer Situation gegenüberzustehen, der man nicht gewachsen ist, hat mich damals vollkommen gelähmt.

Wenig später kam Alex in die Klinik. Man hatte ihn angerufen. Als ich ihm erzählte, was passiert war, hat er gelacht. *Besser hätte es nicht laufen können,* das waren seine Worte. Anderenfalls hätte er mich schon zu einer Abtreibung gedrängt, denn es wäre unvorstellbar, dass er mit mir ein Kind bekommen würde. Für ihn war die Sache erledigt, weswegen er einfach ging und mich zurückließ.

An dem Tag ist etwas in mir zerbrochen.

Um überhaupt weitermachen zu können, habe ich meine Gefühle unterdrückt. Ich bin in eine neue Wohnung gezogen und habe ein neues Leben begonnen und nie zurückgeblickt.

∞∞∞

Über drei Jahre später liege ich nun wieder hier und wieder weiß ich nicht, was passiert ist. Aber diesmal bin ich nicht gelähmt, ich nehme nicht einfach alles hin und ertrinke an dem Schmerz. Ich bin ein anderer Mensch geworden. Ich stelle mich der Situation.

Vorsichtig ziehe ich die Bettdecke weg und schiebe mein Pullover hoch. Mit eiskalten Händen berühre ich meinen Bauch und fühle. Ich schließe meine Augen, atme tief ein und versuche zu spüren, ob alles gut ist. Die Hebamme hat gesagt, dass es mir gut ginge, rufe ich mir ins Gedächtnis. Es geht mir gut. Einatmen, ausatmen. Es ist alles gut.

»Ah, Frau Schütze! Sie haben mir einen ganz schönen Schrecken eingejagt«, platzt die junge Hebamme von vorhin ins Zimmer. Wenn mir nur ihr Name einfallen würde.

»Ja, das glaube ich«, pflichte ich ihr bei.

»Sie waren ganz blass und dann sind sie einfach umgekippt. Danach haben sie ständig gesagt, dass sie nur kurz sitzen wollen und gleich abgeholt werden. Ich habe sie ins Bett gelegt und die Ärztin gerufen. Die kommt auch sicher gleich«, erklärt sie und will schon wieder gehen. Offensichtlich reicht es ihr, zu wissen, dass ich wieder bei Sinnen bin.

»Bevor ich es vergesse: Ein junger Mann hat angerufen und kommt vorbei. Ich bin an ihr Handy gegangen und habe in ihrer Brieftasche nach einem Ausweis gesucht.« Sie guckt mich an und erwartet offensichtlich eine Reaktion, also sage ich: »Okay, Dankeschön«, und bin kurz darauf wieder allein mit meinen Gedanken.

Zum Nachdenken komme ich allerdings nicht wirklich, da bereits die Ärztin ins Zimmer kommt und geschäftig einen Zettel auf ihrem Klemmbrett studiert.

»Guten Morgen, Frau Schütze. Wie kann ich Ihnen helfen?«, will sie wissen und streckt mir zur Begrüßung ihre Hand entgegen.

»Gerling«, stellt sie sich anschließend vor und wartet auf meine Antwort. Ich brauche einen Moment, um meine Gedanken zu sortieren und mich zu erinnern, warum ich in die Klinik gefahren bin. Irgendwie scheint der gestrige Tag viel länger zurückzuliegen.

»Ich bin schwanger«, setze ich schließlich an und gerate dann ins Stocken. Wie erkläre ich denn jetzt, dass ich nicht warten kann, bis meine Frauenärztin Zeit hat und wissen möchte, in der wievielten Schwangerschaftswoche ich bin? Wenn ich dann noch zugebe, dass ich die Information nur brauche, weil zwei Väter in Frage kommen …

O man, das klingt echt beschissen und wirft gar kein gutes Licht auf mich. In meinem Kopf werfe ich die Wörter hin und her und suche nach einer günstigeren Formulierung für mein Problem, als Dr. Gerling mir eine Hand auf den Arm legt. Sie sieht mir in die Augen und lächelt warmherzig.

»Frau Schütze, in Ihrer Akte steht, dass Sie vor drei Jahren bereits Patientin hier waren und eine Kürettage vorgenommen werden musste. Ich kann mir vorstellen, warum Sie hier sind. Sie sind schwanger und haben Angst, dass Kind wieder zu verlieren.«

Obgleich ihre Worte mich beruhigen sollten, schnüren sie mir die Kehle zu. Das Kind verlieren?

Was ist mit mir nicht in Ordnung, dass ich mir Sorgen mache, wer der Vater ist? Warum habe ich nicht einmal in den letzten Stunden daran gedacht, dass ich das kleine Leben in mir verlieren könnte? Schützend halte ich die Hände über meinen Bauch. Plötzlich kommen mir meine Sorgen lächerlich klein vor.

»Wissen Sie was, wir gucken jetzt gemeinsam nach. Kommen Sie bitte mit, dann kann ich Sie gleich untersuchen.«

Dr. Gerling steht an der Tür und wartet auf mich. Ich stehe langsam aus dem Bett auf und folge ihr auf wackeligen Beinen. Auf dem Weg zum Ultraschall laufen wir wieder an dem langen Gang mit den Bildern entlang. Ich halte meinen Kopf gesenkt und konzentriere mich auf den Boden. Mir ist nicht nach Blumenwiese und Sonnenschein und noch viel weniger nach wunderhübschen Babys, die auf den Händen ihrer Eltern getragen, oder in deren Armen gewiegt werden.

Mein Kind durfte nicht das Licht der Welt erblicken, ich hatte nie eine Chance, es zu lieben. Jetzt wächst ein neues Leben in mir heran und ich will nichts sehnlicher, als es zu beschützen. Mittlerweile ist mir vollkommen egal, wer der Vater ist. Es ist mein Kind und ich bin seine Mutter, darauf kommt es an.

Das Behandlungszimmer sieht aus, wie bei meiner Frauenärztin. In der Ecke ist eine kleine Kabine und in der Mitte des Raumes steht der Untersuchungsstuhl.

»So, ich werde gleich einen vaginalen Ultraschall machen und danach können wir in Ruhe alles besprechen.«

Dr. Gerling weist mit der ausgestreckten Hand auf die Umkleide und dreht mir anschließend den Rücken zu, um Eintragungen am Computer vorzunehmen. Ich lasse mir Zeit beim Umziehen und falte meine Hose, bevor ich sie auf den kleinen Hocker ablege.

Frauenarztbesuche sind nicht so mein Ding. Notgedrungen gehe ich einmal im Jahr zur Kontrolle und bin froh, wenn ich es hinter mir habe. Es ist aber auch sehr befremdlich, sich so entblößt jemanden vorzuführen. Mal ganz davon abgesehen, dass es ja auch genug Frauenärzte gibt. Bei einem Mann würde ich mich noch unwohler fühlen. Zum Glück ist Frau Gerling heute im

Dienst. Ich muss da jetzt einfach durch. Leise schlüpfe ich aus der Kabine und setze mich auf den Stuhl. Die Füße stelle ich seitlich auf beide Halter ab und lehne mich etwas zurück.

»Sie können sich ruhig anlehnen und bitte mit dem Becken noch etwas zu mir kommen«, empfiehlt die Ärztin.

Nichts lieber als das. Während der Stuhl hochgefahren wird, rutsche ich, wie befohlen, in Position.

»Jetzt wird es etwas kalt«, werde ich vorgewarnt.

Im nächsten Moment spüre ich das Ultraschallgel und versuche, locker zu lassen. Wenn ich mich verkrampfe, bringt das gar nichts. Außerdem ist das eine normale Untersuchung, für die Ärztin alltäglich. Ich habe keinen Grund zur Panik, ich kann ganz ruhig und entspannt sein. Ich glaube mir meinen Zuspruch selbst kaum, aber versuchen kann ich es ja.

»Das sieht zunächst alles gut aus. Hier kann man erkennen, dass die Gebärmutterschleimhaut bereits aufgebaut ist.«

Auf dem großen Monitor ist ein schwarz-weiß Bild zu sehen. Wenn ich es beschreiben müsste, würde ich an ein Störbild vom Fernseher denken, mit Wellen am Rand. Meine Gebärmutterschleimhaut erkenne ich nicht wirklich und auch nicht, dass sie besonders aufgebaut ist. Vielleicht wenn ich wüsste, wie sie sonst aussieht? Ich nicke nur und starre wie gebannt auf das Bild. Die live Verbindung zu meinem Inneren ist faszinierend, wenn ich auch nicht viel erkenne.

»Ich ändere kurz den Winkel, nicht erschrecken«, erklärt sie.

Der Schallkopf drückt etwas auf meine Blase, aber das unangenehme Gefühl ist schnell vorbei. Auf dem Monitor ist jetzt ein schwarzer Fleck zu sehen. Die Ärztin dreht an einem Rädchen und stellt verschiedene Dinge am Monitor ein. Dann knipst sie den Bildschirm aus, zieht den Schallkopf zurück und reicht mir ein Zewa. Der Stuhl fährt wieder runter.

»Stimmt etwas nicht? Was ist los?«, will ich wissen, denn so läuft das ganz bestimmt nicht ab, wenn alles gut ist. Normalerweise sieht man einen kleinen Punkt und bekommt dieses erste Bild, auf dem zwar nichts zu erkennen ist, aber eben doch alles. Damit rennt man dann zur Familie und zeigt es stolz herum. Ich will mein Bild und den Mutterpass. Bekomme ich keinen Mutterpass?

Ich kann nichts machen, die Panik hat meine Gedanken zurückerobert. Ein Horrorszenario nach dem Nächsten läuft vor meinem inneren Auge ab.

»Frau Schütze, wollen Sie sich vielleicht zunächst anziehen?«, beginnt die Ärztin mit einer viel zu ruhigen Stimme. Ich kenne diese bedächtige Stimmlage und ich will mich nicht so behandeln lassen. Anziehen will ich mich auch nicht. Ich will wissen, was hier los ist!

»Nein, das möchte ich nicht«, erwidere ich deswegen energisch und halte ihre, zum Trost ausgestreckte Hand, von mir fern. Mir wird entsetzlich schlecht. Es ist diese dunkle Vorahnung, die meinen Geist infiltriert. Ich weiß genau, was sie sagen wird. Ich weiß es.

»Also gut.« Frau Gerling zieht ihre Hand zurück und faltet sie im Schoß. »Es tut mir sehr leid Ihnen das sagen zu müssen, aber ich konnte nur die Fruchthöhle erkennen.«

Alles was danach kommt, nehme ich ganz dumpf, wie im Nebel war. Ich kann nur daran denken, dass mein Baby tot ist.

∞∞∞

Die Ärztin bleibt sachlich und redet viel. Wahrscheinlich gibt es da eine Dienstanweisung: *Mütter, die eine Fehlgeburt erleiden, dürfen erst entlassen werden, wenn man ihnen alles haargenau erklärt hat. Egal ob sie zuhören, oder nicht.* Sie sagt, dass es wahrscheinlich ein Baby gab, aber dass es irgendwann aufgehört hat, zu wachsen. Die Fruchthöhle wäre ca. 1,3 cm groß, aber eben leer und würde auch bald abgehen.

1,3 cm voller Hoffnung. In dieser kleinen Höhle sollte mein Wunder heranwachsen, sein Herz zu schlagen beginnen. Aber in dieser kleinen Höhle gibt es nichts mehr.

Mir ist unendlich kalt.

»Frau Schütze, es gibt noch einige Dinge zu besprechen. Wenn Sie einen Moment allein sein wollen, ist das vollkommen in Ordnung. Ich kann auch gerne bleiben und alles erneut mit Ihnen durchgehen. Ich weiß nicht, was Sie jetzt brauchen.

Bitte sagen Sie es mir einfach.« Fürsorglich blickt die Ärztin mich an und ich glaube ihr, dass sie mir helfen möchte. Aber das kann sie nicht. Keiner kann das.

»Dankeschön«, beginne ich zögerlich, denn ihre sachliche Art bewahrt mich vor dem Zusammenbruch. Trotzdem werde ich wohl immer ihren Namen, ihr Gesicht mit dieser Nachricht in Verbindung bringen. Es mag ungerecht sein, aber ich weiß jetzt schon, dass ich sie niemals wiedersehen will.

»Ich ziehe mich kurz um, wenn das okay ist.«

Später sitze ich ihr angezogen gegenüber und lasse mir berichten, dass ich ungefähr in der 8. Schwangerschaftswoche sei. Es gäbe keinen Zusammenhang mit meiner früheren Fehlgeburt und ich müsste mir auch keine besonderen Sorgen, wegen einer neuen Schwangerschaft, machen.

Sie erzählt mir einiges über Statistiken und Risiken. Ich könnte entscheiden, ob ich eine Ausschabung möchte. Oder abwarten, ob mein Körper einen natürlichen Abbruch regelt. Alle Informationen prasseln auf mich ein und werden doch nicht verarbeitet. Nichts kommt so richtig bei mir an.

Ich war schwanger und habe mir nicht eine Sekunde purer Freunde gegönnt. Nicht ein einziger Gedanke war liebevoll oder mütterlich. Ich habe *Scheiße* geschrien und einen Schuldigen gesucht und dann auch noch Andreas in die Flucht getrieben.

Kein Wunder, dass mein Körper das Kind nicht halten konnte, wenn schon mein Herz es nicht willkommen geheißen hat …

Irgendwann ist Dr. Gerling fertig mit ihren Ausführungen. Ich lasse mir das Versprechen abnehmen, mich bei übermäßiger Blutung oder Fieber sofort zu melden und ansonsten zum Frauenarzt zu gehen, sobald die Blutung aufgehört hat. Wir verabschieden uns und ich gehe hinaus in den Flur.

Am liebsten würde ich die Bilder von der Wand treten. Wer hat sich bitte überlegt, die Wände über und über mit glücklichen Babys zu tapezieren? Als wenn mir von allen Seiten gezeigt wird, was ich verpasse. *Sieh her, das hättest du auch haben können, aber du hast es verloren!* So eine verfluchte Scheiße!

Meine Emotionen habe ich überhaupt nicht mehr im Griff, weswegen ich tränenüberströmt den Flur entlangstolpere, in der verzweifelten Hoffnung, hier schnell herauszukommen. Im Aufzug beruhige ich mich weitestgehend und überrede mich selbst zum Durchatmen.

Ich muss es nur bis nach Hause schaffen, danach kann ich zusammenbrechen. Nur noch zehn Minuten fahren, dann ist es geschafft.

Als sich die Aufzugtüren öffnen, steht Andreas mir gegenüber. Mein Herz macht einen Satz. Er hat sich doch um mich gesorgt. Gerade will ich mich in seine Arme schmeißen, als mir seine abweisende Körperhaltung auffällt. Ein Blick auf mein verquollenes Gesicht reicht offensichtlich, für seine gezischte Schlussfolgerung.

»Es ist also von Tom!«

Wütend starrt er mich an und erwartet eine Reaktion.

Ist das jetzt sein Ernst?

Ich schlucke die Trauer runter und straffe meine Schultern. In diesem Moment ist mir sein Problem unendlich egal. Glaubt er, ich habe keine anderen Sorgen? Das ich mir die Augen wegen dieser blöden Vaterschaftsfrage aus dem Kopf weinen würde? Ich will nur noch allein sein, mich in mein Bett kuscheln und meinen Verlust betrauern. Ich habe gerade mein Kind verloren. Alles andere ist unwichtig.

Kopfschüttelnd gehe ich an ihm vorbei und verlasse das Krankenhaus.

Damals wie heute habe ich alles verloren. Meinen Freund, mein Kind, mich selbst.

ABSCHIED

Seit Tagen habe ich meine Wohnung nicht verlassen und reagiere weder auf mein Handy, noch die Türklingel. Ich will niemanden sehen und niemanden hören.

Die letzte Zeit zu zweit gehört nur mir.

Ich weiß, dass das irrsinnig ist, aber solange die Abbruchblutung nicht beginnt, fühle ich mich noch schwanger. Mein Körper hat ebenfalls nicht verstanden, dass das kleine Baby in mir nicht mehr lebt. Jeden Morgen ist mir schlecht und meine Brüste spannen. Wie lange werde ich diesen Zustand, zwischen schwanger und nichtschwanger, aushalten müssen? Wann wird die Blutung endlich einsetzen?

Die Tage schleichen dahin und mir geht es immer schlechter. Inzwischen liegt der Tag im Krankenhaus mehr als eine Woche zurück. Ich wäre jetzt in der 9. Schwangerschaftswoche. Aber das bin ich nicht, ich bin in der 2.

Nichtschwangerschaftswoche. Es ist eine schreckliche Woche, mit vielen Stimmungsschwankungen, Sorgen und Ängsten.

Ich weiß nicht, was ich fühlen soll, oder fühlen darf. Warum trauere ich, obwohl mein Kind noch in mir ist? Irgendwie ist das für mich nicht real. Vielleicht kommt das Verständnis mit der Blutung? Ich will mich verabschieden können und verarbeiten, was passiert ist. Aber das kann ich nicht.

Noch nicht.

Als Erstes könnte ich Laura zurückrufen, um mir alles von der Seele zu reden. Sie fehlt mir, obwohl ich sie nicht sehen will. Im Moment weiß ich selbst nicht, was gut für mich ist. Sicherlich hilft Reden oft mehr, als man denkt. Außerdem schaffe ich das alles nicht mehr allein.

Dazu entschlossen, dass die Gesellschaft meiner besten Freundin mir guttun wird, schalte ich mein Handy an. Es sind unzählbar viele Anrufe eingegangen und einige Nachrichten. Die von Andreas öffne ich nicht. Zu tief sitzt die Enttäuschung.

Laura hat vier Nachrichten geschrieben. Ich scrolle nach oben, um die Erste zu lesen. Sie ist eine Woche alt.

24.02.2019, 12:43 Uhr
Hi Elli, wie war es denn? Meldest du dich gleich bei mir? ~L

25.02.2019, 21:07 Uhr
Maus, ich habe es gerade von Andreas gehört. Wir finden schon eine Lösung. Sag mir einfach, was du willst! Von mir aus machen wir ne WG auf und Liam bekommt ein Brüderchen / Schwesterchen? Ich kann dir auch die Hand halten, wenn du es nicht behalten willst. Ich bin da, was immer du entscheidest! ~L

Weiter lese ich nicht, sondern pfeffere mein Handy schreiend gegen die Wand. So eine Scheiße, verdammt!! *Wenn du es nicht behalten willst*, einen schrecklicheren Gedanken gibt es gar nicht. Mir wird kotzübel, als mir bewusst wird, dass ich diesen Gedanken selbst noch vor fast zwei Wochen hatte.

Wenn ich daran zurückdenke, kommt es mir vor, wie eine Ewigkeit. Seitdem hat sich einfach alles verändert … Jetzt klammert sich alles in mir an dieses Baby und ich würde alles geben, um es zu behalten. Aber ich habe es schon lange verloren.

∞∞∞

In der Nacht habe ich Magenkrämpfe und wälze mich von einer Seite auf die andere. Ich kann nicht schlafen. Bin gefangen in einem Wirrwarr aus Zweifeln, Vorwürfen und der Hoffnung, dass alles ein böser Traum war. Vielleicht hat die Ärztin es nicht richtig gesehen? Es war ja noch ganz früh, die achte Woche erst.

Natürlich ist mir bewusst, dass das Wunschdenken ist. Aber ein kleiner Zweifel bleibt. Was, wenn ich doch schwanger bin und mein Baby weiter in mir wächst, während ich unaufhörlich um es weine?

Der Gedanke lässt mich nicht los. An Schlaf ist nicht mehr zu denken. Ich stehe auf und stelle in der Küche den Wasserkocher an. Während ich den Teebeutel mit kochendem Wasser überbrühe, fasse ich den Entschluss, morgen früh zu meiner Gynäkologin zu fahren. Sie wird sich bestimmt viel mehr Zeit für mich nehmen. Immerhin hat Frau Dr. Gerling nur eine Minute geschallt. Da kann man leicht etwas übersehen.

Ein plötzliches Ziehen im Unterleib unterbricht meine Gedanken. Dann spüre ich, wie es in meiner Hose wärmer wird. Das letzte bisschen Hoffnung sickert gerade durch meine Schlafshorts und ich kann nichts dagegen machen.

Es geht los.

Ich bin unendlich traurig, aber zugleich auch glücklich. Dieser Zustand hat mich wahnsinnig gemacht und mir alles abverlangt. Jetzt endlich zu wissen, dass ich mein Baby verabschieden darf, ist seltsam tröstlich.

Im Badezimmer ziehe ich mich aus und lege die dreckigen Sachen ins Waschbecken. Nach kurzem Überlegen entscheide ich mich für die Dusche und stelle die Heizung hoch.

Das heiße Wasser prasselt über meine Schultern und rinnt mit dem Blut meine Beine herab. Ich ertrage den Anblick nicht und schließe meine

Augen. Leise beginne ich, ein Gutenachtlied aus meiner Kindheit zu summen.

Meine Tränen gehen im vielen Wasser unter. Dennoch brennt jede Einzelne, wenn sie meine Augen verlässt. Abschied schmerzt. Irgendwann wird das Wasser kälter und ich öffne meine Augen.

Es klingt vielleicht eigenartig, aber ich traue mich nicht, mich zu waschen. Ich werde mich abtrocknen und wieder anziehen müssen und dazu sollte ich sauber sein. Aber irgendwie ist es zu viel verlangt, mit meiner eigenen Hand das Blut wegzuwaschen. Was muss ich noch alles ertragen?

Schluchzend nehme ich den Duschkopf aus der Halterung und richte den Strahl auf meinen Unterleib. Ich wische einmal vorsichtig mit der Hand zwischen meinen Beinen entlang. Es ist viel wärmer als das Duschwasser. Schon bevor ich meine Hand wieder hervorziehe, weiß ich, dass sie voll Blut ist. Ich halte sie unter den Strahl und wasche alles ab. Unter Tränen wiederhole ich den Vorgang, bis irgendwann kein Blut mehr da ist.

Zitternd steige ich aus der Dusche und hülle mich in mein großes Badehandtuch. Als müsste ich erst überlegen, was ich jetzt machen soll, stehe ich regungslos auf der Badematte.

Ich brauche diesen Moment der Ruhe und registriere zufrieden, dass das Zittern schwächer wird und schließlich ganz abklingt. Das Handtuch schmiegt sich an meinen nassen Körper und saugt alles auf. Es umhüllt mich, wie eine warme Umarmung. Das wäre geschafft! Die erste Hürde

liegt hinter mir und ich stehe noch. Ich bin stark. Jetzt muss ich einfach weitermachen.
Da mir keiner gesagt hat, ob ich Binden, oder Tampons benutzen darf, habe ich vorsorglich beides eingekauft. Jetzt kommt mir eine Binde allerdings sinnvoller vor. Ich öffne die Packung und hole eine raus. Beim Aufrichten fällt mein Blick auf die Kleidungsstücke im Waschbecken.

Blut. Schon wieder Blut.

Mir wird kurz schwindelig und ich muss mich festhalten. Eins nach dem anderen. Ich werde mich erst anziehen und dann kümmere ich mich um die Klamotten.

In meinem Pyjama mit frischer Unterwäsche fühle ich mich etwas wohler, trotzdem bin ich wackelig auf den Beinen. Wahrscheinlich sollte ich etwas trinken und Zucker wäre auch sinnvoll. Bei Kreislaufproblemen hilft mir sonst immer ein Stück Schokolade. Allerdings mache ich keine Anstalten, in die Küche zu gehen, oder gar den Kühlschrank zu öffnen. Nichts dergleichen. Ich stehe reglos im dunklen Flur und starre auf die Badezimmertür.

Ein kleiner Lichtstreifen dringt durch die geschlossene Tür. Ich fühle mich, wie magisch angezogen. Als ob dahinter etwas auf mich wartet. Bevor ich etwas essen oder trinken kann, muss ich diese eine Sache erledigen. Also los, Tür auf, Seife nehmen, Wasser anstellen und waschen. So schwer ist das jetzt wirklich nicht. An den Anblick von Blut sollte ich mich außerdem gewöhnen. Es wird noch mehr kommen.

Wenn ich diesen Weg nicht verkrafte, bliebe mir nur das Krankenhaus. Und das ist keine Option. Ich möchte keine Operation, keine Ausschabung, keinen Eingriff. Das hier ist mein Weg und ich schaffe das!

Als ich den Wasserhahn aufdrehe und die Kleidungsstücke unter den kalten Strahl halten will, kommt mir plötzlich ein Gedanke:

Es ist ein Teil meines Kindes und ein Teil von mir, der gerade meinen Körper verlässt. Es ist alles, was ich habe. Die einzige Erinnerung, die mir bleibt. Blut.

Kurzerhand schnappe ich mir die Klamotten, lege sie zusammen und stecke sie in eine Plastiktüte.

Ich werde einen schönen Ort finden, an dem ich dich beerdigen kann, mein Kind. Ich werde dich nie vergessen und immer in meinem Herzen tragen. Du bist aus mir und ich bin in dir. Ich liebe dich.

MEIN WEG

Warum bin ich eigentlich nicht religiös? Wenn ich gläubig wäre, hätte ich die Gewissheit, dass Gott mir nicht mehr auferlegt, als ich tragen kann. Momentan wünsche ich mir dieses Urvertrauen so sehr. Aber ich bin nicht gläubig, ich habe keine Zuversicht. Ich bin allein und es ist mehr, als ich ertragen kann. Viel mehr.

Zwischen Magenkrämpfen, Schwindel und Übelkeit mischen sich heftige Heulattacken. Dann habe ich immer wieder Phasen, in denen ich nachdenke und mir lächerlich vorkomme. Reagiere ich vielleicht vollkommen über?

Es gibt Mütter, die ihr Kind bei der Geburt verlieren. Die es vorher monatelang im Bauch getragen, es strampeln gefühlt und dem Herzschlag gelauscht haben. Warum führe ich mich so auf? Ist meine Reaktion übertrieben?

Ich weiß es nicht und viel Zeit zum Grübeln bleibt mir nicht, da ich wieder meine Binde wechseln muss. Auf der Toilette kommt dann noch mehr Blut. Wenn ich presse, kommt teilweise ein ganzer Schwall. Ist das eigentlich normal?

Als ich die letzte Binde aus meiner Packung ziehe, ist mir zumindest eines klar: Ich muss einkaufen gehen. Natürlich hatte ich vorgesorgt und mich mit Binden und Tampons eingedeckt, aber keiner hat mich darauf vorbereitet, dass ich so viele brauchen würde. Es bringt nichts, ich muss da jetzt durch.

In der Küche gieße ich mir ein Glas kaltes Wasser ein und nehme eine Tablette Ibuprofen gegen die Schmerzen. Dass mir keinerlei Schmerzmittel verschrieben wurde, finde ich im Nachhinein sehr fahrlässig. Allgemein wurde ich mit wenig Information aus dem Krankenhaus entlassen. Aber so ist es jetzt nun mal. Daran kann ich nichts ändern.

Ich bin auf mich gestellt und es wird Zeit, dass ich aufhöre mich zu bemitleiden und mich der Situation stelle!

Der Drogeriemarkt ist fußläufig zu erreichen. Also ziehe ich mir den Wintermantel, Schuhe und Schal an. Ein bisschen frische Luft wird mir bestimmt nicht schaden und auf dem Rückweg hole ich mir ein Schokohörnchen vom Bäcker. Danach werde ich mir eine heiße Wanne gönnen.

Beflügelt von meinem Plan gehe ich aus dem Haus und laufe zielstrebig Richtung Drogerie. Vor Ort entscheide ich mich für drei Packungen Binden,

Slipeinlagen und eine Packung Kräutertee. Die Sachen sind schnell bezahlt und eingepackt. Auch das Schokohörnchen ist bereits eingekauft.

Ich habe alles innerhalb kürzester Zeit erledigt und bin auf dem Weg nach Hause, als ich dieses verräterische Ziehen im Unterleib bemerke. Mir bleibt auch nichts erspart, oder?

Schnellen Schrittes laufe ich die Straße hinab und spanne dabei meinen Beckenboden an, um mich zu verschließen. Der Versuch ist zwecklos, trotzdem halte ich daran fest. Vor lauter Schmerzen wird mir übel und ich spüre, wie kalter Schweiß meine Stirn bedeckt. Es fühlt sich an, wie eine unsichtbare Macht, die meine Organe zerquetscht. Das werden die schlimmsten 100 Meter meines Lebens!

Schwer atmend hangele ich mich am Gartenzaun unserer Nachbarn entlang. Immer wieder zwingt mich der Schmerz in die Knie, aber ich rapple mich auf und laufe weiter. Nur noch ein paar Schritte, dann habe ich die Tür erreicht.

Als ich den Schlüssel im Schloss drehe, schicke ich ein Stoßgebet gen Himmel, dass der Aufzug im Erdgeschoss ist. Gott sei Dank, wenigstens einmal habe ich Glück! Erleichtert schleppe ich mich in den Aufzug und tippe auf die Taste für mein Stockwerk.

Vollkommen erschöpft lege ich meine Stirn an der Aufzugtür ab und schließe die Augen. Langsam hört der Krampf auf und mit der Entspannung sickert das warme Blut aus meinem Körper.

Normalerweise würde ich mich aufregen, aber ich habe mich schon zu sehr an den Zustand gewöhnt. Außerdem bin ich ja jetzt zu Hause. Dann muss ich mich eben wieder umziehen, was solls? Nebenbei bemerkt bin ich unglaublich stolz auf mich, alles geschafft zu haben.

Ich bin stärker, als ich gedacht habe!

Die Aufzugtüren öffnen sich. Ich gehe den Flur entlang und schließe meine Wohnung auf. Aus dem Augenwinkel nehme ich eine Gestalt wahr, schenke ihr aber keine Beachtung. Erst als sie näherkommt, drehe ich mich um.

Es ist Andreas.

»Scheiße!«, fluche ich und will die Tür zuknallen. Doch er kommt mir zuvor und schiebt seinen Fuß dazwischen. Ich habe keine Chance, ihn hinauszuschieben, also drehe ich mich weg und laufe los.

Vielleicht schaffe ich es rechtzeitig ins Badezimmer und kann mich einschließen. Während ich auf die Tür zu renne, packt Andreas meinen Arm und wirbelt mich herum. Er zieht mich an seine Brust und nimmt mich mit seinen Armen gefangen. Dieser Mistkerl!

Der plötzliche Kontakt ist zu viel für mich. Ich kann ihn spüren, riechen, ich höre sein Herz schlagen und seinen Atem entweichen. Ich will nicht.

Was will er hier und warum zum Teufel fühlt es sich so gut an, in seinen Armen zu liegen? Ich will das wirklich nicht! Verdammt, wenn ich mich jetzt fallenlasse, wird es nur noch schwerer …

»Lass mich los!«, zische ich ihn an und winde mich in seinen Armen. Andreas reagiert nur, indem er mich noch fester hält.

»Was soll das? Du sollst mich loslassen, habe ich gesagt.«

»Das werde ich bestimmt nicht!« Andreas' tiefe Stimme klingt merkwürdig gereizt.

Nicht mein Problem! Ich schiebe den Gedanken beiseite. Erlaube mir nicht, mich emotional zu öffnen. Sonst schaffe ich das nicht. Sonst werde ich wieder schwach. Und das bin ich nicht. Ich bin stark. Schnaubend atme ich aus und überlege, wie ich mich aus dieser Situation befreien kann. Dann fällt mir etwas auf. Er hält mich fest, aber auch meine Arme liegen um seine Hüften. Ganz selbstverständlich habe ich mich ihm zugewandt, anstatt von ihm wegzukommen. Natürlich glaubt er meinen Worten nicht, wenn mein Körper seine eigene Sprache spricht. Ich löse meine Hände und weiche so weit von ihm zurück, wie es die Umarmung hergibt. Dann konzentriere ich mich und straffe meine Schultern.

»Ich möchte, dass du gehst«, sage ich laut und deutlich.

Andreas lässt für einen Moment locker. Mehr brauche ich nicht. Ich stehle mich aus seinen Armen und renne ins Badezimmer. Die Badverriegelung lege ich kurzerhand um und atme erleichtert auf. Geschafft!

Indem ich mich umdrehe, merke ich, dass meine Oberschenkel tiefrot sind. Offensichtlich habe ich es keinen Moment zu spät ins Badezimmer geschafft.

Routiniert entledige ich mich meiner Klamotten und lasse kaltes Wasser in die Wanne laufen. Ich beobachte fasziniert, wie sich meine Jogginghose vollsaugt und untergeht. Danach bilden sich feine rote Schlieren im Wasser und schließlich ist der ganze Wannenboden von einer roten Lava bedeckt.

Das Hämmern an der Tür überhöre ich bereits seit einigen Minuten. Jetzt wasche ich mich erstmal, ziehe mich um und danach überlege ich mir, wie es weitergeht. Von mir aus bleibe ich hier drin, bis Andreas langweilig wird. Irgendwann wird er schon aufgeben.

»Verdammt, Elli! Jetzt mach endlich auf«, ertönt es von vor der Tür.

Dazu habe ich nichts zu sagen. Seelenruhig greife ich mir einen Waschlappen und wische meine Oberschenkel sauber. Als ich fertig bin, gucke ich mich nach frischer Wäsche um, die ich natürlich nicht finde. Mist!

Auch die Tüte mit den Drogerieartikeln ist noch im Flur. Dazu kommt, dass Andreas nicht müde wird und ununterbrochen klopft, oder irgendetwas faselt.

»Elli, bitte. Was habe ich dir denn getan?«

Aha, jetzt fleht er schon. So weit ist es gekommen. Trotz meiner gehässigen Gedanken schmerzt mein Herz, bei dem verletzten Klang seiner Stimme. Was hat er mir denn getan? Am liebsten würde ich schreien: *Du hast mich allein gelassen, als ich dich am meisten gebraucht habe!* Aber kein Wort verlässt meine Lippen.

»Hast du was gesagt?«, flüstert Andreas.

Seine Stimme kommt mir näher vor als eben. Hat er sich gegen die Tür gelehnt?

»Bitte! Elli, sag doch was. Wie kann ich es wiedergutmachen?«

Irgendetwas in seiner Stimme bricht und lässt mein Herz noch schwerer werden. Ein leises Schluchzen kriecht meine Kehle hoch und ist aus meinem Mund geschlüpft, bevor ich ihn mit der Hand verschließen kann. Langsam sinke ich an der Wand hinab und setze mich auf die Fliesen. Tränen rinnen meine Wangen entlang und fallen lautlos zu Boden.

Ich kann nicht mehr.

Irgendwann ist es einfach genug und ich weiß doch selbst nicht, was ich eigentlich will. Hemmungslos beginne ich zu weinen, ziehe meine Knie in einer Umarmung zu mir und wiege mich hin und her.

Das Klopfen an der Tür wird wieder heftiger. Auch Andreas' Stimme klingt irgendwie lauter. Was er sagt, nehme ich in meiner Heulattacke gar nicht wahr. Mir ist, als würde er zählen und bevor ich mir Gedanken darüber machen kann, was das jetzt wieder bedeutet, fliegt die Tür auf.

Andreas hält ein zwei Euro Stück in der Hand, mit dem er die Verriegelung von außen geöffnet haben muss und steht ansonsten stock steif mitten im Raum. Langsam sehe ich zu ihm auf und blicke in schockgeweitete Augen.

»Was … Elli?«, stottert Andreas und scannt den Raum.

Auch ich lasse meinen Blick schweifen und erkenne augenblicklich, was für einen grotesken Anblick ich biete.

Im blutroten Badewasser schwimmen eine Jogginghose und ein Slip. Weitere Kleidungsstücke hängen zum Trocknen über einer Wäschestange. Mehrere Klebestreifen von Binden quillen aus einem überfüllten Mülleimer und ein blutverschmierter Waschlappen liegt im Waschbecken. Zu guter Letzt sitze ich nackt auf dem Fliesenboden und heule mir die Augen aus dem Kopf. In einem Horrorfilm gäbe es keine passendere Kulisse.

»Was ist passiert? Hast du versucht? O Gott, Elli!«, schreit er augenblicklich und zieht mich vom Boden hoch. Völlig außer sich sucht er mit den Händen meinen Körper ab und dreht dann meine Handgelenke zu sich. Als ich begreife, was er denkt, stockt mir der Atem.

»Andreas!«, herrsche ich ihn an und will so seine Aufmerksamkeit auf mein Gesicht lenken. Aber er reagiert nicht. Vielmehr hat er entdeckt, dass das Blut meine Oberschenkel hinabrinnt. Er wird panisch.

»Warum hast du nur?«, flüstert er und greift nach einem Handtuch, presst es mir auf die Beine und hebt mich hoch. Er trägt mich hinaus in den

Flur und steuert die Wohnungstür an. Als ich mich wehren will, fällt er mir aufgebracht ins Wort:

»Genug jetzt, ich bringe dich ins Krankenhaus. Das ist keine Lösung, verstehst du! Wie kannst du nur?«

Während er mich ansieht, schimmern Tränen in seinen Augen. Das bringt meine Dämme erneut zum Brechen. Wenn mir eines zu schaffen macht, sind es Männer, die emotional sind. Mein Herz zieht sich schmerzhaft zusammen.

»Andreas, ich habe nicht versucht, mich umzubringen«, flüstere ich.

»Du hast nicht …« Er stellt mich zurück auf die Beine und sieht an mir herunter. Dann fängt er meinen Blick wieder ein.

»Nein, das würde ich niemals!«, entgegne ich.

»Aber was ist dann passiert, woher das ganze Blut?«

Als ich schweige, werden seine Augen noch röter. Ich kann es nicht aussprechen. Still greife ich seine Hand und umschließe sie mit meiner, drücke sanft zu. Als ihn die Erkenntnis trifft, kann er sich den Tränen nicht mehr erwehren.

Ich bin es, die auf ihn zugeht und in den Arm nimmt. Ich bin es, die ihm tröstend über den Rücken streicht. Aber ich bin es auch, die ihn braucht.

In einer stummen Umarmung stehen wir im Flur und bewegen uns nicht vom Fleck. Irgendwann kommt der Moment, indem ich erneut von

Krämpfen überrollt werde und meine Knie wegsacken.

Andreas hält mich und streicht mir über den Kopf. Er ist da und unterstützt mich. Ich kann nicht länger stehen, möchte mich hinlegen und zusammenkauern. So habe ich auch die letzten Stunden überstanden. Eingerollt auf dem Fliesenboden, oder mit Wärmflasche auf dem Bauch in meinem Bett.

Ich löse mich aus der Umarmung und sinke auf den Boden, ziehe die Beine bis an meine Brust und atme konzentriert.

»Einatmen, ausatmen, gleich ist es geschafft.«

»Wie kann ich dir helfen?«, fragt Andreas liebevoll. Ich kann nicht antworten, muss mich auf meine Atmung konzentrieren. Immer wieder nuschle ich vor mich hin, dass es gleich geschafft ist. Dann endlich löst sich der Krampf. Erleichtert stelle ich fest, dass sich mein Puls beruhigt, und finde ganz langsam wieder zurück zu mir.

Andreas' besorgter Blick ruht auf mir. Er ist mir nicht von der Seite gewichen. So schön das Gefühl seiner Nähe auch ist, verdeutlichet es mir doch, wie schnell ich ihn wieder an mich herangelassen habe.

Was machen wir hier eigentlich? Wir haben immer noch nicht richtig miteinander geredet und benehmen uns einfach, als wäre nichts gewesen? Viel zu schnell habe ich mich wieder einwickeln lassen! Um mich abzulenken und meine Gedanken zu sortieren, eile ich zurück ins Badezimmer. Meinem Gesicht gönne ich eine Portion kaltes

Wasser und studiere danach ausgiebig mein Spiegelbild.

Was will ich? Meine Hände legen sich ohne mein Zutun auf meinen Bauch. Als wollen sie beschützen, was längst verloren ist.

Ich wünsche mir eine Familie. Ich möchte Mutter sein. Das wird mir jetzt erst richtig bewusst. Deswegen schmerzt es vermutlich auch so sehr. Es war unser Kind und es ist in Liebe entstanden. Was bleibt jetzt über? Was wird aus Andreas und mir? Fragen über Fragen, zu deren Antwort ich nichts sagen kann. Zuallererst ziehe ich mir etwas an, dann wird geredet …

»Warum bist du hier, Andreas?«, frage ich, während ich zurück ins Wohnzimmer komme. Trotz meiner entspannten Tonlage rast mein Puls.

»Weil ich dich liebe.«

Mir stockt der Atem. Ich presse meine Faust auf mein pochendes Herz. Will beruhigen, was vor Freude eskaliert. Und ich habe nicht die geringste Chance. So schlicht und einfach der Satz ist, bedeutet er alles. Er liebt mich.

»Wenn du mich lieben würdest, wärst du gar nicht erst gegangen«, flüstere ich mit gesenktem Blick.

Ich weiß nicht, warum ich ihn von mir schiebe, obwohl mein Herz mir etwas anderes sagt. Aber was soll ich denn machen? Er hat mich allein gelassen. Jetzt kommt er zurück und ich soll das einfach vergessen?

Ruckartig dreht Andreas mich um und packt meine Arme. Er zwingt mich, in seine Augen zu sehen.

»Wenn du verdammt noch mal an dein Handy gehen, oder die Tür öffnen würdest, hätte ich längst die Chance gehabt, dir alles zu erklären. Aber du lässt mich nicht. Ich habe einen Fehler gemacht, ja. Aber deswegen schmeißt du alles hin?« Die Verzweiflung steht ihm ins Gesicht geschrieben.

»Wenn du mich lieben würdest? Elli, was soll der Scheiß?«

Ich kann nicht antworten und starre nur zurück. Mein Herz hämmert wie wild gegen meine Brust.

»Mensch, Elli! Wenn du nur wüsstest, wie sehr ich dich liebe …«

Seine Stimme gleicht einem rauen Flüstern. Mit unendlich traurigen Augen sieht er mich an. In meinem Kopf spule ich seine Worte immer wieder ab. Er liebt mich und zweifellos ist er hergekommen, um mir genau das zu sagen. Mein krampfhaft aufrechterhaltener Widerstand bröckelt immer mehr. Und nun? Habe ich mir die ganze Zeit vielleicht nur eingeredet, dass ich allein bin?

»Sag bitte etwas.« Andreas fährt mit seinen Fingern über meine Wange bis zum Kinn und hebt es leicht an. Seine Berührung hinterlässt ein leichtes Prickeln. Am liebsten würde ich mein Gesicht in seine warme Hand schmiegen und einfach loslassen.

»Was willst du denn hören?«, flüstere ich kaum hörbar.

»Liebst du mich?«

Verzweifelt schlinge ich die Arme um meinen Körper. Senke meinen Blick. Versuche mich zu schützen und vermag es doch nicht, meine Gefühle zu verstecken.

»Liebst du mich, Elli?«, fragt Andreas eindringlicher.

Er löst meine Arme und hält meine Hände fest, streicht mir mit den Daumen über die Handrücken. Ich stehe einfach nur da und versuche seinem Blick auszuweichen, mich weiter fernzuhalten, obwohl ich ihm nah sein will.

Natürlich liebe ich ihn. Aber ich kann es ihm nicht sagen. Ich kann es mir kaum selbst eingestehen. Mein Herz leidet zu sehr, als dass ich positive Gefühle zulassen könnte.

»Verdammt! Du bist der sturste Mensch, den ich kenne. Muss ich dich immer zu deinem Glück zwingen? Ich weiß, dass du mich liebst, Elli!« Er zieht mich zu sich und nimmt mich in den Arm.

Ich traue mich kaum, zu atmen, stehe stocksteif da und genieße doch seine Berührung.

Er hat Recht. Mit allem was er sagt. Ich liebe ihn und allmählich ist die Zeit gekommen, ihm die ganze Wahrheit zu offenbaren.

»Es war dein Kind«, flüstere ich an seiner Brust und merke, wie sich die Muskeln unter mir kurz anspannen. Dann fängt er sich wieder und streicht sanft über meinen Rücken. Seine Lippen berühren meine Stirn.

Ein kleiner Kuss, der unendlich viel bedeutet.

»Erzähl es mir.«

Im Schutze seiner Umarmung, mit meinem Gesicht an seiner Brust, finde ich die nötige Kraft.

Ich erzähle ihm vom Krankenhaus, von den Untersuchungen und allem, was die Ärztin zu mir gesagt hat. Ich erzähle ihm von Alex und was mir vor drei Jahren passiert ist.

Schließlich erzähle ich ihm von der Plastiktüte mit dem ersten Blut unseres gemeinsamen Kindes und dass ich es beerdigen will.

Es gibt keine Geheimnisse mehr. Ich habe alles gesagt. Und Andreas? Er geht den Weg mit mir. Mein Weg ist zu seinem geworden und unser Weg führt in die Zukunft.

EPILOG

Laura, 5 Monate später

»Elli? Scheiße, es ist mitten in der Nacht! Wehe es ist nicht wichtig, dann kannst du was erleben!«, fluche ich halb verschlafen in mein Handy, nachdem ich unsanft aus dem Schlaf gerissen wurde.

»Es ist wichtig … Ich kann nicht schlafen. Ich bin nervös und ich brauche dich! Kannst du zu mir hochkommen?«, nörgelt Elli gleich drauflos.

Das gibt's doch nicht, oder? Wie ich meine beste Freundin kenne, ist es ihr tatsächlich ernst. Großartig!

»Bin in fünf Minuten oben«, beende ich unser Gespräch und strecke meine müden Beine aus. Herzhaft gähnend schlage ich die Bettdecke zurück und schwinge meine Beine aus dem Bett.

Dass ich vollkommen nackt bin, überrascht mich nicht im Geringsten. Immerhin ist es Hochsommer und ich schlafe für gewöhnlich leicht bekleidet, oder eben ganz ohne Klamotten. Was mich allerdings sofort alarmiert, ist der Teppich unter meinen Füßen. Ich habe keinen Teppich im Schlafzimmer.

Während ich mit den Füßen über die weichen Wollfasern streiche, blicke ich mich im Zimmer um. So langsam dämmert mir, dass ich nicht in meinem Schlafzimmer bin. Wo zur Hölle bin ich hier? Moment mal ... Es ist Samstag früh und gestern war ich auf dieser Party in der Altstadt und da war dieser süße Kerl. Raffael, Rolf, Richard? Es war irgendetwas mit „R“, ganz sicher!

Jedenfalls bin ich mit ihm nach Hause gegangen. Normalerweise schleiche ich mich aus der Wohnung und schlafe bei mir zuhause. Ganz diskret, versteht sich. Eine Beziehung ist das Letzte, was ich will.

Ich mag Männer und ich liebe Sex. Aber noch mehr liebe ich meine Unabhängigkeit und am allermeisten meinen Sohn, Liam. Für noch mehr Liebe ist definitiv kein Platz in meinem Leben. Das müsste ich ja dann irgendwo abzwacken. Bei der Liebe zu Liam wird gar nichts abgezwackt. Meine Unabhängigkeit ist mir genauso heilig und beim Sex sparen? Da macht die Beziehung ja gar keinen Sinn mehr!

Warum zum Teufel bin ich also noch hier und nicht längst zuhause? Raffael, Rolf, Richard neben mir grunzt im Schlaf und streckt den Arm nach mir aus.

»Komm wieder ins Bett, Süße«, nuschelt er verschlafen und schnarcht danach gleich wieder.

Herzallerliebst.

Auf Zehenspitzen schleiche ich aus dem Zimmer und suche meine Klamotten in der Wohnung zusammen. Meine Handtasche finde ich im Flur, wo auch meine Stilettos stehen. Ich husche aus der Wohnung und ziehe die Tür leise hinter mir zu.

Es ist drei Uhr nachts und ich bin irgendwo in Münster. Immerhin habe ich ein Handy mit halbwegs vollem Akku und kann mir den Weg nach Hause anzeigen lassen. Glück gehabt, es sind nur 800m bis zu meiner Wohnung. Das hätte viel schlimmer ausgehen können. Allerdings bedeutet das auch, dass ich Raffael, Rolf, Richard zufällig wiederbegegnen könnte.

Im Stechschritt eile ich die Straße runter und sprinte die letzten Meter zu meiner Wohnung. Ich hatte versprochen in fünf Minuten da zu sein. Wie ich Elli kenne, ist sie am Boden zerstört, wegen irgendwelcher hanebüchenen Zweifel, die sie sich selbst einredet. Wenn ich da auch noch zu spät komme, ist der Weltuntergang bereits vorprogrammiert!

»Elli, mach die Tür auf, ich bin es!«

Klopfend stehe ich vor der Wohnungstür meiner besten Freundin und frage mich, was mich gleich erwarten wird. Die Tür schwingt auf und eine weinende Elli wirft sich mir in die Arme. Behutsam schiebe ich sie in die Wohnung und schließe die Tür hinter uns.

»Was ist denn los, wo brennt es?«, frage ich sie halb im Scherz.

»Ich sehe schrecklich aus, mein Trauversprechen ist kacke und alles ist einfach nur scheiße!«, schnieft Elli.

»Das wars schon, sonst ist nichts?«, versuche ich, sie aufzuziehen.

Seit Andreas und Elli verlobt sind, kommen ihr immer wieder Zweifel. Nicht aber, weil sie sich nicht lieben würden, oder sie tatsächlich Angst hätte. Nein. Elli denkt immer, sie würde in ihrem Kleid schrecklich aussehen, alle würden auf einmal absagen, oder irgendetwas würde fürchterlich schiefgehen.

Immer wieder kommt sie mit neuen Ideen um die Ecke. Erst letzte Woche hat sie sich ernsthaft gesorgt, dass der DJ krank würde und es keine Musik auf der Hochzeit gäbe.

Manchmal glaube ich, dass ihr Leben nur aus Zweifeln besteht und allesamt unbegründet sind. Umso schöner, dass sie endlich den richtigen Mann gefunden hat.

Andreas nimmt ihr auch die kleinste Sorge und schafft es immer wieder, sie zum Lachen zu bringen. Allerdings ist Andreas heute nicht zuhause. Er schläft bei Niklas, weil man am Abend vor der Trauung nicht gemeinsam übernachtet. Moment mal!

»Elli, warum bist du eigentlich zuhause und nicht bei deiner Mutter? Du wolltest doch bei ihr schlafen. Morgen früh um zehn Uhr kommt die Friseurin!«

»Ach … Ich bin abgehauen. Meine Mama ist eingeschlafen. Ich wollte nur ein bisschen fernsehen und nochmal an meiner Rede arbeiten und dann morgen früh wieder hinfahren. Außerdem kann ich dann hier duschen. Das ist viel praktischer.«

»Fräulein Schütze! Viel praktischer sagst du? Was meinst du, warum du nicht allein übernachten sollst? Vielleicht, damit du dir nicht solche Sorgen machst und in der Nacht vor deiner Hochzeit nicht schlafen kannst?« Mit dem ausgestreckten Finger bohre ich gegen Ellis Schulter und grinse sie frech an.

»Du gehst jetzt deine Rede holen und ich besorge uns einen Sekt. Wir gehen alles gemeinsam durch, trinken ein Gläschen und dann ab ins Bett!«, bestimme ich.

»Du bist die Beste«, quiekt Elli und küsst mich stürmisch auf die Wange.

»Dafür ist die Trauzeugin doch da!«

Nachdem wir es uns im Bett gemütlich gemacht haben, beginnt Elli zu lesen. Ich nippe an meinem Glas und stelle mir vor, wie es wäre, selbst so zu empfinden.

Lieber Andreas,
heute ist der Tag, an dem ich ja zu dir sage.
Heute ist der Tag, an dem aus dir und mir uns wird.
Heute ist unser Hochzeitstag.
Mein liebster Schatz, ich weiß, wie schwer unser Weg bis hierher war.
Aber er hat uns zusammengeschweißt und unsere Herzen vereint.
Ich liebe dich und ich verspreche dir, dich nie wieder loszulassen.
Ich verspreche dir ein Zuhause zu sein, egal wo wir sind.
Dich zu respektieren und dir zuzuhören.
Ich verspreche dir, dass ich mir Zeit für uns nehme und uns nie als selbstverständlich betrachte.
Ich wünsche mir, dass wir glücklich sind und unsere Träume irgendwann in Erfüllung gehen.
Und ich verspreche dir, alles dafür zu tun.
Weil ich dich liebe.

REZEPT: APFELBUMS

Zutaten:

1 Liter Apfelsaft, naturtrüb
1 Stange Zimt
2 EL Honig
150 ml Whiskey
200 ml Schlagsahne
1 Päckchen Vanillezucker
Karamellsirup

Zubereitung:

Apfelsaft mit dem Honig im Topf erwärmen (nicht kochen). Die Zimtstange hineingeben und den Topf von der Platte nehmen.

10 bis 15 Minuten ziehen lassen.

In der Zwischenzeit die Sahne mit dem Vanillezucker steifschlagen.

Einen Schluck Whiskey in eine Tasse geben und mit dem Apfelsaft auffüllen. Ein großer Löffel Sahne und etwas Karamellsirup obendrauf – und fertig ist der Apfelbums.

Printed in Poland
by Amazon Fulfillment
Poland Sp. z o.o., Wrocław

57761487R00179